U0659853

从姑获鸟开始
2
——

活儿该 著

从姑获鸟开始 2

四川文艺出版社

目录

第一卷

午夜沸腾

第一章
转瞬即逝的年代

"由沧州西站开往北京南站的 D×××× 号列车就要进站了,请抓紧时间检票……"

"同志,麻烦你给看看,这票在哪个站台上车?这一扩建我都不认得了。"

检票员一抬头,忍不住眨了眨眼睛。眼前是个一米八几的高瘦男子,身材匀称,穿着黑色毛衣,两颊消瘦,眼神打过来,自己脊梁骨都一阵发麻。

有点像电影明星,像……张震。

"同志?"

"哎,往右走,蓝色标二号站台。"

"行,谢谢啊。"男人往她所指的方向走去,手里头的电话压到耳朵边上,胸前挂着的一枚古色铜钱熠熠生辉。"我这儿正上车呢,对,我一个人。"

电话那头传来一个男人的声音:"阎子,我怎么听村里头风言风语的,还有人说什么,你买了个媳妇回来?按理说你小子条件不错,再说了咱家那片也不至于啊。"

"别胡说八道的啊,没有的事。"

"没有？不是你让小勇给操持，办张身份证？我说你小子比我玩得开啊，这事要是让二舅知道，能抢拐杖追你三条街你信不信？唉，跟哥哥交句底，哪儿弄的？绿雀还是高句？"

"小勇那张嘴你也信。"男子左右看了两圈，接着说道，"甭拿二姨父吓唬我，我坐得端行得正，你先把自己屁股擦干净喽。咱俩往二姨父身边一戳，他信谁你心里头没点数？你快到昆哥家没有？"

"快了，你也赶紧啊。我先挂了，见面喽。"

电话那头传来忙音。李阎把电话揣进兜里，摸了摸脖子上的六纹金钱，白线那头钢铁动车呼啸而过。

电话里是李阎的表亲郭子健，绰号"二骡"。加上张勇、陈昆，三人都是李阎的发小。不过李阎年少时就去了广东，父亲去世以后才回北方。张勇还好，但是郭子健和四人里头最为年长的陈昆已经有五六年没见过面了。

过了明晚十二点，就是又过去了两个月。也就是说，李阎即将面对第三次阎浮事件。

眼下是淡季，车厢里没什么人，李阎找了个位置坐下，大拇指触了触金钱，低声道："可以了。"

一抬头，摄山女，不，丹娘就坐在对面。

"将军，你好像很焦虑。"

"叫我李阎就行。"李阎揉了揉脸，问道，"这么明显？"

丹娘点了点头。

"今天见过一帮老友，报过平安，我还要再去一次。"

"去明国吗？"

"不是，是别的地方，也很危险。"

"带着我？"

"不一定。"李阎犹豫了一会儿，"如果你想，你可以留在这个世界，但是没必要待在我身边。你学东西很快，阴体也和常人没有太大区别。现在的你靠自己也能生存下去。"

丹娘伸出手指，点在了李阎胸前的铜钱上。

"你之前没有这个东西。"

"嗯。"

"是为了我准备的？"

"也不算。"

"明明不想我走，为什么还说这种话呢？"

"怕你不高兴。"

"将军，啊，李阎。"丹娘挽起额前的头发，黑白分明的眼睛盯着李阎，嘴角一翘，"我想，你心里，本来有一位姑娘。"

李阎眼神一动，笑着点了点头。

"是吧，不过我能不能活着再见到她就不一定了。"

车窗外掠过一列铁皮动车。阳光披散在两人身上。

"如果要去别的地方打仗，我多少能帮上你的忙。"

"……谢谢。"

有话则长，无话则短。李阎与几名发小的见面，一句宾主尽欢略过即可。两个月转瞬即逝，李阎也将面对自己的第三次阁浮事件。

> ⚠️
>
> 行走大人，你即将开启阁浮事件！
>
> 姑获鸟的血蘸获得永久性强化，
> 请进入事件之后查看。

里九外七皇城四，九门八典一口钟。

城墙、胡同、鼓楼、戏园子、大鼓、旗袍下的白腿。

工厂、化学烟雾、被圈住的通红的"拆"字、军大衣和自制的铁环。

便宜坊的鸭子、东兴楼的狮子头、金生隆的爆肚。

脏辫儿、吉他、摩托引擎、扎堆的青年们。

转瞬即逝的年代，转瞬即逝的故事。

流转千年的物貌，终将在午夜沸腾！

放聪明点，阎浮行走。

　　李阎睁开眼睛，他身上穿着二十世纪八九十年代的蓝色工人服装，转身看向周围。

　　迷蒙的夜色下，柏油路，电线杆，眼前高低错落的红砖黑房檐，远方高耸的烟囱喷着浓郁的橘红色烟雾，带着一股子朋克式迷幻风情。滚滚浓烟在李阎不可思议的神情下勾勒出字迹来：

时间：1998 年
地点：燕都，东经 115 度，北纬 40 度

此次阎浮内容为自由猎杀，共下放一百六十四位阎浮行走。

任意阎浮行走死亡时，所有行走将获得通报。

在任何情况下杀死阎浮行走都有 20% 的可能获取他身上的传承。

每名行走将在午夜十一点三十分收到阎浮派发的信息。信息内容为指定地点、限定时间以及一名行走的粗略信息。

每名行走必须在十二点之前到达指定地点，超时者将被扣除 5000 点阎浮点数和所有传承的 10% 觉醒度。

在限定时间内杀死内容中指定的行走，将百分之百获得其身上的阎浮传承。

回归条件：杀死六名以上的阎浮行走。

第二章
沸腾的午夜

李阎的视网膜边上有一个红色的时间标志：十一点五十九分。

降临的时间在午夜十一点三十分以后，也就是说有差不多一天的时间作为缓冲。

李阎在心里盘算着："燕都？是别的果实里北京城的叫法吗？"

李阎抬起头，远处那座高大的烟囱他不认得，可眼前的玩意儿他可看着眼熟：四柱三间七楼，歇山顶，金紫绿琉璃瓦剪边，券洞往上雕着各色精美饰件，红柱蓝底上书"永延帝祚"四个大字。

夜已经很深了，路灯还亮着，胡同口一个红艳艳的"拆"字分外醒目。

李阎的耳边传来犬吠和孩子哭闹的声音，还有缝纫机的踩动声，远方工厂的轰鸣声。一阵丁零零的自行车铃声响起来，李阎打眼一瞧，是个浓眉大眼的工人，头上顶着解放帽，胳膊上套着袖套。

李阎一招手，男人脚板踩地，车轮拖了两三米，正停在李阎面前。一开口李阎觉得还挺亲切："哎，小同志，这么晚怎么还不回家？"

"叔，跟你打听个事儿，这附近有不要身份证的旅馆吗？"

李阎摸着兜里还有半盒的"大联合"香烟，顺手给男人递了过去。男人也没客气，抽出裤兜里的打火机要点烟，没想到把兜里两张纸币给带了出来。

李阎看这两张钱很陌生，也不像是自己那个年代的旧币。男人在车上，李阎便顺势弯腰替他捡了起来。

"谢谢啊，小同志。"

"嘿，没事。"

李阎眼前红色的时间标志一跳，从十一点五十九分到了十二点整。

万籁俱寂……

噌！

李阎脚下爆发出让人瞠目结舌的速度，至少后跃了四五米的距离。

他手里捏着两张蓝色纸币，豁然抬头，眼前的中年男人竟然不翼而飞！

丁零……丁零……

款式老旧的自行车还矗立在原地，黑色的车铃在空寂的街上回响，和路灯下昏黄色的光晕一圈圈地扩散开来，显得有点诡异。

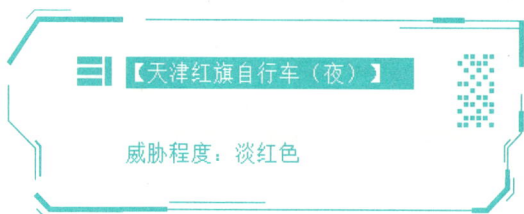

【天津红旗自行车（夜）】

威胁程度：淡红色

李阎扑哧笑出了声，一辆对自己有威胁的自行车，听上去还有点喜感。

⚠ 你的钩星状态加成被削弱至200％！
你的判金类物品无法使用！
你的状态【凶】被压制！

李阎一愣，但很快反应过来，皱着眉头回头看向身后的东岳牌楼。

> **【东岳牌楼（夜）】**
>
> 对范围内所有判定属性为"恶"的物品
> 或能力进行镇压！
> 范围内所有（夜）属性生物不能对午
> 夜里未陷入沉睡的血肉生物造成伤害。
> 脱离东岳牌楼范围即可免除影响。

三道高大的牌楼依旧耸立，只是夜中平添了几分冷峻。

丁零……老旧的自行车自顾自地拐了个弯，向李阎的反方向离开了。

李阎沉吟片刻，脱下臃肿的工人服，翻起白色衬衫的袖子，迈步离开牌楼的范围。

毫无疑问，对于普通人来说待在东岳牌楼的范围里才是安全的。可李阎这次的目的不是玩《寂静岭》的求生游戏，而是跟和自己同样剽悍的阎浮行走进行搏杀。

牌楼对姑获鸟之灵有将近50%的能力压制，这让李阎不能接受。他又想起事件内容里头有一条是让阎浮行走到指定地点决斗，完成这项任务只怕会比想象之中棘手很多。

转了足足两条街。低矮的电线杆、杂货铺、胡同、鼓楼、红砖青瓦，带着浓郁的老北京风格。万籁俱寂，只有远处工厂的烟囱还在冒着红烟，而李阎也再没碰上东岳牌楼这样的特殊地域。

这给人一种看起来诡异，但实际上不太凶险的感觉。

"哈哈，哈哈哈哈……"

李阎正想着，一个黑咕隆咚的"皮球"朝着他的方向滚了过来，后面跟着一个踉踉跄跄摇手晃脚的"小男孩"。"皮球"和"小男孩"

都覆盖在阴影当中，路灯下的影子拉得扭曲细长。

"嗝哈，嗝哈哈哈……"

"小男孩"跑动的姿势非常滑稽，像是跨步似的前后跳动，两只竖着的胳膊曲折成 Z 形，五根纤细的手指死命往外伸着。

"嗝，哈哈哈哈……"

"小男孩"最终暴露在路灯下面。他身着血迹斑斑的黄色儿童衬衫，胸口还印着一只鸭子。"小男孩"的眼皮被割掉，沾着血丝的瞳孔颤动着，像是两颗死白色的咸鸭蛋！

李阎面无表情，耳边传来一个金属摩擦似的干哑的声音："所有行走请注意，一名阎浮行走已经死亡。"

第一个……

"皮球"滚动着撞在李阎的皮鞋边上。黑乎乎的头发，脸惨白惨白的，血肉模糊的嘴唇不停开合，深陷的眼球有一颗在"小男孩"刚刚不断的踢动中掉出眼眶。毫无疑问，这是一颗女人的头颅。

"哥，嗝哈哈哈哈，教……我踢球啊……""小男孩"冲李阎扬起手臂。

李阎沉默不语，他伸出一只脚慢慢地踩在"女人"不断张合的脸上，用力踩下。

扑哧……

液体逬溅了一大摊，半明半暗的光下，李阎的牙齿森白！

"小兔崽子，还踢球？"

燕都雍和宫外

"所有行走请注意，一名阎浮行走已经死亡。"

男子脸色难看地看着周围的朱墙绿瓦，又一次低头看向水井：树枝，房檐，惨白而慌张的人脸。

"的确不是我的脸……"

男子点燃一根香烟,水井中的人脸却直勾勾地盯着男子。

男子吐出一口烟圈:"看个屁啊!"

水花迸溅,那张人脸猛地冲了出来!

双和盛五星啤酒厂糖芽房遗址

"我以前喝过最鲜的啤酒是泰山原浆,不过今天我改变主意了。"男人和啤酒厂里头戴着红星军帽的老人背对背坐着,握杯的手指骨节宽大。

"所有行走请注意,一名阎浮行走已经死亡。"

"哟,这么快就出人命了?老伯,这酒还有没有?"

"有,我给你拿去。"老人颤巍巍地起身,每一步都会带起好大的尘土。

厂房里的设备早就朽坏得不成样子,一只老鼠撞破蜘蛛网,迈着小腿跑得飞快。

"谢了老伯,那咱们……"闪电划过天际,照亮男人满是青色胡楂的下巴,"喝完再打。"

东直门大街北新桥古井

"小姑娘,龙王爷发大水了。快走,我拖住它……"

女孩一伸手,一柄长两米多的龙纹关刀被她握在手里,她却下意识地后退了几步。女孩看上去也就十五六岁,个头还不到关刀的三分之二。

水井里浑浊的黄色井水不断翻涌,从井中延伸出的一条长满红色铁锈的宽大铁链被绷得笔直。虎背熊腰、衣衫褴褛的男子声音颤抖着拉动锁链，浑身上下肌肉凸起，正在和锁链僵持。

"多一事不如少一事。"女孩沉吟着想离开，一转身，却发现自己面前还是那口水井，还是那个男人，还是那句话："小姑娘，龙王爷发大水了。快走，我拖住它……"女孩阴着脸再次转身。"小姑娘，龙王爷发大水了……"

女孩想了想，把龙纹关刀一收，走到汗流浃背的男人身边。细嫩的巴掌握住锁链："大叔，一把年纪连条铁链子都拉不上来，你回家待着去吧。滚开。"

她那比锁链粗不了多少的小胳膊一扬，铁链哗棱哗棱快速抽动，一道闪电劈过红色烟雾，清亮的龙啸响彻云霄。

双和盛五星啤酒厂糖芽房遗址
东直门大街北新桥古井
朝内 81 号胡同
西四北大街护国双关帝庙民居

还不止这些。

红色烟雾烧灼夜幕，寂静的燕都城里不时有厉啸声传来。

昏暗的路灯忽明忽暗，两道影子相面而立。一个是面目狰狞，身上血迹斑斑的恐怖"小男孩"，一个是肩上披着蓝色工人服，袖口外翻到手肘的"青年男人"。

李阎脚尖蹬地，踩碎"皮球"后留下一地碎骨茬儿，右脚拔起满地软丝。"嗯？"发觉抬不起脚，李阎一低头，一道劲风扑面。圆滚滚的，戴着瓜皮帽子，双眼紧闭，灰色的山羊胡子——竟然又是一颗"人头"！

李阎歪头躲过，可飞至他耳朵边上的头颅忽然睁眼，然后猛地炸开！

【人头鬼】

威胁度：淡红色

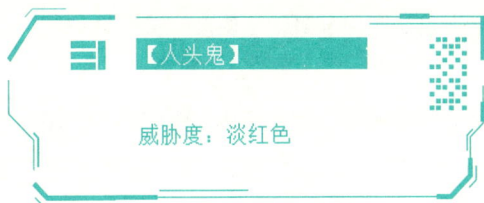

眼看泼洒的黑色液体带着七零八落的血肉就要飞溅出去，李阎一甩身上蓝色的工装，硬生生把炸得稀烂的"人头"裹住，然后连带衣服一起甩了出去。

裹着"人头"的上衣撞上一颗满脸肥肉的"光头"，双双炸开，后面七八道圆滚滚的黑色飞影朝着李阎而来！

李阎尝试着拔起脚面，湿腻的吧唧吧唧声响了半天，可还是扯不断地上的软丝，而一颗又一颗面目狰狞的"人头"已经逼近！

李阎一抬头，一颗秀气却双眼泛血的"人头"几乎和自己鼻尖相撞！

哧……

几颗"人头"咕噜咕噜滚在地上，长长的拔丝被扯断，"小男孩"睁着让人后背发凉的双眼，可那个"青年男人"确实不见了。"小男孩"茫然地左右环顾，视线忽然一矮，周围的景物飞速拔高。那双眼白外凸的眼睛最后看到的，是儿童衬衫上一只被液体糊住的鸭子。

顷刻间，"人头"落地。

李阎垂下环龙剑，任由黑褐色的液体从剑刃滑落。

连续观想了十几天的鬼神八十打，李阎出手的速度已经达到了非人的地步，只是普普通通的纵越挥斩，在他用来简直如同撕扯乌云的惊鸿闪电。

他用长剑拨弄着倒地的尸身，看上去这个鬼一样的东西已经被砍断，像是死了，可这种事情谁说得准呢？

李阎压下自己毁坏尸体的想法，抽身离开。其他阎浮行走才是这颗果实的重头戏，这些东西只是调剂。又不会掉钥匙，干吗死缠烂打？

李阎的影子慢慢远去，路灯下身首分离的"小男孩"歪斜躺着，脸上鸭蛋一般的眼睛大弧度地转动一圈。脖腔上一阵黑乎乎的东西涌动，"小男孩"膝盖杵地，立了起来，一脚踢开自己的头。

"嘿哈哈哈哈……"

"小男孩"摇手晃脚地踢动着脚下的人头，朝着跟李阎相反的方向跑去。

"强度其实不是很大，不过抛出的'人头'可能有古怪，大概有腐蚀性或者有毒。但是自身脆弱，攻击性和普通倭人士兵差不多，甚至还要更差一点。"李阎一拍脑门，"对了，十都的权限中有一条我还没有用过。"

三 **世界观获取**

无须探索即可获得全体阎浮行走的基础探索笔记。同时也可以通过花费阎浮点数，获取价值更高的探索笔记内容。

姓名：李阎
代行：无
完成阎浮事件：3
所记录的阎浮果实：
茱蒂
余束
神·甲子九百八十四（阎浮事件进行中）

"让我看看，这座燕都城到底有什么古怪。"

清脆的翻动声响起，枯黑的竹简在他眼前缓缓打开。

挺惊悚的。十二点一到，点支烟的工夫，工厂里头所有工人都不见了。第二天六点机器一响，又不知道从哪儿全冒了出来。

——匿名

你那算个屁，老子敲大背呢，眨个眼的工夫人就找不见了。

——匿名

消失的不是这个世界的人，是我们，以十二点为界线。我们踏入的是两个世界。

——匿名

很多地方虽然邪，但也不会死缠烂打，千万别冲动。

——匿名

十二点以后的镇压物，真是让人又爱又恨……

——匿名

白天无所谓，晚上找个寺庙躲一躲也能熬过去。想保命的话，不难。就是眼睛要放亮点，别什么庙都往里闯……

——魁

如果阎浮事件的内容是自由猎杀，那这笔钱怕是非花不可了。毕竟对这个世界多一分了解，就多一分战胜敌人的把握。如无必要，像是东岳牌楼这样的存在，李阎还是躲远点。

李阎脑海中浮现出一张烦琐的地图，像错列的墨盒子似的，上面标记着无数的红点。

"按照地图的说法，我这里是……"他此刻走在歪七扭八的胡同里，灰色墙檐一眼望不到头。胡同拐角，两道贴着门神的桃木门两侧挂着红色的灯笼。

廊坊头条胡同

老旧的桃木门嘎吱一声被吹开，李阎眼似孤狼，周身汗毛都立着，打起十二万分精神望着门洞。

悠悠火光往里，嗡嗡热闹声潮水似的打在李阎脸上，门户里不知道多少人摩肩接踵。

"瓜子、落花生、山里红、薄皮核桃。"叫卖声音抑扬顿挫。

时间一分一秒地过去，门里依旧喧闹。红色灯笼的烛火明亮，没半点吓人的事情发生。

那些人像看不见李阎似的，李阎也没有靠近的打算。正要迈步离开，眉毛却是一凉，几乎是凭借本能扭腰，一阵灼热滑腻的触感擦着李阎的额头划了过去。

砰！叮！

前一声是东西砸到石头台阶上，碎片蹦跶得到处都是。后者却是什么东西被李阎劈飞出去发出的声音。

"肏！"胡同拐角有人怒骂一句，翻身要跑。

李阎手腕传来一阵钻心的痛楚，登时戾气大作，手里提着环龙剑径直碰了上去。

漆黑的夜下，热闹的叫卖声从门里传出来。

短促又杂乱的脚步声响起，红色灯笼四下摇晃。踩碎的青苔，被撞飞的草筐，凌乱的瓦片。闷哼，怒喝，陡然出现的剑光，一闪就熄灭的火星，最终是一声惨叫。那人的手枪被环龙剑劈碎，弹簧、枪托、子弹撒了一地。两根手指也被斩断。

"死！"李阎一剑拦腰砍下，却砍出一身水花。那人的衣服软塌塌地落在地上，一股黑色水流一溜烟顺着水渠流走了。

"切！"李阎凶性收敛，一个红灯笼这才不紧不慢地砸在地上。二人刚才短兵相接，不小心砍断了灯笼的悬绳。

喧闹的叫卖声顿时一收。门内老老少少，一个个都扭着脖子瞪着门外，脸色煞白。

李阎只瞥了一眼，想也不想地扭头就跑。结果跨出没两步，忽然一个后跳停在原地，看上去有些莫名其妙。

"无论往哪个方向走，都离这道门越来越近。"李阎暗暗头疼。

宅门里头，男女老少盯着李阎，一张张化过死人妆的脸面无表情。李阎不动，那门却越来越近，好像一张怪异的嘴巴朝李阎扑来。李阎也不慌乱，抽手放回环龙宝剑，迈步往门里边走去。跨过台阶，里头别有一番天地。

三层小楼，红漆柱子，黄蓝色雕梁上画着铜钱和宝塔。室外用的却是炽亮的灯泡，李阎一偏头，发现墙上还挂着白色的空调外机。

往前看是几条约莫两人肩宽的窄胡同，窗户前头的塑料招牌上写着"复印"两个大字。楼上楼下都是人，一个个伸着脖子瞅着李阎。

阴市

"兄弟，打坏人家的东西，招呼都不打就想走，不太合适吧？"说话那人头戴瓜皮帽，身披白毛巾，脖子上挂着一长条盒子，里面摆着各色的香烟，怎么看也不像中华人民共和国成立后的打扮。他越出人群，表情似笑非笑，脸上的粉簌簌而落。

李阎的目光闪了闪，把之前捡起来的两张蓝色纸币递了过去："不好意思啊，你看这够不够？"

卖烟的看也不看："我们不收阳钱。"

李阎把手一放，手里的钞票被揉得很皱："那你说，这事怎么解决？"

"阴市有阴市的规矩，您拿不出钱也行，但得留下点东西抵债。"卖烟人笑意盈盈。

"什么东西？"

"胳膊大腿，心肝脾胃……"卖烟人看李阎眼露杀气，话头一转，"我估计你是不大乐意，我替大伙儿做个主。"他一伸手，"把剑留下。"

"那我要是不留呢？"李阎皮笑肉不笑，打量着周围拥上来的看客和小贩。

那卖烟人一扬手叫退众人，冲着李阎咧嘴一笑，牙口森森放光："头条胡同这地界，在燕都城里不大不小也是个名号，多少年没人坏过规矩，兄弟你可想好喽，我要是没猜错，咱们可得打一段时间的交道。"

李阎想了一会儿，卖烟人也不催促。

"剑我不能给，不过……"李阎伸手掏出一枚黄金小判出来，"这玩意儿能抵多少？"

卖烟人拿眼一瞥，不动声色地回答："富裕。"

"东西你拿走，不过有句话我得说前头，我只出我那份。"李阎指了指门外，"刚才那人，我管不着。"

"得嘞。"卖烟人把判金接过来，一挑大拇指，"局气！这里好东西不少，兄弟你随便看。"

"不着急，回头再说。"李阎转身要走，抬手接住飞过来的物事儿。一盒皱巴巴的香烟，上面画着穿旗袍的女人。

"我帽子张不占人便宜，请你的。"

【小金鼠香烟】

类别：消耗品
品质：精良
售价：一大块活人肉
吸食后增加极小幅度的跳跃力，与传承
状态相乘计算。

李阆心头一动，倒真动了逛一逛这阴市的念头。只是他今晚得抓紧时间，现在是真顾不上了。

"多谢。"李阆说完转身出门口，顺顺当当地走了出去。身后两道门啪地合拢，一丝光也透不出来。胡同寂静幽暗，冷得没有一丝人味。

东城区安定门内，国子监
元明清三代华夏最高学府

"有点儿让人头疼。"说话的男人戴着金丝眼镜，手上套着指虎，给人一种清秀又凶悍的怪异感觉。

几人站在有着明黄色琉璃瓦屋顶的广业堂外，与屋里头的眼镜男人遥遥相望。广业堂是国子监六堂之一，是先生们给监生授业的地方。此刻眼镜男人就坐在讲案下面，眼神纠结。

"云虎，不然我们等等你吧，机会难得啊。"

被人叫作云虎的男子看了一眼堂前高冠博带的虚影。他曾经经历过一次内容与明清科举制度有关的阎浮事件，肩负的传承又是"魁"，一颗主文章兴衰的星宿。眼下国子监这个"老先生"的阴魂是自己突破峰值甚至升华传承的关键。可他想了想，还是坚定地摇了摇头："过些日子再来吧，今晚很关键，不能浪费时间。"

"可是……"

"一百六十四个阎浮行走，即使是在'对决'之外杀死对手，也有20%的概率入手其传承。"男子打断了同伴的话，"不是每一个行走都会积极面对阎浮事件，很多人会选择依靠'同行者'苟且过关。毕竟性命是自己的，凭借传承的特殊能力，只要带点脑子，任何一名行走都可以在现实中过得很舒服，没必要拼死拼活。"

他看向屋子外面的男男女女，站起了身。

"所以这一百多人里面，有太多实力和意志几乎为零的草包滥竽充数。别说行走之间的逃杀，就连午夜这一关他们也未必过得去。可是杀死他们，却能获得实打实的阎浮传承！包括那些位格极为靠前的强力传承都有可能拿到。运气好的话，单凭猎杀这些人就足以获得三四次阎浮事件都拿不到的高收益，这是事件里任何奇遇也比不上的。

"最多三天，这些草包就会死绝，到时候剩下的都是难啃的硬骨头，没什么比清理他们更重要。所以，出发吧。"

男人刚要动身，外面的同伴里有一个女人的声音传出来："既然是先挑软柿子捏，没必要非得带上你吧？"那人走了出来，是个戴着鸭舌帽的女孩，"你留在这儿，我们去收拾那些人。"

"我不放心。"男人断然拒绝。

鸭舌帽女孩显然没有退缩的打算，与男人对视了一会儿："……好吧。"

男人皱着眉毛，摘下金丝眼镜，用衬衫下摆擦拭着："注意安全，先挑落单的杀。"

阿嚏——只剩下一件白色衬衫的李阎拿出史密斯的风衣套上，从口袋里抽出胡萝卜大嚼特嚼。

"这风挺冷啊。"李阎正念叨着，右手边的五金店里走出一个人来，嘴里叼着烟卷，手中拿一把细脊菜刀。

两人同时注意到了对方。

气氛一时凝固，两人四目相对，空气中只有嘎嘣嘎嘣嚼胡萝卜的声音。

男人把燃尽的烟头扔到地上，又点上一根，牙齿咬着烟屁股嘬了一大口。

铛！菜刀和环龙剑撞在一起。两人的鼻尖挨着，一个叼着烟卷，一个嚼着胡萝卜，好像都不太认真的样子。

呼！噗！

男人一大口香烟喷到李阎脸上，自己也被迎面而来的胡萝卜碎渣喷了一脸。菜刀刀刃擦着剑脊分离。

"真他妈脏啊……"两人同时骂道。

第三章
感化胡同

抽烟男人噔噔后退，环龙剑得理不饶人。他细脊菜刀刚刚抽回来，长剑已经贴近他的面门。

"这么快，羽类？"

兵器格挡的速度本来就比挥劈要快，何况菜刀的分量比环龙剑轻上不少。男人的菜刀勉强缠上环龙剑刃，不料猛突而来的环龙却一个翻卷，划到菜刀刀柄的下沿儿上。

"撒手！"那人当机立断，弃刀保手。

菜刀被环龙挑到空中，再无依凭的男人眼睁睁看着长剑奔着自己下巴划过来，心中默念："汤圆。"

长剑上挑到空中，在李阎震惊的目光下，那人的头颅变成了一个被划破的面团。随着环龙剑把面团完全划破，才露出里面的人脸来。

"崩爆米。"气流从抽烟男人的脚下炸开，爆裂的声音把李阎吓了一跳，便没再追击。男人飞退出十余米，落地之后，鼻侧的伤痕才流出血来。

"什么玩意儿？"李阎一时间有些摸不清这人的深浅。只隐隐在男人身后看见一只羊面人身的异兽。

阎浮的提示声缓缓响起：

你直面了饕餮之力！

饕餮，缙云氏族人，极度好食。

你获得了一些信息

姓名：查小刀
天赋：厨艺 79%，刀术 59%
状态：食技
技能：未知
传承：饕餮之心·食技

【饕餮之心·食技】

类别：传承
品质：稀有
开启之后，所掌握的厨艺将转化为
相应的战斗技能。
备注：做饭和打架毕竟是两码事，
拳脚这东西该练还是要练的。

之前头条胡同的那名行走和李阎之间的击斗在电光石火间就结束了，加上天黑，惊鸿一瞥并没有给出消息，所以只知道那人的传承应该和水有关。但这次不同，两人正面交锋，李阎也看清楚了他的手段，所以也获得了这人的信息。

李阎看完一乐，心想："这个传承有点意思啊，龙九子之一的异兽，是个厨子？"

当然，李阎也知道可能并非如此。就像自己的姑获鸟，如果血蘸来自滴血偷婴的传说，那么"天帝少女""昼伏夜飞"这样的描述在自己身上并没有体现。同样的道理，对方身上有食技也不能代表所有饕餮传承者都是厨师。

另一边，查小刀头皮一阵发麻："这人的剑术专精，高得不像话啊……"

他瞥了一眼李阎脚边的菜刀。李阎察觉到他的目光，脚尖踩住刀面往身后的水渠里一搓，菜刀撞在水渠的栅栏上，发出一声脆响。

"没了。"李阎耸了耸肩。

"兔崽子……"查小刀摘下嘴边的烟卷，摔在地上，"崩爆米！"

他对着李阎直冲过来，快得让人目不暇接。李阎想也不想，提起环龙剑往前平直一刺。

"锅贴！"嚓！爆射过来的男人在撞上环龙剑的前一刻，身子极度不可思议地一扭，胸口硬是贴着环龙剑身到了李阎眼前！锋利的剑刃在他身上划出一道见血的伤口，不过只划破了一层皮。他的双掌左右拍向了李阎的双眼。

"磕鸡蛋。"男人的低喝传到了李阎的耳朵里。

"双峰贯耳嘛，瞧把你能的……"心中冷笑的李阎右脚蹬地朝前一搓，脑门硬生生撞在了查小刀的鼻子上。查小刀眼前一黑，血点砸在李阎的脸上。

"驴打滚。"李阎抽剑抖腕，剑刃在空中曲折三次，都划在男人的身上。只是最后一次贴着查小刀脖子的戳击落了空。

"崩爆米。"查小刀弯下身子穿过李阎腋下，奔着水渠边上那把菜刀冲去。飞驰中他的眼角瞥到一抹剑光，心头掠过一丝寒意："他跟得上我！"

查小刀的脖子、手肘、后背都有深深的血痕，可速度却丝毫不减。李阎自问身上添了这三道伤口，实力至少要下降三成，这让李阎陷入沉思。

"本身是比较扛揍的毛类，用传承能力弥补速度的不足，思路不错。"

跃在空中的李阎沉肩刺出环龙，抓到菜刀的查小刀同样翻身挥刀。环龙剑长驱直入，刺进查小刀小腹，而菜刀则被剑柄磕住。李阎凝视着查小刀冷硬的面容，忽然一股难以形容的剧痛从小臂上传来。即使李阎有那般强大的意志力，也忍不住痛苦地嘶吼出声。环旋的血痕从李阎的手腕蔓延到手肘，大片的血肉剥离下来，又垂在李阎的经络和骨头上，触目惊心。

食技·蓑衣花刀

崩爆米

环龙剑被气流撞歪出去，查小刀小腿撑地，整个人缩成一团，直取李阎脖颈，眼里血丝密布，整个人筋疲力尽。

不对！

"汤圆。"一层白面皮把查小刀整个包裹起来，可半点作用也不起，面皮里头传来一声闷响。

砰！一层蔚蓝色的冰层透出面皮。

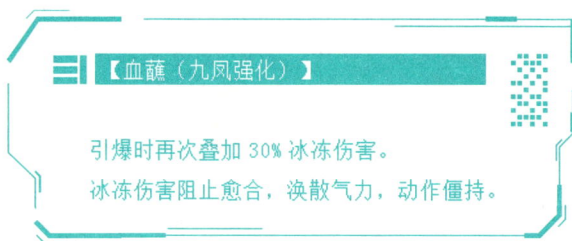

【血蘸（九凤强化）】

引爆时再次叠加 30% 冰冻伤害。
冰冻伤害阻止愈合，涣散气力，动作僵持。

李阎左手一抖，一张黄色符纸被他撕破，右小臂的伤势以肉眼可见的速度愈合。

"油炸鬼。"一道金光从面皮里射了出来，通体金黄色的查小刀七窍流血，却逃得飞快。"崩爆米崩爆米崩爆米崩爆米！"眼看着查小刀在空中几次折跃，就要逃走，李阎却没有追赶的打算。他舔了舔牙齿，啐出牙缝里的胡萝卜残渣。

"这人的传承觉醒度不在我之下，甚至可能突破了第一次峰值。才刚开始，没必要跟这种人拼得你死我活。"李阎走进刚刚查小刀走出来的五金店，把门堵得结结实实，"一百多个阎浮行走，不可能都是这个强度。'那些人'想算计我，应该会在以后的十二点'对决'之中做手脚，把地点安排在对我不利的镇压物上。是我运气太差吗？碰上的两个行走都不太好杀。"

李阎打量着五金店里头满地碎得拼凑不起来的零件，改锥、扳手，都被砍成几段。一辆被硬生生拆掉两个轱辘的自行车还在不停抖动，像是离了水的活鱼。

"幽灵五金店啊，似乎被他荡过了。"

李阎扯出桌边的凳子。一开始那凳子还动了一下，被李阎的眼光一扫，顿时老实下来。李阎大马金刀地坐下，掏出吃到一半的胡萝卜，嘎吱嘎吱啃了起来，似乎没有继续探索下去的打算。两排焊死的铁架子上下有六七道夹层，上面摆着装各色零件的盒子，塑胶手套、铁环、曲柄、螺母、钳子……而在李阎脚下的夹层里，却露出一双惊恐的眼睛。

"他不会发现的，刚才那个男人就没有发现……我的酥骨术有76%的水准，谁能想到这里面能藏一个人呢。"

架子里的人给自己打着气，却没发现，一只比蚊子大不了多少的黑色长喙鸟立在地上，一直盯着她。

李阎的半边袖子都被鲜血浸透。他在店里找来清水和纱布给自己处理伤口，清洁弄脏了的风衣。水声和布帛撕扯的声音传到她的耳朵里。冷风咻咻地从洞开的玻璃门外刮进来，藏在夹层里的她手心和脸上却全是汗珠。沾着泥土和血渍的皮鞋就离她的下巴不到十厘米，吃剩的萝卜缨擦着她的脸落在地上。女人鹌鹑似的缩成一团，手指死死掐着自己的胳膊，大气也不敢喘。

"还有几个小时天就亮了。"李阎好像是在自言自语。

嚓！血槽晦涩如同一条黑线的环龙剑插在大理石的地面上，几条发丝飘落下来。女人一大口唾沫吞进肚子，一时间心如死灰。

"不想憋屈地死在里头，就出来。"李阎后退两步，身上的风衣湿漉漉的。

"呜，唔……"女人似乎忍了很久，大口地喘息着，隐隐带着哭腔。

李阎丝毫不为所动，眼神冷冷盯着从比两个合拢起来的脸盆大不了多少的夹层里一点点往外挪动的女人。

她身上穿着洗得发白的汽工制服，上面布满黑褐色的斑点——有的是汽油，有的是血迹。她的右手被大力折断，左腿上全是血，走路一瘸一拐的。小腹被野兽的爪子扯出一道深深的伤口，随着女人蹒跚的步子，粉红色的血沫滴滴答答落在地上。

"别杀我，求求你，别杀我。"她眼圈通红，一边说话一边抽噎。

女人的身上脏乱，还带着一股难闻的汽油味，可身材姣好，红肿的眼睛和沙哑的嗓音让人心生怜悯。

"易地而处，你会放过我吗？"

"我没杀过人，真的……"女人慌乱地辩解。

"我也不喜欢杀人，感觉很糟糕，好像故意去迎合某些人恶心的三观似的。"李阎耸了耸肩膀，冷不丁翻腕暴刺，环龙剑直奔女人脖颈戳去，"所以我下手尽量快，杀人真有报应，我担了。"

李阎心念电转，手里的剑更快。

女人看上去完全失去了反抗意志，反应却出人意料地敏捷，竟然扭腰躲过了李阎的环龙剑，只有肩膀被划出一道不浅的伤口。她往后跌去，一个趔趄撞倒了两排铁架子，仰天咳出一大口血沫，反倒有种别样的凄美。

"羽类……"

"你要我的传承，我可以给你。求求你，别杀我，我不想死。"

眼看跌在地上的女人连连哀求，李阁往前走了两步，剑刃点在女人的脖子上。

"说出来听听？"

"我的口袋里有东西。"

李阁一剑划开女人胸前的口袋，一颗黑色的围棋棋子掉了出来。

【墨石棋子】

消耗品，仅限自由猎杀模式使用。
使用时需花费100点阁浮点数选择
投子认负，可主动剥离自己的一项
传承，使其转化为传承卷轴。

"你杀了我，只有两成可能拿到传承。放我一条性命，我保证你一定能拿到我的传承。"

李阁眯了眯眼睛，把环龙剑放到桌子上，转身去扶倒下的铁架子。自己整个侧身对着女人。女人眼神瞥到桌上的长剑，喉咙鼓动了一下。

李阁蹲下把铁架子扶正，悠悠地想："阁浮事件还要求杀死六个人，你真是让我为难……"

他背对女人好一会儿，都没有一点动静。

"可以了吗……"女人问道。

李阁站了起来："没了传承加持，你就变回了普通人。这次阁浮事件没有同行者的说法，杀不够六个人，你一辈子都得待在这个鬼地方。"

女人沾血的脸上泛出苦涩："那也比现在就死在这儿要强吧。"

李阁想了想，说道："传承，加上你身上所有品质在精良以上的物品，我可以不杀你。"

"好。"女人点头如同小鸡啄米。

【星纹弹饰】×3

品质精良，仅对阴体造成伤害，接触即可引爆。

【蜀绸】

品质精良，华美的绸缎。

【魔女的媚药】×8

品质精良，耗费十二小时的寿命就可换取一年时间的衰老停滞。

【风廉之发】

品质稀有，使用后随机领悟一项状态类主动技能，要求羽类传承，觉醒度40%以上。

"就这些？"

"就这些。"

李阁上下打量着女人。她的权限不到十都，这是李阁通过惊鸿一瞥确认过的，所以东西一定藏在身上。

女人穿着紧身毛衣，单薄的牛仔裤，双手环抱着肩膀，楚楚可怜。

算了……李阁把沾着汽油和血渍的制服丢给女人。她伸手接住，眼神黯淡。

李阁拿着一张蔚蓝色的纸，随手一捏，就有点点蓝色光屑落下。

【传承：重明鸟之瞳·风泮】

觉醒度 9%（剥离自动还原初始值）

风泮：增强持有者 90% 纵越、奔跑、躲闪能力，并附加 45% 的力量。

主动激发风泮，可在一定时间内自由分配共 135% 的加成方向。

加成方向包括纵越、奔跑、躲闪、力量四项。

⚠ 行走大人请注意！

你可以选择用它来替换掉本身传承，替换后重明鸟将继承姑获鸟的觉醒度。

血蘸（九凤强化）无法补偿，请行走大人慎重。

你也可以选择将其当作普通的阎浮信物进行吞噬，增加 9% 的觉醒度。

"很灵活，不错的传承。"当然，李阎是不会选择替换的。

"你、你说过放过我的。"女人的语气有些哀怨，阎浮事件中还有杀死六个人这样的内容，可她实在没什么选择。

李阎把纸张收起来，双眼盯着女人的脸。

"你，答应过我的……"

李阎往前迈步，女人下意识抓起桌子上的螺丝刀。桌子上的东西被划拉下去一大片。

"你不守信用！"

你这种人，真的不适合阎浮。李阎这样想着，伸出右手。

"还有四个小时才天亮，你现在的模样，碰上点什么都是死路一条。官莱园的观音庙离这里只有几百米，那里是守序的镇压物，我扶你过去。"李阎的声音很轻，也说不上多诚恳，"不用就算了。"

女人拉风箱似的喘息声慢慢平复，她怔怔地望着李阎，近乎绝望的眼里全是水光。

风吹动树叶，一片沙沙的声音。李阎架着女人的胳膊，一步一步走出店门口。

女人头发散乱，一瘸一拐地跟着李阎往外走，走了一会儿才低声说道："谢谢。"

李阎摇头："是我抢了你的传承，你昏头了。"

"能保住命就好，那种情况下，哪有人愿意帮我？"女人仰着脸吸了吸鼻子，也许是因为长久以来承受的压力太大，在确认李阎真的不会杀掉自己以后，她变得健谈了许多，"我当初真的没想到会是这样，我只是需要钱，早知——"

温热的血溅了李阎半脸半身，身边的女人扑通跪倒，胸口被炸出一个头颅大小的血洞，血管不停抽动，鲜血四处喷溅。

李阎汗毛参立。他怒睁着双眼，下意识攥紧她的巴掌。女人仰着脸好像要说什么，嗓子里溢出大口的血，双眼很快失去神采，然后一点点瘫软在地上。

"倒霉，没有拿到。"在路口端着轻型狙击步枪的光头男说道。

"没关系，还有一个。"

几道人影前后涌现，把李阎包围起来。为首的是个鸭舌帽女孩，双眼凝视着电线杆下面的男人。

李阎沉默地抽回手，用手背擦过脸颊，嘀咕着骂了一句什么，然后自嘲地笑出声。风声呜咽，树叶摇摆。四下都是桦树和红砖砌就的楼房，用厚厚的铁栅栏围着。中华人民共和国成立前这里有所感化学校，教育感化了很多"混混"。所以这里的名字是：感化胡同。

"这种情况你还笑得出？"女孩冷声说道。

"还好吧，其实这种情况我比较应付得来。"李阎脸上的浅笑消失，化作无尽的阴沉恶意，"宰了你们！"

鸭舌帽女孩后脊骨没来由地冒出一阵寒气。她嘴唇翕动，声若蚊蝇，可她想传达的人都听得清清楚楚。

"速战速决，配合秃子集火，给我把他打成筛子！"

李阎的拳头撞进楼房底下铁皮和木板搭出来的小棚，扯出里头的铁皮和水泥板盖在自己身上。

嗒嗒嗒……距离李阎不远的桦树和街尾同时亮起耀眼的火舌，黄澄澄的子弹叮当乱响。光头男人抓住机会，从歪头瞄准到扣动扳机一气呵成。子弹沉闷地射出枪膛，霎时火花乱窜，一地狼藉。

埋在浓密树叶后面的墨镜男人啐出一口唾沫，冷笑道："那些破烂玩意儿挡不住子弹，一准死了。"

矛尖戳在千疮百孔的铁皮上，发出铛的一声，铁皮随即朝街尾的阴暗处扔去，皮衣男人翻滚着冲出街尾的阴影，铁皮本就龟裂不堪，这下更是直接碎成满地碎片。

皮衣男人文着骷髅头的脖子上被划出一道伤口，鲜血呈"川"字形流下来，不过很快就愈合了。他捂着脖子，往铁皮飞来的方向看去。

纯黑色的胴丸勾连成一体，身体微微向下俯着，星兜前头露出两个红底黑纹的诡异瞳孔，皮笼手下面端着一支黑色短矛，几颗子弹嵌进皮沓里，但是没一会儿就被挤在地上。

六纹金钱，骑鬼。

骑鬼一支短矛朝桦树里头射去，墨镜男人的传承极大提高了自己的动态视力，脖子一歪就躲过了矛尖，却没注意到黑胴具下面一道影子唰地闪了出来。

"大悦，走！"鸭舌帽女孩大喊一声。

树上的墨镜男人不信邪地试图扣动扳机，只觉得脚下的树枝一沉。接着就是利刃入肉的极度恐惧。

嗒嗒嗒！几枚子弹射进李阎的胸口，而环龙剑刃从手柄式轻机枪到墨镜男的食指和中指间劈过，一直砍到手肘。枪械七零八落地撞上树枝，然后落在地上。

墨镜男人的两截骨肉从中间裂开。李阎的身体往前撞，左手穿透墨镜插进男人的眼眶，深深贯穿男人的后脑。四五个呼吸后，男人便不再动弹。

光头和骷髅文身男的枪口下意识冲着桦树，但是他们什么都看不见，也不敢开枪。

树下骑鬼的脖子僵直转动，足具前踏，黑色流水似的朝街尾的骷髅文身男冲了过去。

"很遗憾，你没有获得其传承。"

李阎拔出左手。眼神穿过疏漏的叶间，盯住鸭舌帽女孩。

女孩脸色铁青，把帽子扔在地上，心中不乏懊悔。

"点子背，走。"

光头一愣，不可置信地怪叫出来："你开玩笑吧，大悦怎么办？"

"死了。"女孩冷冷说道，"等云虎完事再说，现在硬拼，我们还得再折几个。"

光头男人的脸庞涨得通红，哪里肯罢休。

树叶娑动，李阎收回环龙剑到印记空间里，脚面压紧树枝，穿过浓密叶团俯冲向光头和女孩。光头的反应不可谓不快，抬手瞄准扣动扳机，李阎空中无处借力，没有躲避的余地。

这枪因为射程短，威力小，一直被诟病。射程短在巷战里不算太大的缺点。虽然威力小，但是一枪下去，五百米内就是最扛揍的毛类传承行走也像脆弱的西红柿。

枪支这东西，对果实有要求。需求评价高，购买上限极低。便宜，威力大。

传承这东西，在前期保命足够，但是杀伤力不足。所以想要完成阎浮事件，枪支就显得弥足珍贵。一枚子弹的杀伤力不是在开始只提供一些体能和素质提升的传承可以比拟的。

李阎的血醮已经是罕见的杀伤性技能，但同样需要之前造成大量伤害，而且使用枪支的时候无效。一般情况下通过枪械火力压制，对付在十都以下的阎浮行走几乎无往不利，打中就得死。

灼红的子弹嗒地射出枪膛，钻进李阎的眉心。

"死了！"光头心中怒吼。

李阎的头往后一仰。

"不对。"女孩脚尖向后跳跃，然而已经来不及。一道白金色的炼芒从李阎手中爆射而出，足足有三米之长，虎口吞刃撞在光头的脸上，血肉飞溅。

"很遗憾，你没有获得其传承。"

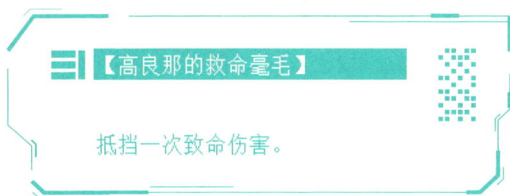

【高良那的救命毫毛】

抵挡一次致命伤害。

李阎在空中的身体不由自主地往前冲去，扬臂右挑枪杆，吞刃自上而下划过女人的胳膊和小腹，绽出一道翻涌的血浪。

右脚落地，噼里啪啦的脆声从李阎骨架里爆响出来。双手托枪杆，枪头向上如猛虎扑涧，枪杆挑得女人双脚离地。虎挑！

接着朝前发力戳刺，白金色枪头刺穿女人的胸口，从后背透了出来。血珠沿着枪杆洒落，宛如大小红色珠帘。女人的手掌握住枪杆，虽然她的心脏已经被李阎用枪头搅碎，但是一时半会儿还死不掉。黑红色的鲜血在她身下流了一大摊。她咬着牙与李阎对视，神色颇为不甘心。

"十都……真是怪物。"

"牟。"

李阎心头一跳，难以形容的悸动逼迫他双手放开枪杆向后退，可于事无补。

"你受到传承鹦鹉的诅咒，你的技能格中所有技能将在十五天内无法使用。无法使用的技能包括惊鸿一瞥、九凤神符、杀气冲击。"

"倒霉！"李阎暗自骂了一句。

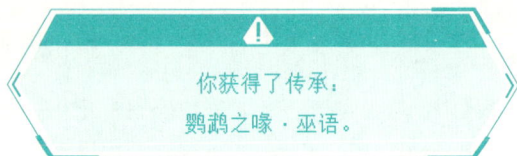

> ⚠
>
> 你获得了传承：
> 鹦鹉之喙·巫语。

街尾的黑色骑鬼和拿着匕首的骷髅文身男缠斗不休，隐隐还占了上风。

"小武，快走！去找云虎。"

骷髅文身男一怔，余光透过骑鬼扬起来的胳膊，只见李阎抖落长枪，身后倒伏着两人。鸭舌帽女孩的瞳孔逐渐失去神采，血泊浸过她的鼻梁。

文身男拳头咯咯作响，腋下夹住骑鬼的短矛，匕首发狠地插进骑鬼的星兜，一脚蹬开骑鬼，转身就跑。

在刚才短促的乱战当中，李阎的惊鸿一瞥一直开着。早在李阎还没有传承在身的时候，他就能凭借惊鸿一瞥的"肌肉观察"八步之内直面热武器。

可现在李阎处于血蘸冷却状态，并没有钩星状态在身。这也是他明明踩上树枝站在墨镜男人面前，却来不及阻止墨镜男开枪的原因。

而随后的跳跃出枪反杀，更是李阎在没有钩星加持的情况下不得已的冒险之举。拼了一个出其不意，但也损失了救命毫毛这个可以说至关重要的道具。

李阎脸色阴沉地迈步，一口气没提上来，沸油般的老血涌到嗓子眼，被他轻轻弯腰吐掉。

李阁胸口埋着三发子弹，其中一枚嵌进肺叶。姑获鸟传承对李阁的体质和恢复力提升不多，在字面上也没有显示。

这点伤对毛类传承不痛不痒，可对羽类的李阁来说，已经严重影响了战斗力。

救命毫毛已经用了，钩星经过强化以后也要四个小时才能恢复，技能栏的技能全部被封。理智地讲，不宜再战。

可惜李阁不这么想。

他不急不缓地往前走，撕开一张符纸恢复伤势。上百只苏都鸟四散开来，对文身男紧追不舍。头一夜要拣软柿子捏，这几个就不算硬！

"两枚黄金大判，甘露符的恢复效果，大明黑色龙旗，龙虎气，老子还有的是底牌。说了要宰了你们，就一个也别想跑。"

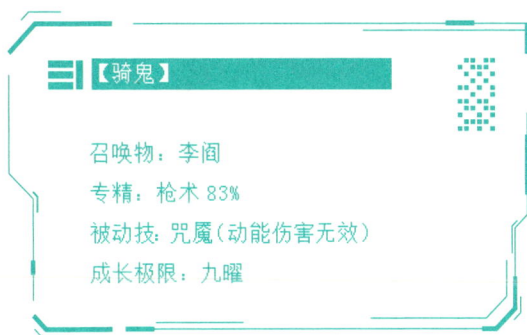

```
≡ 【骑鬼】

    召唤物：李阁
    专精：枪术 83%
    被动技：咒魇（动能伤害无效）
    成长极限：九曜
```

李阁从静止不动的骑鬼身边走过，骑鬼的胴丸从头上的星兜开始，化作黏稠的黑色泥流，一溜烟儿钻进了六纹金钱的方孔之中。几枚子弹从李阁的胸口里挤了出来，黑红色伤口表面的血肉挤在一起，不再流血。脏器之间还存留着一种浸泡在滚油里的烧痛感，不过表面上看已经没有大碍。

李阁开始走得不快，接着慢慢加速，穿街过巷，指向性十分明确。

几人爆发冲突是在长椿街路段，而文身男专挑窄小胡同。足足几十分钟的时间，七绕八绕了几个圈子，他发现仍旧甩不脱李阁！

　　余光瞥到身后男人紧追不舍，他扬起手里的 RPK 轻机枪，李阁噌地躲到胡同后面，才发现文身男并没有开枪，而是飞快地消失在自己的视野里。

　　"呵……"

第四章
爻

距离感化胡同不远，宣武门东大街，天主教燕都主教府旧址。

夜色黑得浓稠。

街上饭馆、服装店林立，不过最引人注目的还是一家挂着"滚石文化"招牌的店面。店门口的漆木门脸上挂着连串的彩灯，左面写着"音录"，右面写着"像制"，都是红皮的条纹字。圣女果形状的彩灯或红或绿或黄地接连亮起。玻璃天窗上的彩色电视机里面循环着当时的"老歌"，是李宗盛的《和自己赛跑的人》。

一个发型糟糕，浓眉大眼耷拉着脸的不知名中年人唱着："我们都是和自己赛跑的人，为了更好的明天拼命努力，前方没有终点……"

文身男往前跑着，不时慌张回头，神色惊恐。

仓促的脚步声由远及近，文身男站在"滚石文化"的招牌下面，双手扶着膝盖大声喘息。

"哈！妈的！妈的！"他两眼发红，用愤怒的喝骂生硬发泄着自己的恐惧和愤怒。

五颜六色的彩灯像是短路似的闪烁，最后只有嫣红的灯泡还亮着，映射得街上一片红蒙蒙的。骷髅文身男仰起脸，枪口对准在空中俯视着自己的苏都鸟，一梭子弹甩了出去，惹得苏都鸟群飞速散开。

嗒嗒嗒……子弹的声音在寂静的长街上分外刺耳。

电视机里的中年男人嘴里唱着歌，嘴角却挂着一丝嘲讽。他有气无力地拨弄着吉他，眼神却盯在了文身男人的身上！

文身男显然没有注意到这家店的诡异，后面那人在他看来要可怕得多。

又一道脚步声响起，李阎像是夜跑似的赶了过来，嘴里叼着一根胡萝卜。

咔嚓，李阎咬断嘴里的胡萝卜，把黑旗插在地上，斜眼看了文身男一眼。"不跑了？"

骷髅文身男紧盯李阎沾着血渍的胸口，吸了几口气让自己冷静下来。他耸了耸肩膀："跑不掉，不白费那个力气。"

"那女人是你们的头儿？"

"差不多，她男人是。"

"我说不太像，毕竟是辅助类的传承。咦，你的意思是你还有同伙？"

"是啊，就在你身后。"

李阎依言往后看，骷髅文身男先是一愣，接着心中涌出一阵狂喜。刚想有所动作，李阎已经回过头来。

"没有啊。"

"……"

电视机里的中年人声音悠扬："人有时候需要一点点打击，最常见的，就是你的女友离你而去。"

文身男冷着脸，把手里的枪械扔到了地上。

李阎见状一声冷笑："我今天发够慈悲了，你拿起来还死得有尊严点。"

文身男抿着嘴，从腰后面抽出两把锯齿匕首，嘴里说道："凶附带30%子弹伤害豁免，25%加速愈合，加上治愈的消耗品，少几枪打不死你。我用枪双手被占，你那杆大枪扫过来根本挡不住，我一枪也挡不住，最后的结果就是你伤我死。"

"那你凭什么觉得你能跟我玩兵器？"李阎笑了。

"凭你没有传承状态！"文身男怒喝一声，蹬地噌地往前冲，"就算你有70%，甚至80%的近战专精，没有传承状态加持，我们还是五五开！"

李阖扬手扔出一个红彤彤的物件儿，吓得文身男连忙往旁边翻滚。吃剩的萝卜缨子砸在电视机前的玻璃上，屏幕里的中年男人正扯着嗓子唱"亲爱的 Landy，我的弟弟……"，被这突如其来的一下给弄愣了。

李阖扬了扬手示意他看过来："我讨厌张培仁，换一首。"中年男无措地眨了眨眼睛，手不由自主地拨动吉他，调子一下欢快起来："纯儿是我的女儿，是上帝给我的恩赐，我希望她快乐健康，生命中不要有复杂难懂的事。"

"这就好多了。"李阖轻轻点头，下一秒就见眼前两道寒光直扑自己面门。

"之前的惊鸿一瞥之中，这人的匕首专精只有69%，和初次见面的张明远一样。而他，似乎对自己的近战专精很有自信。"李阖抖腕抽出环龙剑，横格架住匕首，文身男右手顺势往下一滑，没想到手腕正撞上李阖高抬的膝盖，锯齿匕首当即脱手。

"谢谢你让我知道，我真的很强。"

文身男给李阖的脸上和手臂上共添了两道伤口，但是代价是自己的脖子被环龙剑整个捅穿。

> ⚠️
>
> 很遗憾，你没有获得其传承。

20%的概率，很好，很真实。

歌声仍在继续："我是一个瓦斯行老板之子，在还没证实我有独立赚钱的本事以前，我的父亲要我在家里帮忙送瓦斯。"

李阖捡起地上没剩下几发子弹的轻机枪，走进"滚石文化"里头，把枪往桌上一甩，坐在了空着的按摩椅上。有环龙剑的吮血在，那两道伤口已经结痂。

他看着电视里的男人，随声和唱，声音沙哑："我必须利用生意清淡的午后，在新社区的电线杆上绑上电话的牌子。我必须扛着瓦斯，穿过臭水四溢的夜市……"

说起来，李阁唱的倒比电视里那人还要入味一点。吉他声歇，男人不再唱了，而是静静地看着李阁，沉默了一会儿才说："你很眼生，我从没见过你。"他瞥了一眼外面的尸体，"还有这个人。"

李阁整个身子埋在椅子上："以前没人进来过吗？"

"偶尔也有。"电视机里头的男人笑着，怎么看怎么诡异。

"那些人后来怎么样？"

男人耸了耸肩膀："我只记得以前有个倒霉蛋来过，七年了都没出去。"

"哦？他人在哪儿？"

"他？"男人笑得畅快，"跟另一个倒霉蛋侃呢……"

李阁屁股下面忽然一空。他小腿一竖，腰间发力翻身，可还是扑通一声朝里头陷了进去！李阁右手抓住椅子的边沿，使劲往外拔。黏稠的黑暗拉扯着李阁的身体，小半张脸已经陷在按摩椅里头。两团黑漆漆的大手从椅子后面伸出来，死死勒住李阁。

"留下来陪我吧……"男人阴沉沉地说着。

他伸出满是老茧的手遮住屏幕，手指一点点从电视里面伸了出来。胳膊、腰、大腿……最后皮鞋轻轻落地。

男人穿着米黄色的西装，黑眼圈浓重，像是很久没有睡过了。

陷在泥沼一样的按摩椅里动弹不得的李阁眼珠转动，嘴里碎碎念道："我要是待在这儿，肯定比你唱得好听。唱了七年，牵条狗过来也不至于唱成你这样啊。"

看眼前这个"混混"半点也不惊慌，男人眯了眯眼睛。他低着头沉默了一会儿，扑哧笑了出来，再抬起头来神色癫狂："那你就在这给我做个伴吧！"说完，他拉着李阎扒住边沿的右手手腕，死命地拽动，想把李阎推进椅子里头。

五秒过去了。

"进去，你给我进去。"

十秒过去了。

"嗯……哈！哈！嗯……哈！哈！"

半分钟之后。

扑通，男人一屁股坐在地上，满脸是汗。李阎的手腕像是被焊死的生铁，纹丝不动，露在外面的独眼瞅着男人。

男人唰一下站了起来，脸色发狠地在屋里头来回翻动，半天才从抽屉里翻出一把裁纸刀来。他端着刀子走到按摩椅边上，刀刃对着李阎。李阎抬眼瞧着他。男人眼珠发红，锋利的刀尖来回抖动。

"瞅啥呢？动手啊。"李阎露出一口雪白的牙齿，"七年才有我这个倒霉蛋过来，机不可失。"

当啷，裁纸刀落地。男人抽了自己一个嘴巴子，把柜台的海报扯得粉碎，抄起花盆砸向玻璃门。

看似脆弱的门纹丝不动，玻璃上红色条纹的"音像录制"字样上沾满了泥土。他一脚又一脚地踹在 CD 柜子上，咣当咣当的闷响声暴躁得很。印着周华健笑脸的唱片哗啦啦撒了一地。

男人一屁股坐在地上，满脸纠结地抓着头发，眼圈发红。

李阎一见倒乐了："做了鬼连人都不敢捅？你也是蝎子拉屎——独一份了。"

男人气得嘴唇直抖，伸着脖子直叫唤："你管得着吗？你管得着吗？！"

李阎打量着男人，开口道："我说，你怎么进来的？咱俩左右也算难兄难弟，跟我说说。"

男人撇了撇嘴，一扭头不搭理李阁。

"说说呗，哥们儿，以前是干啥的？"

男人往下咽了咽发堵的喉咙，抹了抹眼睛才说："我说你小子心够宽的，真不怕死啊？"

"死？"李阁眼珠扫了一圈，"这地界儿还不够资格。"

男人摇了摇头，半天才平复心情，心想能有个说话的人也不错。

"我以前，做乐队，住颐和园那边。树村你知道吗？那宿跟几个哥们儿喝醉了酒，十一点多在这儿晃悠，谁知道一眨眼的工夫，周围一个人都找不着了。剩下的，跟你一样。"

"就你这嗓子，做乐队不挣钱吧？"

"那是你们不懂！"男人好像被抓住痛脚，但想想现在这个关头，争这玩意儿也没多大用，也就不再气急败坏，而是叹了口气，"混了几年也没混出样来。那时候在开心园演出，完事后钱正好够喝顿酒。这辈子没能尽孝，想再见二老一面也难了。"

"我帮你。"

"顾你自己吧，你丫自身难保。"男人嗤笑一声。

"你知道我为什么明知道这家店有问题，还要往里闯吗？"李阁问他。

"你丫神经病，谁管你。"男人骂着。

"呵呵……"李阁的半张脸笑着，一时间不知道谁才是厉鬼。他手指猛地掐紧，几道鲜明的痕迹印在按摩椅上。吱，椅子上冒起来一阵白烟，激荡的吼声带着白色蒸汽升腾。在男人不可思议的目光中，黑色的皮垫猛烈燃烧。李阁翻身而起，空气中回荡着恶兽的怒吼。

混沌刺青，凶。

男人好半晌也说不出话来。

六纹金钱的黑色方孔里射出一阵青蒙蒙的柔和光彩。穿着九分裤、米色女士西装的丹娘走出青光。洁白的手指按在沙沙作响的留声机上，好像对这个造型奇特的器具很感兴趣。

"丹娘，能不能想个办法把他带出去？"

丹娘听罢凑近男人的脸，吓得男人连连后退。

她转头问向李阁："这只爻吗？"

"什么叫爻？"

"他这种误入阴冥，回不去的，就叫爻。"

"就是他。"

丹娘点点头，说："先给他找个容器。"说完她一指牵牛花形状的留声机，不动声色，"这个怎么样？"

"太大了，小一点的。"李阁拿起一台白色索尼随身听，"这个吧。"

"可以。"丹娘抓住男人的衣领，在一阵"你要干什么"的无聊问题中，硬生生把男人的头往随身听的黑白屏幕里塞去，那场面看得李阁啧啧称奇。

"爻虽然很少见，但是很弱，为什么特意带上他？"

丹娘把随身听交给李阁。

"刚才在外面，他唱歌虽然难听，但是……"

在魁的《记录书》中，宣武门的东大街上，同样有一处镇压物。李阁遥望着门外复古又破败的洋楼。洋楼大门紧闭，上有大理石镂空纹雕，是一所通体灰白色的教堂，看上去很久没有人住了。

【新教燕都主教府遗址（夜）】

天主教徒将获得祈福。
排斥所有异教徒。

"刚才追杀文身男就是在这个镇压物的范围里，可是我没有收到任何异常状态的提示。要说这条街邪门，城里头哪儿都一样，硬要说这儿有什么特殊的……"

李阎端详起手里的白色随身听。

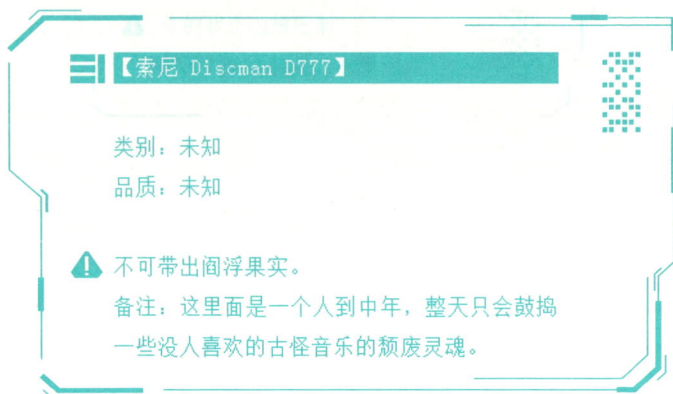

≣【索尼 Discman D777】

　　类别：未知
　　品质：未知

⚠ 不可带出阎浮果实。

备注：这里面是一个人到中年，整天只会鼓捣一些没人喜欢的古怪音乐的颓废灵魂。

李阎迈步走出大门，站在"滚石文化"的牌子下面。

呼！一阵打着旋儿的风黏腻地吹在李阎的胳膊上，让他起了一阵鸡皮疙瘩。圣女果彩灯一个又一个地接连熄灭，街面上一片阴森。

啪叽！李阎低头，自己正踩在一摊血泊当中，脚底下还硌得慌。他弯腰从血泊里捡起来什么东西，摸上去圆滚滚的。李阎甩干净上面的血迹，把它对准天上姜黄色的月亮。它颜色透明，里面还有花瓣似的东西。

"玻璃球？"李阎哑然失笑。随手把玻璃球一扔，突然觉得有点儿不对劲。再一抬头，心里头一阵硌硬。

天上挂着的根本不是月亮，而是一张神色怨毒的人脸。

忽然，李阎脚下一凉。他条件反射地抓出环龙剑，下劈扬腕往外一甩。也不知道刺中了一团什么东西，它被环龙剑甩在墙上，血丝呼啦，红了一片。

"丹娘，你先进来。"李阎走上大街，任凭丹娘化作青色光彩拥进脖子上的金钱方孔。

窸窸窣窣的声音传进他的耳朵里，他顺着声音看过去，正是在他杀死文身男的地方，脖子被洞穿的骷髅文身男正像一条鲶鱼一样摩擦着地面，朝李阁爬过来。他血迹斑斑的脸上龇着红色牙龈，黏腻的黄色尸油粘连着柏油路，看上去恶心又恐怖。李阁随手卸下绿色的邮筒，左手拿着环龙剑，右手拖动铁皮邮筒，朝扭动的骷髅文身男走去，脸上一点表情也没有。黑色皮鞋踩在地上的声音夹杂着铁皮邮筒划动的声音，节奏分明。

那恶心的尸怪顿了顿，忽然疯狂地摩擦地面，扭头朝李阁反方向扭动。

很显然他没有李阁快。

足有腰身粗的邮筒带着风声砸在尸怪身上，血肉横飞。

李阁没有停手，一下又一下，直到脚下的尸体再也没有人形，沾满血渍的邮筒也扭曲成了麻花，这才罢手。

砰！他扔开邮筒，望向萧索的长街。

来时还算整洁的大街上，此刻却处处可见黑色的油渍。饭店"香河肉饼"的牌灯被砸烂，一片破败的末日景象。

街角，一双踩着玻璃凉鞋的修长大腿贴着白墙沿走出拐角。李阁本来饶有兴致，但是看了一眼那女人红白夹杂的上半张脸后立马皱起了脸。

"女人"身后影影绰绰不知道有多少只胳膊的影子照在墙上，看得人头皮发麻。它们簇拥着朝李阁扑来。

西装革履，腰间别着大哥大的男人。

胳膊上绑着红底黄字的臂带，穿着老旧中山服的老头。

脸上贴着大头贴，梳着羊角辫子，单脚踩着滑轮车的女孩。

只是每一个人浑身上下都沾满血污，缺胳膊少腿，怎么看也不像活人。

"我就知道没那么容易。"

李阎把环龙剑换到右手，没走两步就发现自己走进了教堂的范围。

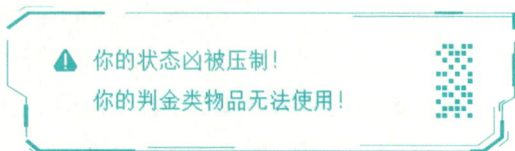

> ⚠ 你的状态凶被压制！
> 你的判金类物品无法使用！

李阎敲了敲索尼随身听的铝合金外壳："怎么称呼您？"

"梁野……"随身听里传来男人的声音。

"唱两句我听听，别让我大晚上的白忙活。"

"还唱刚才那个？"

"你不是说我不懂吗，你会唱什么唱什么，觉得什么好唱什么。"

李阎心里想着，让自己看看是不是这只爻的缘故才让教堂的镇压效果没有体现，如果是，说什么也要把它带出去。

"咳咳，你看看屏幕，是我和一帮哥们儿的歌。"

男人的声音有点不好意思，但更多的是一种期待。

李阎还不知道，自己随手救出来的，是一个什么鬼东西……

他也没细看，随手就摁下了播放。随身听里头底鼓一响，吊镲清脆嗡鸣。

富有节奏的打击乐伴着鼓点响起，眼前的尸群也越发近了。

男人低着嗓子，用带着几分尖锐又有点婉转的声音唱了起来：

"煮豆燃豆萁，豆在釜中泣。本是同根生，相煎何太急。"

李阎小腿压低，发力冲进黑压压的尸群！身上风衣，手中环龙，除此之外别无他物。

不过对付这些东西，足够了。

鼓点炸开，干哑的男声呐喊出来：

"抓一把土，搓一大堆，你吐口痰！唾，我洒两滴泪！"

"搅和搅和，掺和掺和，成成成成稀泥嘞！齐嘞！齐嘞！"

声线粗糙，风格怪异。

有点老民调的意思，更有一种带着京味的嬉笑怒骂。

而李阎的胸口，原本哑火的混沌文身却重新焕发了生机！

两枚椭圆的金色小判被李阎丢到空中，旋转着化作两名黑色足轻，都有 68% 的倭刀专精。

环龙剑从一具活尸的后背透出，李阎借着冲劲弓步下腰，弯曲九十度的左膝盖蹬地发力，手掌拔出剑刃，旋拧腰身，环龙剑铮鸣急啸，在空中划出一道银亮的弧线！

身前四具活尸被环龙剑拦腰斩成两截，尸块纷纷落地却毫无血肉质感，而是露出了里面的黑色竹条和碎烂纸条。

"纸人？"

环龙剑摆荡着扎进一具女活尸的喉咙，李阎轻抬剑柄，剑尖一扬，刺破女活尸的下巴直捅天灵盖。

眼看女活尸不再动弹，李阎定睛朝它脸上看去。白纸面，黑眼点，红唇角，脸颊腮红。不正是一具纸人？

两名阴气森森的黑色足轻站在李阎身后，眼睛冷漠地盯着眼前大概上百人的纸人尸群。

凶悍的"味道"从李阎身上散发出来，纸人群一时间进退维谷，百鬼退避，凶。

镇压物效果完全没起作用。

暴躁尖锐的引擎声响彻深夜，李阎也为之一愣。

滚水浇雪球一般，活尸匆忙地朝两旁退开。

刺眼的车灯晃得李阎一闭眼，白色的面包车打着摆子横冲直撞，连着掀飞几个纸人活尸，更不知道多少纸人活尸撞倒在车下。打滑的轮胎甩出两米多高的碎竹片和纸屑。车上蓝色喷漆的"随时停车"分外扎眼。

引擎和轮胎打滑的声音听得李阎直皱眉，手指按住索尼随身听的"+"字键上不放。

"成成成成稀泥嘞！齐嘞！齐嘞！"颓废男人的嘶吼声越发响亮。

十七八个肌肉隆起、五官腐烂的恶汉掀开车门，鱼贯而下。他们一个个体形矮壮敦实，手里拿着铁锹、尖锄头，甚至砖头，血红色的瞳孔充斥着残忍和凶暴。

李阎想也不想，拿出从骷髅文身男那里抢过来的RPK轻机枪，扣动扳机一梭子打了过去。弹壳叮当落地，众多恶汉硬生生顶着漫天子弹冲了过来，身上破损的地方同样露出了红色的竹架和粘连着的纸片。

也是纸人。

【黑夜游弋者】

对一切血肉生物进行镇压。
镇压效果：攻速削弱50%，对方逃跑时
移动速度削减50%。

刺啦啦。

沾血的黑色铁锹在地上拖动的声音在密集的鼓点和贝斯声中分外鲜明。男人正唱在兴头上：

"同胞兄弟，同胞兄弟，同胞兄弟，同胞兄弟。"

在这个中年男人油滑又酣畅淋漓的嗓音当中，阎浮给出的所有镇压效果都变成了"？？？"的字样！

中年男人，不，梁野，干咳两声，拿腔作势地开口，好像在模仿厂里领导的大会发言：

"这个同志嘛，本质上还是不错的。"

最前头，桀骜的矮壮恶汉狂吼一声，抢起沾着脑浆和鲜血的铁锹朝李阎肩膀轰去！

"但是！由于平时对自己的要求不够严格，以至于……这个资产阶级，腐朽、没落的思想……总是在头脑里……起着潜移默化的作用。"

李阎快步上前，环龙长剑直指矮壮恶汉的手腕，剑刃成功刺穿过去。没等李阎放松，一股无可阻挡的力量传到他的胳膊，李阎身子一钝，卸去不少力道的铁锹拍在他的左肋骨，差点让他一口老血喷出来！

"但是，啊，我们还是要，啊，团结他嘛。"

李阎忍着气血翻滚的疼痛，抽回环龙长剑。

"帮助他嘛！"

他手上一抹一翻，虎头大枪如同白金色的流星一般刺出，把恶汉的头颅戳了个稀巴烂。

"教育他嘛！"

恶汉的身体摇晃了一阵，软软瘫倒。

"关心他嘛！"

众多恶汉狂吼着一拥而上。

"我们是朋友嘛！我们是兄弟嘛！我们是铁瓷嘛！"

在架子鼓和贝斯的轰鸣中，这首歌也到了高潮。

"我们是黄的，我们是大的！我们是长的，我们是黑的！

"你拉我一把，我会帮你一下！你要是耍我，我会跟你死掐！"

沾血的铁锄，凶狂的肌肉，喷蓝漆的车牌，古朴的汉剑，冷峻的双眼，明灭不定的满天星彩灯……

天空中的焦黄人脸越发扭曲。这阴森可怖的怪异午夜，被颓废中年的嗓子彻底点燃。

两名黑色足轻武士淹没在恶汉当中，李阎的虎头吞刃毫光爆射，与枪头击打在一起的铁铲和尖锄被硬生生撞碎。

枪铳牙！

有恶汉扔出了手里的铁榔头，甚至红砖头。只是没等打在李阎身上，就和枪杆周围凭空出现的几片白金甲片一起撞碎掉了。

钢身！

底鼓和嗵嗵鼓四短一长，发出短促有力的击打声。

李阎抖起枪杆逼退众多活尸，脚下一个雁行步向前，压下手腕舞动长枪，顷刻间虎头吞刃乱舞！霎时黑色碎纸片漫天飞舞，竹架子噼里啪啦脆折的声音更是不绝于耳。

李阎提起一口气，一个圆抢出手，虎头大枪势不可当，撞过几名恶汉的膝盖。

节奏镲和三角铁一齐嗡鸣，恶汉大头朝下撞在地上，摔得满脸开花。

噔！

枪头砸在地上，一眨眼工夫就消失不见。李阎不顾全身酸痛，从印记空间抓出环龙剑，朝几名拎着破铜烂铁的恶汉冲去。

一名戴着大檐帽子的恶汉张开双手抓向李阎的环龙，手指都被割断了几根，但封住了李阎所有的剑路！

"同胞兄弟！"梁野呐喊着。

李阎松开剑柄，身子下蹲俯冲翻滚，八卦掌叶底穿花得变招戳进脚里的鸳鸯扣，脚头踹上那名恶汉的裤裆，借着力气在他双腿之间一蹬。后背蹭着地上的黑色油洼滑出一道拖痕，中途手掌抓住自由落体的剑柄，左手撑地翻身一气呵成。

剑光荡成一片，斗剑母架！夜火燎原势！

"同胞兄弟！"

一颗被打烂纸皮的红竹架头颅滚动着撞在李阎的脚面上。李阎轻盈站起，他面前还有两名恶汉，手里撕扯着黑色足轻武士的大腿和胳膊，直到两名武士不成人形。

三人站着，一时无言。

随身听里的鼓声慢慢低沉下来。牛铃一响，恰似巨人阔步而来，鼓点的噔噔声澎湃而至！

李阎深吸一口气，两名恶汉齐齐扑来。

随身听里男人长嗥一声。

"铁瓷！"

滚圆的血珠滴落。

李阎半跪着，身后七零八落的尽是残肢断骸。他抹着嘴角起身，满身的疼痛疲倦怎么也掩盖不住。

周围再没有一个活尸还站着。而眼前的镇压物教堂，则变成了一片"？？？"的字样。

随身听沙沙响着。

"唉，兄弟，你觉得我唱得咋样？"

旭日东升，烫红色的太阳升起一角。

向东眺望，天空和大地交接，云气消散。

"得劲儿。"

李阎从长风衣兜里掏出一根胡萝卜叼在嘴上，不清不楚地说：

"我说，兄弟。"

他低头一看手里的随身听，才发现屏幕一片靛青色。

没电了？

李阎摁了几次开机，随身听都没有反应。

第五章
门卫李阎

铝合金的卷帘门被拉开，里面戴着蓝色袖套的自来卷大妈和李阎撞个对脸。

她瞧见李阎手里头的环龙剑，乐了："哟，小同志，穿这身这是上哪儿练去？"

李阎看了看自己身上。

满肩膀的碎纸片和灰尘不翼而飞，袖子和领口的血迹也消失不见，除了发红的疲惫双眼，此刻的李阎看上去和普通人没有太大区别。

地上的破烂纸人，黑色油渍，破烂的面包车，连同被李阎用邮筒砸得不成模样的文身男尸体，都不翼而飞。

或红或黑的零星汽车来来往往，十几块大小牌子后面的楼房人声鼎沸。

饭馆里端着大盆碗筷的厨娘忙里忙外，小旅馆里走出来的年轻男女手攥着手，丝毫不把眼巴巴看着的李阎放在眼里。

天刚蒙蒙亮，好像一切还没开始，又好像什么都没有发生。

"滚石文化"的大厅里，各色CD唱片陈列得整整齐齐。竖着单马尾的看店小妹打着哈欠，一夜未眠。

李阎把两张面额五十的蓝色纸币抽出来看了又看，随手找了几张旧报纸把环龙剑包裹严实，走进了店面里头。

玻璃天窗的电视上，李宗盛和林忆莲深情对唱。

"那个，这东西怎么卖？"

李阎敲了敲桌子，吸引了单马尾小妹的眼光之后，才指向桌角充门面的老式留声机。

"这个不卖吧，我做不了主。"女孩惺忪着眼睛回答。

"小王，换班了。"一个眉梢耷拉着的中年妇女从楼上走了下来。

"哎。"女孩答应着，又冲着李阁说道，"这是老板娘，要不您问问？"

"买东西？"

中年妇女打量着李阁：手里头拎一长条物件，拿报纸裹着，胸前的口袋里露出一根咬了两口的胡萝卜，看着不伦不类。

"老板娘，这物件儿我是真喜欢，您出个价，我保证不还嘴。"

"小伙子，我这是卖唱片的。你呀，上官园，要么大钟寺，别在我这儿晃荡了。"

老板娘看李阁语气诚恳，也没说别的。

李阁没走："有眼缘，别的还真看不上了。算我央求您了，行不行？"

老板娘也乐了，心里有点赌气。

"行吧，你要真想要，八千拿走。"

"得嘞！"李阁露出满口白牙，"您呀，容我几天。"

说完也不拖泥带水，转身就走。

老板娘和单马尾店员对视一眼，都是一脸莫名其妙。

"这林子大了，真是什么鸟都有。"

"三百块钱一个月，包吃住，月底有津贴。也不用你干啥，守个大门，防个贼啥的。夜班，什么时候不想干了，提前半个月跟我打招呼。提前跟你说好，这是临时工。"

说话的人看上去有些文化。三十多岁，面皮发松，招风耳，头发还算浓密。

"哎，行。"

李阎利索地戳在地上，话也不多。

这里是燕都某所三流师范学校，李阎溜达了一大圈，最后找到了这里。

做门卫。能歇脚，没有杂事，不惹人眼。

"你跟着老秦到处转转，有什么事问他。"

老秦今年五十多岁，挺精瘦，个头不高，秃脑瓜顶。

"多大？"老秦扔给李阎一根香烟。

"二十五。"

"那你可得叫声叔了。"老秦说话带点口音。

"叔。"李阎笑眯眯的，看上去挺老实。

"哈哈哈，行，跟我走吧。"

两人一前一后，走到学校的值班室。里面有两张单人床。

"以前啊，我也有个伴，叫老董，现在回老家不干了。这被褥都是现成的，你要是不挑，晚上就睡这儿。"

"没问题。"

"年纪大了，晚上熬不住。还得是你们年轻人……"

"秦大爷。"一名长相温婉的女人抱着书本走过，招呼着老秦。

"哎，王老师。"老秦答应一声，眺着女人浑圆的背影，嘴角咧得很开。

忽然想到面前还站着人，老秦连忙收回目光，却发现李阎和自己一样，也饶有兴趣地盯着女人的背影。

老秦眨了眨眼睛，沉默了一会儿，又朝女老师的方向看了过去。值班室里一老一少都扒头眺望着远去女人摆动的腰肢，气氛非常和谐。

"叔。"李阎忽然开口，"你知道燕都，哪里有夜店不？"

"啥叫夜店？"

"哦，就是酒吧……"

趁着白天休息的时间，李阎才有机会查看这一夜里死亡的阎浮行走人数，结果让李阎瞠目结舌。

仅仅是第一个午夜，还是在没有每夜折损一半人手的"指定对决"情况下，一百六十四名阎浮行走就死掉了足足五十九个！

当然，前期伤亡惨重只是在过滤一些注定不适合在阎浮生存的弱者，越到后面，因为"沸腾午夜"而造成的伤亡就会越小。

真正的惨烈厮杀，还是在后面十二点的"指定对决"当中。

"和指定对手进入镇压物范围，杀死对手百分之百获得其传承。"

按照现在一百来位阎浮行走的数量，最多不超过六天，这场高强度的逃杀就会落下帷幕。不得不说，这次的阎浮事件节奏快得让人喘不过气。强度高，伤亡重，还有极大的偶然性。

不过高风险，高回报。这次阎浮事件的收益，是普通情况下五六次甚至十来次阎浮事件才能获得的，足以让任何阎浮行走突破第一次传承觉醒度峰值的高额觉醒度。

单单以李阎自己为例子，百分之百突破峰值需要 35% 的觉醒度，而加上两道 9% 传承和自己原本 7% 的溢出觉醒度，只需要再有 10% 的觉醒度，李阎就可以完成突破！

当然，李阎也可以选择使用龙虎气，现在二十刻就刚好够用（勾画九凤神符剩余十刻，飞骑尉两个月俸禄十刻，共二十刻）。

但是龙虎气的用法说得非常明白，一道传承的三次突破峰值当中，龙虎气只能使用一次。其中，第二次峰值突破需要 65% 的额外觉醒度，第三次突破则需要 95%！而如果用龙虎气进行突破，第一次突破需要二十刻，第二次需要三十刻，第三次则需要四十刻。李阎的龙虎气上限就是三十刻，用来突破第二次峰值，无疑是最合算的。

这也是李阎明知凶险，但仍没有着急使用龙虎气突破的原因。运气好的话，在下次阎浮事件之后，就可能冲击姑获鸟第二次峰值突破！

除此之外，李阊一夜的收获也不少。

两道传承，以及从重明鸟女人身上得来的杂物，其中风廉之发价值很高。一把没什么子弹的枪，一盒能增加跳跃力的旧牌子香烟，一台能抹除镇压效果的随身听。

同时，李阊也损失了三枚小判金和两道甘露符纸。

下午五点半，李阊足足地睡了一觉，醒来之后把小金鼠香烟最后一根抽干净。这一类改变体质基础的消耗品，作用往往是潜移默化的，开始都不大明显。

中间去超市买了两节口香糖形状的电池安到随身听里面，不管用。李阊猜测应该是要到午夜后的那个世界，才能找到匹配的电池。

李阊找了一家饭馆，拿身上仅有的不到一百块钱点了三道肉菜，两瓶啤酒。找老秦说了一声，朝之前打听过的几家酒吧一处又一处地摸了过去。

夜明妃舞厅。

舞池里蹦跶的男男女女得有快一百人。滚动的彩球，扭动的锁骨，甩动的长发，晃动的手。澎湃的音响里，酒精和荷尔蒙交织成令人迷醉的旋涡。

李阊占着角落的桌子，身旁是一个留着披肩长发的女孩。

别误会，人家是正经职业，酒托。

这姑娘估计也没见过李阊这样的冤大头。自己十八般手段连个起手式都没亮，他一个人就要了七八瓶洋酒。

数着一瓶又一瓶码着英文的酒瓶，她心里几乎乐开了花。

"那照你这么说，这里上午有人闹事？"李阊眯着眼睛。

姑娘做了个噤声的手势："您可别打听，那位凶着呢。以前在这儿看场子的大军，是这片出了名的三青子。十几个人，一个照面全躺地上了，最后还是老板把人恭恭敬敬地请到后面。剩下的事儿，我就不清楚了。大哥您没事打听这个干吗？"

姑娘手掌撑着下巴，两人紧挨着。李阎出手阔绰，手脚也规矩，属于她们喜欢的那类客人，自然知无不言。

"那现在这人呢？"

"后面包厢。"说着，她压低声音，"我估计，以后这场子就是他看了。"

"那个包厢在哪儿，指给我看看。"

"就那个。"

姑娘一歪身子，给李阎指着。发丝间薄荷洗发水的味道冲到李阎的鼻子里。

"你往边上去去，我瞅瞅。"

女孩乖巧地一挪身子，李阎直接抄起桌子上的酒瓶，奔着包厢的玻璃扔了过去。

就李阎现在这手劲儿，玻璃碴子碎得那叫一个均匀，保证你连颗指甲盖儿大小的碎碴都寻摸不着。

整个舞池一下子安静下来，李阎身边的那姑娘都蒙了。没一会儿，包厢的门被人一脚踢开。男人留着寸头，白衬衫敞怀，露出六块腹肌，脖子上还有唇印。他阴冷的三角眼往池子里一扫：李阎眯着眼睛。

"谁他妈扔的？"

角落的李阎招了招手："往这儿看。"

寸头男人眼神猎豹一般，盯在了李阎身上。

⚠ 你发现了猎食者（被猎食者）！

≡ 惊鸿一瞥获得如下信息

姓名：李阎
评价：十都
传承：姑获鸟
状态：钩星（增加爆发力和出手速度）
　　　凶（百鬼退避）
　　　巫语（技能栏封印）
专精：古武术（高于你的近战专精）
热武器 38%，军技 50%。

"十、十都？"寸头男人有几秒钟是蒙的，"可算是逮着一个……"

李阎揉着眉头，嘴里阴森森地嘀咕："我还奇怪，哪有这么多藏心眼的老油条？骤然间有了足以摆脱秩序的能力，原本的世界都未必压得住你们。到了阎浮果实，还不找点刺激？"

寸头男人想也不想，巴掌一扬冲李阎掀翻一张茶几。

李阎右脚踹在面前的茶几上，两张茶几在中途撞上，几瓶两千八百八十八的酒水撞洒了一地。

场面一时间混乱起来，寸头男人撞进人群，夺门而逃。

几只不起眼的苏都鸟从李阎的袖口飞了出去。

李阎站起身往外走，见识过寸头身手的酒吧保安愣是没敢拦。

"你还没给钱呢。"

姑娘一张嘴就后悔了，没想到快走出门口的李阎还回了她一句。

"等我回来给，如果这小子身上有的话。"

半小时后。

李阎走出一条阴暗的巷子，双手带血。

"很遗憾，你并没有获得其传承。"

空掉的塑料瓶子被扔到一边，李阎甩干净手上的水珠，神色阴郁。

"阎浮……"

他喃喃自语。

"太岁是脱落者，都可以干涉你的运行。那我怎么才可以做到，至少不让别人干扰我的阎浮事件呢？"

饥寒起盗心，温饱思淫欲。

现在的李阎早就不是当初那个在九龙拳台上带病搏杀的拳手"阎王"。

凭着一枪一剑，在两次半的阎浮事件中，除却"貘""太岁"这样实力宛如深海浮冰的资深者，李阎几乎没有碰到一个真正意义上能压制自己的对手。

"瘦虎"二字，名副其实。

但是不代表李阎会为此扬扬得意。

有些东西不露头，不代表李阎看不见。

李阎几乎可以认定，未来几次指定对决中的镇压物，会对自己极为不友好。这次阎浮事件，自己应该是被人搞了。

高得吓人的伤亡率，以及在看似"随机"的指定镇压物范围内进行对决。

> 成为代行者。高阶段的代行者拥有挑选，甚至自拟阎浮事件内容的权利。提升五仙类的传承觉醒度，可获得一部分阎浮运行权限。

耳边的声音让李阎一个激灵。

"阎浮？"

"我是阎浮果树上八百万忍土。负责行走大人本次事件的虹膜文字信息接触，与其他行走会话，行走降临之前的身份准备，以及脱离后的扫尾工作。"

李阎回想起之前两次阎浮事件，深沉干哑的男声和悦耳的女声。

八百万忍土。

"行走大人的权限已经是十都级别。原则上，我们会在权限以内，为你提供必要的信息。"

"按照你的说法，如果我不想把自己的传承替换成五仙类，那在成为代行者之前，我是不是没什么机会接触阎浮运行权限这些东西？"

"完成传承的第一次峰值突破，可以拥有第二项阎浮传承。"

说到底，还是要提升觉醒度。

李阎攥了攥拳头。他瞥了一眼巷子里，手插着口袋默默离开。

燕都，阳朝区派出所

审讯室。

坦白从宽，抗拒从严。

"我来给你做笔录。叫什么？"

男人推门进来，也没仔细看屋里头，先把帽子挂上，背对着椅子上戴手铐的男人。

"我说你小子这么大个子，干点什么不好，你偷自行车。嚯，这酒味。"

他转过身来。

"我告诉你，你丫认便宜吧，搁前阵子严打，你罪过大了你知——"

他的嗓子忽然一停，桌上放着一双淡黄色的手铐，歪歪扭扭得像是麻花。

对面的男人面无表情。

"别紧张，同志。"

他抬起头来。

"我只是想问问，今天白天有没有什么生面孔犯的恶性案件。"

男人不知道从哪里掏出一瓶廉价的二锅头，一边抿一边说道。

"大概就是，没有户口的外地人被杀人抛尸这种。你跟我说说，咱们警民合作。"

"跑哪儿去了？"

值班室里，老秦拿痒痒挠抓着后背，舒服得龇牙咧嘴。

"把以前的房子退了。"

李阁推门进来，弯腰拿起暖壶，倒满桌上的大茶缸子，然后大口灌下。

老头子歪着头看李阁的侧脸。

"心情不好啊？"

李阁一凛。他动手杀人，至少几个小时里身上都萦绕着一股说不出的凉气，但普通人很难察觉，没想到这老头这么敏感。

李阁装腔作势摸了摸眼角："想家了。"

"想甚？吃饱就不想了。"老秦站了起来，"那行，今天晚上你就在这儿盯着。明早我来接你的班。"

"没问题。"李阁答应着。

老秦从铺上拿起军大衣披身上走了出去。屋里的李阁踩着门槛，静静看着老秦蹬着自行车离开。他一仰头，把手里的大茶缸喝见底。

灯光下，茶缸上的天安门图案分外鲜艳，上面有一行拱形的红字。

"广阔天地，大有作为。"

墙上的指针指到十一点三十分的时候，躺在床上的李阁正好把一册色彩古旧的连环画看完。内容是"公孙胜斗法破高廉"，《水浒传》里的一段。

请在十二点之前，赶往广安门菜市口。

你的对手传承为：毕方。

李阁把连环画扔到一边，翻身而起。

他不死心地拿出随身听又按了几下，看随身听没有反应，这才拿起推门走了出去。不过，他去的方向不是菜市口，而是之前自己抛尸的冷清巷子。

第六章
毕方与菜市口

燕都菜市口

位于南城宣武门外大街和广安门内大街交会处，明清两代处决要犯的法场。

不知道为什么，李阁背上多了一个宽大的麻布袋。当他到这里的时候，只看到了鳞次栉比的传统民居，四下没有人迹。

苏都鸟早早就到了这里，在天上盘旋了二十多分钟，也没看到一个人。

眼看着十二点就要到了，李阁试图通过苏都鸟侦察来占取先机的计划宣告破产。

最终，他在还有最后一分钟的时候出现在广安门的青石板路上，走进菜市口法场的范围里。

红色数字跳动，十二点。

深沉的夜色变得黏稠起来，连呼吸都有些困难。

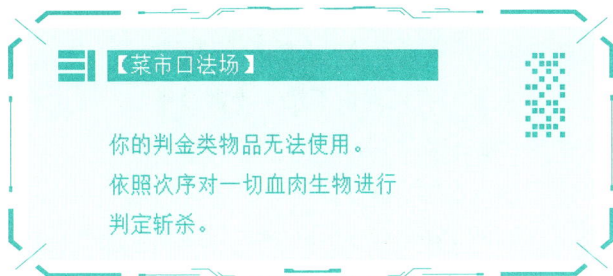

【菜市口法场】

你的判金类物品无法使用。
依照次序对一切血肉生物进行
判定斩杀。

李阁四顾，没有看到任何人影。法场的镇压效果也没有任何异状。

咚！咚！

有手指敲动木窗的声音。

李阎循着声音往上看。惹眼的百货商场二层，一位瓜子脸的俏丽佳人倚着窗户，睫毛细密，笑盈盈地盯着自己。

她身穿牡丹花高衩旗袍，颈子细长，欺霜赛雪。

"姑获鸟？"

"毕方？"

两人四目相对。

"你背上的是什么？"女人问了一句。李阎把麻布袋子丢到地上，没有系紧的麻袋里露出一只人手。

女人嘴角扯了扯，没有说话。

"天亮的时候，死在午夜世界的人，尸体也会留在那里。进入午夜的时候，只有自己身上的东西能带进来。所以说，尸体抛在这里是最干净的。没有麻烦。"

李阎耸了耸肩膀。

"虽然普通人不太可能在七八天里，就抓捕到拥有各种特殊能力、体能过人的阎浮行走。碰上心思缜密一些的，单是找到线索，都存在很大的困难。不过，也不费什么手脚，做了总比不做好。"

顿了顿，李阎接着说："万一遇到什么无所顾忌的好手，闯到公安局里找卷宗，那我岂不是被人摆了一道？"

女人点了点头："有道理，不愧是十都级别的行走。不过，你跟别人交手的时候，似乎留下了不小的后遗症呢！"

女子把目光放在了李阎状态栏的"巫语"上。

李阎没理会女人的试探，直截了当："我上去，还是你下来？"

女人露出一口秀气的牙齿。巴掌握住窗沿，从十余米的楼上翻身一跃。

红艳的牡丹花下，修长白嫩的大腿若隐若现。

李阎仰着脸，貌似在欣赏。

"一，二。"

他心中默数两声，在女子快要落地的时候，小腿绷紧前冲，扬剑上撩。

环龙剑出如泓水，狠辣刺向女子的头颅！

气氛陡然一变。

女子的面孔不受控制地膨胀起来，躁动的火苗从她的七窍里狂涌而出，然后，澎湃炸开。

嘭！滚烫的火浪掀出去一米有余，李阎就地翻滚出去，手背被燎出几个大水泡，倒是没有多大的伤。

"对女人也这么狠，你真是没人性。"

阴暗的巷子里，旗袍女子迈步走了出来。她摘下头上的簪子，长发抖落，从发梢燃烧起来，顷刻间化作熊熊烈焰。

火发张扬煊烈，女子婉约的水粉气一扫而空。

有鸟焉，其状如鹤，一足，赤文青质而白喙，名曰毕方，其鸣自叫也，见则其邑有讹火。

——《西山经》

李阎挑破水泡，剧烈的疼痛感让他更加清醒。

他前冲扬手，环龙剑光激散而出。

女子四根指头微翘，深红色火焰从掌根蔓延到指尖，勾勒出一柄不到一米的火焰刀子，造型简约。

刀剑相撞，环龙磕在火焰上，却不得寸进。

女子有些吃不住力地眯了眯眼睛，李阎往下一撮剑刃，脚掌磕在女子的膝盖上。

女子吃痛跪倒，火发一甩，两道火舌冲着李阎面门扑来。

李阎手臂抬起，反握环龙砍断火舌！没半点犹豫，拧腰一脚踢向女人的太阳穴。

女人狼狈地滚出去七八米。高衩旗袍上布满尘土，嘴角肿起一大片，藕白色的手臂上印着李阎的小块鞋印，颤抖着不能自持。

李阎剑尖往下虚点。

"打架嘛，白衬衫，黑夹克，单马尾多爽利。你说是不是？"

女子用力抹干净嘴角，忽然冷冷一笑："姑获鸟？是恶鸟吧？"

"所以呢？"李阎问。

"那你可真是不走运。"

女人纤细的手指往十字路口一指。

李阎的眼光顺着路面往前看去，绑着黄带子的西洋路灯下面，不知何时搭起了一座草台……

草台上站着两只软底高帮黑皮靴。李阎往上看，束腰皂衣，涂满鸡血的恶面孔，红缨漏斗毡帽，手上是遮红布的鬼头大刀。刃口不见天，冷森森寒气直冒。

刑典，刽子手。

"看来，是你先上刑场了。"

两名阴森森的白面小厮从草台后面走出来，胳膊架着一个高瘦汉子。

那人赤裸着上半身，拿红布裹着眼睛。

"爷们儿！爷们儿！刀磨快点，给咱一个痛快。到了阴曹地府，咱也谢了你的大恩大德。"

那人豆子大小的汗珠子啪嗒啪嗒掉在地上，嘴里叫着。

刽子手扯开他脸上的红布，但见这人脸色青紫，那张因为恐惧而扭曲的脸，竟然和李阎一模一样！

"开斩！"

李阆脖子后面直冒凉气，没等他有所动作，皂衣刽子手一口银亮酒水喷在刀刃上。鬼头大刀劈下，顷刻间红光迸溅，人头落地。

"噗！"

李阆眼前一黑，似乎真有一柄钢刀迎面劈来，眼口鼻竟一齐喷出血来，那形容凄厉可怖。

他的状态栏中清晰地多了一项："臭肺（斩）。"

臭肺，三魂七魄之一。

一盆子黄土盖在横溢的鲜血上，刽子手拿起脸盆里的毛巾，把鬼头刀随意一抹，扬了扬下巴，两名白衣小厮从草台后面又架出一道人影来，扯开红布一看，竟然还是李阆！

"行走大人请注意！三魂七魄被斩尽，你将强制死亡。请尽快脱离镇压物范围。"

"兔崽子……"

李阆咳出两大口血，眼前金星直冒。

女子看准机会，两个纵跃矮着身子冲到李阆面前，燃烧着深红色火焰的刀子刺向李阆的双眼。

热浪逼人而来。李阆看不清楚，抓住环龙剑劈出。女人腰身一扭，轻巧躲过环龙，橘红色的拳头轰在李阆的胸口上。

李阆硬生生受了这一记，环龙剑往前虚抹，逼退女人以后，脚下蹬地往草台冲去。

"想得美！"

女人腰后两道焰浪翻涌，身子朝李阆冲了过去！

"开斩！"

祸不单行，草台上那皂衣刽子手大吼一声，刀光再落！

"斩吞贼！"

扑通。

朝草台冲去的李阆一个趔趄，脱力似的跪倒在地。

女人心中狂喜，脸上的表情几乎失态。

先受"斩臭肺"，又受了自己夹杂火焰劲道的拳头，最后再受"斩吞贼"。一个羽类传承，顶得住才有鬼。

浓烈的红色火焰滚动成球，女人距离李阎的后背只有一米不到的距离。心中暗喜："赢了！"

可惜李阎一路走来，无论是当初的张明远、徐天赐，还是后来的立花宗茂、本多忠胜，都印证了一个道理：李阎这个人，最擅长的就是示敌以弱，生死翻盘。

李阎眼中辣色显露，腰身后仰，弯成一个夸张的铁板桥。双臂上扬，右手摸过胸口，虚握的双手之间，白金色光芒激耀迸出。

虎头大枪。

女人眼睁睁看着白金色吞刃朝自己扎来，身体却径直撞了上去。

大枪穿破心口，贯穿后背半米有余，一击毙命。

生与死的颠倒，就是如此儿戏。

正如余束所说的，就以术论，李阎的一身业艺，可谓"精彩绝伦"。

上半身后仰的李阎视线倒错，女人的血液顺着枪杆滑到自己手掌上。烫得像开水，袅袅烟气从她的伤口里冒了出来。

真的很险。

> ⚠
>
> 你获得了传承：
> 毕方之血·磷炎。

> ⚠ 行走大人请注意！三魂七魄被斩
> 尽，你将强制死亡。请尽快脱离
> 镇压物范围。

白脸小厮把第三个人架了出来，刽子手挥动手里鲜血淋漓的鬼头大刀。

李阎抽杆转身蹬地甩出虎头大枪，夜下一抹白金锋芒快若惊鸿奔草台而去。

足长三米，在空中划出一道圆润弧线的虎头大枪直扑草台，然后……毫无阻碍地穿过去了。

李阎眼白里都是红丝，青筋凸起。手中环龙剑下摆，三步并作两步冲进那座血腥野蛮的草台！

"开斩！"

声咤如雷。

李阎连剑带人穿过草台和刽子手，像是穿过水波一般，却连半点涟漪都泛不起来。

而第三颗人头已然落地。

李阎如遭雷击，大头栽在地上，朝前滚了两滚。一手拔起虎头大枪，头也不回地往前冲。

身后，那催魂夺魄一般的"开斩"二字如影随形。

李阎几乎是强拖着身子跑动，一个拐角脱离菜市口，立马栽在路边的木头栏杆上。手指紧捏着扶手，大滴大滴的血点滴答在木头和地面上。

他强撑着翻身，一屁股坐在地上。肺腔内全是火辣辣的血腥味，脑子里好像被一个榔头连续砸中，山呼海啸一般的痛感一波波袭来。

好一会儿，他才抬起手指，撕破一道符纸。

甘露符的清凉之意在五脏六腑之间缓缓流转，李阎的"吞贼""臭肺""除秽"三魄被斩，即使离开菜市口法场的范围，这三个状态还在。

需要结束阎浮事件之后才能花费点数消除。

可李阎眼中却有隐隐的兴奋之色。

⚠ **你发现了阎浮秘藏。**

第七章
阴市

王府井，东来顺

东来顺始建于光绪二十八年（1902），清真老字号。厨师刀工精湛，食客可以透过片下来的羊肉看到盘子的纹理。

查小刀箕坐在地上，大口喘着粗气。一翻手，手中的菜刀就魔术一般地消失不见。

他看着倒在地上的尸体，良久才龇牙咧嘴地站了起来。他叼着一根香烟，嘀咕着：

"把地点设在这里，也省了我的麻烦。"

说着，他往饭庄不算高大的黄檐门里走去。

"大概还有六天。燕都八大楼，八大居，四大顺，南宛北季，活不轻松啊。"

饭庄看上去黑咕隆咚一片，里头却是灯火通明。查小刀没等进去，就被一个红光满面的小厮拦在了门外。

"这位爷，咱们客满，您多担待。"

查小刀瞥了一眼空着大半的桌椅，没说话。

再看桌上的列位，尽是泥塑木雕。甚至还有一位少了半截手掌，金漆掉了大半，背上有彩色的粉笔涂鸦，上面好像是写着"王小明是小狗"这一类的话。

"掌柜的。"

查小刀往里一鞠躬。

"咱不吃饭，咱学艺。"

崇文门外东打磨厂路北

老二酉堂

这是几百年的老书店。最早刻印"四书五经"和唱本小说，也刻印一些爱国刊物。

白石牌坊外面立着几张桌子，青瓷茶壶盖碗，下面压着一张黑白报纸。

"外争主权，内除国贼，誓死力争，还我青岛。"

男人抽了抽鼻子，嬉皮笑脸地对清朝遗老打扮的老板说道："老人家，你行行好，讨碗酒给我呗。"

老人白了他一眼，之乎者也了半天，男人也听不懂。他知道这家酉堂有些门道，但是也不在意，转过头看向桌对面满脸绝望的胖子。

一枚黑色棋子立在桌面上。

男人掏出一瓶印着"双合盛五星啤酒"字样的玻璃瓶子，盯着胖子问："想好了？投子认负，还是死。"

廊坊头条胡同

李阁掂量着手里的两枚黄金小判、一枚黄金大判，往胡同里面走。

阴市里的货币活人肉，其实重点不在人肉，而在于一个"活"字。

能在午夜中自由活动的，到现在李阁也只见过阎浮行走。如果没有把握活捉，活人肉这个要求无疑是要让阎浮行走割自己的肉。

嘿，想想看毛类还真是占便宜，只要狠得下心。

"哟，稀客啊。"

一新一旧两盏红灯笼挂着，宅门往里沸反盈天。这些人好像还认得出李阁，他迈步往里。多数人往他身上瞥了一眼，就不再搭理。

没等李阆四下看看，就觉得风衣被人轻轻一扯。

"大爷，听曲吗？"

李阆一低头，丫头扯着他的衣角。杏黄的裙摆，小脸尖尖，两颊煞白，圆溜溜的眼睛漆黑一片，没有一丁点眼白。

李阆轻巧地抽出风衣。

"不用了，谢谢。"

丫头把头一低，两只小脚丫挪动，看着有点让人心疼。

"怎么着，爷们儿？要点什么，这片儿我门儿清啊。"

这声音听着熟悉，正是卖香烟的帽子张。

帽子张这次戴着一顶圆顶草帽，边沿还露着草茬儿，他朝李阆吹了声口哨。

帽子张是卖香烟的，盒子里的烟草能增强行走的各项素质，非常实用。可这并不是李阆现在迫切需要的。

李阆抽出只剩一张的都功甘露符，朝帽子张眼前晃了晃。

用去两张都功甘露符，三魄被斩的李阆伤势平复。如果硬说有什么后遗症，那就是李阆的痛感削弱了很多，是好是坏，李阆也说不好。

"我要跟这东西差不多的，有没有？"

帽子张眨巴眨巴眼睛，笑呵呵地说：

"有！"

他一转身，李阆跟在后头。

两道柴门往后，不知道几出几进，兜兜转转，帽子张把李阆领到几根竹子后头。

这里坐着一个戴草帽的老头子，屁股下面垫两块红砖头，正啪嗒啪嗒地抽着烟袋，正眼也不瞧李阆和帽子张一眼。

帽子张用鞋尖戳了戳老头满是泥点子的小腿："王蛤蟆，来生意了。"

老头搭眼一瞧，屁股往里一挪，声音好似老树皮剥落："我这儿可不要人肉，要活生生的眼珠子。"

"甭废话，拿东西。"帽子张不耐烦地催促一句。

老头把帽子一摘，放到李阎面前。

"瞅瞅吧。"

李阎往帽兜里头一瞧，半兜子的大枣。

≡【元谋大枣】

填髓，生肉，止血，续肢。注意：需简单固定，伤口截面不大于二十平方厘米。

一颗眼珠／十颗。

老头把一把汤勺递到李阎眼前："左眼还是右眼。"

李阎没说话，他把手心摊开，里头躺着一枚黄金小判。

老头一愣，朝帽子张的方向看了一眼，帽子张两眼一翻，没说话。

"二十颗。"

"三十颗。"

老头摇了摇头："最多二十五。"

"行吧。"李阎也就随意一砍，没多纠缠。

老头子手边也没个塑料袋，抓起一把放进李阎手心。接过判金，又挑出两颗小的大枣扔给帽子张。不再搭理两个人。

把二十五颗元谋大枣放进印记空间，李阎长出一口气。

"怎么样，随便看看？"

帽子张把两颗大枣吞进肚子，一脸满足地朝李阎说道。

李阎把最后一枚黄金小判翻到手背上，眼神闪烁："兄弟，菜市口法场，你熟不熟？"

帽子张眼神落在判金上，嘴角上扬。听到李阁的问题，瞳孔却是一缩。

"您要是问我，这刑场里头的几位婆姨怎么对付，您恕我缄口。"

李阁没言语，知道帽子张必有后话。

"不过，这几位平常最爱六必居的酱菜。您要是想打听点什么，可以去看看。"

"'婆姨'是什么意思？"李阁旁敲侧击。

"按阴门的行话，这主刑的叫'姥姥'，两位帮衬的就是'大姨''二姨'。"

"姥姥……婆姨……"

李阁面上不露声色，心里头暗暗发狠。那皂衣砍自己那三刀，自己可是铭记于心。

李阁雷厉风行，何况还有梁野的随身听电池要找，没得耽误。刚要离开，帽子张叫住了李阁。

"还有什么事？"

帽子张作了个揖。

"兄弟，还是那句话，阴市有阴市的规矩。半斤买，八两卖，谁都拖欠不着。六必居这口信不值钱，阴金我拿着压手。不过，半两生人肉还是有的。人情不抵买卖，您见谅。"

李阁鼻腔出了口大气，也没纠缠。刚要伸手拿环龙剑，不料帽子张一个大喘气。

"不过啊，兄弟，我有一件响当当的好宝贝，您到里屋上眼。买卖要是做成了，这条口信，我就当添头。"

李阁注意到帽子张的目光，想了一会儿。帽子张一个眨眼的工夫，他撩开袖子，手起剑落，一长条血肉挂在剑尖。

李阁面不改色，指尖朝剑身一弹，帽子张下意识接住。

"我赶时间，改天。"

说完，李阊转头就走，帽子张脸色阴晴不定，目送李阊远去。

要说阴市的人有歹心，那也不至于。帽子张多半是看上了李阊脖子上挂着的六纹金钱，可这件东西，李阊是无论如何也不想卖掉的。所以无论帽子张嘴里头的宝贝是啥，李阊都没有兴趣再去打听了。

"哦，对了，兄弟。"

李阊好像刚想起来什么似的，一回头，拿出一枚大判来。

"我这个来路的人，晚上不会少。你帮忙盯着点，有消息，按规矩来。"

帽子张把草帽一摘。

"您瞧好。"

戒台寺东南峡谷，摩崖山

山体呈铁红色，内有浮雕佛像二十二座，衣纹流畅，表情肃穆。

女孩一手持龙纹关刀，一手绕尺余玄蛇，个头不高，眼中满是灵气。

对面的石龛里头，男人两米多高，光头，脸上有一道刀疤，浓眉阔口，杀气腾腾。

他右手只有三根手指，伤口还新。

两人对视良久，女孩一步一步走到刀疤男人面前，仰视着比自己高出三四个头的男人，抓起他蒲团大小的手掌，语气不满："怎么搞成这样……"

男人有点不好意思地抽回右手，瓮声瓮气地说："碰到一个硬手，一个照面就砍断我两根手指。"

女孩个头不高，吹了吹额前的头发，语气堪称彪悍："哪个王八蛋敢砍我哥哥？"

刀疤男人扯了扯嘴角，支吾了一会儿才说："也不知道运气好还是不好，指定对决的对象是你。那我们两个，岂不是要在摩崖山白白待上一夜？"

"也不算吧……"

女孩随手一抹，把龙纹关刀收进印记空间。双手叉腰眺望摩崖漫山的铁红色佛像。

"这四九城里除了镇压物，也有不少好东西呢。"

第八章
寅仇！刽子手

墙上《还珠格格》的海报被一道飙溅的血箭染红，李阎脚下踩着一具周身腐烂的尸身，嘴里哼着《对花枪》，仰着头在超市的橱柜上翻找着……

"啊，找到了。"

李阎撕开纸盒子，里头都是索尼型号的电池。鼓捣了几下，收容梁野的随身听终于又亮了起来。

"你真觉得我唱得不错？"

梁野的声音从随身听后头的喇叭里传了出来。

时隔一天，梁野最关心的还是这个。

李阎想了想："确实不错，如果没这档子事，也许你就成了。"

说着，李阎又问道："你能出来吗？"

"能，但是不能太久。"

"那也行。"

李阎把盒子里的电池一收："走，我请你吃酱菜。"

"七年没往外走动，吃什么都香。你见我父母了吗？哦对，你不知道我父母住哪儿。你为什么帮我？你跟那个女人到底什么来路？我说哥们儿你哪儿的人？口音听不出来……"

等李阎走出这间"佳佳乐超市"的时候，已经是凌晨两点。距离"沸腾的午夜"结束大概还有五个小时。

一个人走在大街上的李阎看上去孑然一身，实际上却还要算上骑鬼、丹娘，还有这个话痨梁野。

这里头，骑鬼是相当直接的召唤物，李阁可以通过心念直接指挥。骑鬼有基本的神智，但仅限战斗，做不了太多的事。

丹娘和李阁的关系就相对复杂。这尊来自龙虎气朝鲜的野山神，本身的实力绝对不在十都以下，连李阁的惊鸿一瞥也什么都看不出来。

不过自从她莫名出现在余束的葫芦里，被李阁带出了原本的世界后就一直处于休养的状态。

因为丹娘从来没有对李阁显露过任何恶意，李阁也无法从丹娘的威胁度里去衡量她现在恢复到什么程度了。

最后是梁野，这只拘束在随身听里的爻毫无战斗力可言，也带不出这颗果实。但对于现在的李阁来说，实用性还在骑鬼之上。

李阁现在就忍不住在想，自己要是叼着胡萝卜，放着梁野的背景音乐再去一次法场，那是怎样一番景象。

不过，菜市口法场的镇压效果怎么看也比那个天主教堂遗址要强上太多。在李阁看来，能保证自己不受伤害已经是最好的结果。

可是李阁想做的不仅仅是自保，而是能够接触到那座虚幻如同泡影的草台，找到里头的阆浮秘藏。最少，也要报一箭之仇。

一水儿的红瓦绿檐，雕梁画栋。可是李阁抱着肩膀盯着牌匾看了好久，愣是没进去。

红旗酱菜厂

李阁围着转了好几圈，也没找着"六必居"三个字。

如果不是花点数购买的地图明明白白地指着这里就是百多年的酱菜老字号，李阁还真有点心虚。

"哟，爷们儿。不好意思啊，不招待。"

有个披白毛巾的伙计愣是把李阁顶了出来。

值得一提的是，这小厮满面红光，看上去和活人并无二致。

李阎也不生气，笑呵呵地问道："我说兄弟，咱'六必居'这牌子，咋就没了呢？"

他一指头上"红旗酱菜厂"五个大字。

"哦。"

李阎点了点头，左右看了好久，一个人影也没有，又问道："那，什么时候能做生意？"

伙计摇了摇头："爷们儿，我就实话说了，我们做不了你的生意。"

李阎还要说什么，身边却是一阵凉意。李阎左脚跟一挪，噔噔退了两步。门口前头，不知道什么时候多了一个梳着双丫髻的姑娘，一身水袖长裙，笑容甜美。

她冲着那伙计一欠身，两根手指提起裙角，迈步往里走。那伙计没拦，反而脸上堆笑。

李阎长出一口气，心里正在计较，脖颈上的铜钱方孔涌出一股翠流，丹娘迈步而出。

她和李阎对视一眼。

"让我试试。"

她看了看已经消失在门里头的姑娘，语气里似有深意："如果她可以进去的话，我想我也行。"

李阎点点头，丹娘和门口的伙计打了一个照面，那人看丹娘一身打扮，本来心存纠结，不过丹娘轻声说了些什么，他就如释重负地让开了。

丹娘回眸一笑，巴掌一扬，示意李阎跟进来。

红旗酱菜厂里灯火通明，屋子里弥漫着一股说不出的咸香味。柜台后面的掌柜昏昏欲睡，青花瓷的坛子里头摆着各色酱菜，拿玻璃压着。

色泽浓郁的酱油、黄豆酱、豆油米面。

白糖蒜、甜酱黄瓜、黑菜、八宝菜、仓瓜、甘露，顶上是六珍坊的招牌。

桌子大多空着，前头进来的那个小姑娘提着小包裹往外走，正和丹娘走了一个面对面。

两人擦肩而过，那姑娘一扭头，盯着丹娘圆润的肩头看了一会儿，转身出门。

"这姑娘什么来头？"李阁问。

丹娘捻着茶杯："不好说。"

李阁笑着说："我有种预感，以后还能碰到她。"

两人正四目相对。

"搭把手嘿！卡住了。"

梁野一点点从比指甲盖也大不了多少的随身听屏幕往外爬，特别是他一只大腿卡在外面，脸憋得通红。那场面除了诡异，还有点滑稽。

丹娘收回目光，李阁暇着牙花子直挠头。

李阁拿胡萝卜蘸酱，大口往嘴里送。

满脸胡楂的梁野双掌交叉，撑在下巴上，还有点深沉的意思。

"你的意思是，我帮你的忙，你帮我找父母？"

"对，我帮你找到你父母，代价是这几天你得帮我的忙。我在这待不了多久，等我走了，你想干什么我就管不着了。"

梁野拳头一捶桌面。

"好，你想我帮什么忙。"

一旁小口吃着八宝菜的丹娘一抬头，引得李阁一顿。

来了。

门口洞开，一股子腥风冲了进来。

软底黑色皮靴踩在地板上，直直挺进来一张煞白的脸。

那白脸小厮走路轻飘飘的，敷着白色粉底的脸上嘴巴微张，舌头片鲜红。一身青色皂衣，扎着黑红色腰带，戴着红缨毡帽。

李阎面无表情，他背对着柜台，一口又一口把嘴里的酱萝卜咬得稀碎。

白脸小厮抬头看了一眼眯眯的掌柜，又指了指坛子里头黄瓜、藕片和银苗菜拌在一起的八宝菜，作了个揖，软声细语："我家邓姥姥那老三样，掌柜的，有劳了。"

掌柜的笑了一声，"我说贾二，你家刀把子没跟来，我就是给你包上，你也带不走啊。怎么着，要不你把你那鬼玩意儿脱了？"

这话听得李阎眼睛一眯。

"瞧您这话说的，刀把子跟来了，跟来了。"

贾二赔笑着，门槛后头一条黄皮老狗摇着尾巴跑了进来。这就是两人所说的刀把子了。

好大一条黄狗，站起来怕不是快一人高。皮毛斑驳，两只眼睛是瞎的，脖子上有一道难以褪去的狰狞勒痕。

刀把子嗅了嗅，两只爪子一扒柜台，舌头一吐，银声清脆，两枚大钱落在桌上。

贾二连连作揖，掌柜的撇了撇嘴："等着。"

那掌柜进到里屋，几分钟后，提着一个黄色酱包走了出来，挂在大黄狗的脖子上。把桌上的大钱擦了擦，收进袖子。

"刀把子，这儿！"

贾二一拍巴掌，嘴里叫着黄狗的名字。那瞎眼黄狗一个激灵，摇着尾巴往外走。竟然毫无阻碍地穿过了贾二的身体，一前一后出了门。

掌柜的眼瞅着一人一狗离开，嘴里不清不楚地嘀咕着什么。

丹娘眼珠一转看向李阎，李阎把嘴一抹，手掌一搭梁野的脖子："别吃了，走。"

黑漆漆的夜路下，名叫贾二的白脸小厮脚步没有一点声息。老黄狗昂着头，脖子上挂着黄油纸的酱包。

蓦地，老黄狗鼻头耸动，两只前腿一顿，耷拉着的耳朵瞬间立了起来。

小厮开始没有察觉，自己往前走了好一会儿，才发觉刀把子没有跟上。

拐角的阴影里头，一只白色绒毛爪子轻轻探了出来。

但见此兽额头王字黑色长斑，两只铃铛大小的眼睛烁烁发光。是一头白色幼虎。

大明官制五品官服的图案为熊罴，李阁身具飞骑尉的武勋，又担卫所镇抚，两者都是从五品的官职。可是总不能给李阁两只熊罴之相，而四品的金钱豹，李阁又够不上。所以现实是，李阁的龙虎气所凝结的走兽是一只周身洁白的幼虎。

幼年的虎，明代称为彪，本来是六品武将的官服图案。可六品的彪是普通的黄色，而李阁的龙虎气凝结出的彪，则洁白无比。

老黄狗凸起的脊背抖动着，满身狗毛奓起，龇着满口尖牙，对阴影狂吠不止。尖利的牙齿咬合在一起，涎水滴落，看着吓人。

贾二满头汗水，哑着嗓子叫了好几声，名叫刀把子的老黄狗却无动于衷。白虎是别的果实里的龙虎气所幻化出的，燕都午夜下的怪异们看不见。与之相对应的，大明官身的龙虎气也管不到这四九城里的刽子手。

所以贾二只看见自己家的老狗停下，却注意不到阴影中凝视着自己的白色幼虎。

白虎从阴影中冒了出来，算上尾巴的长度也够不上一米。它歪了歪头，朝刀把子打了个哈欠，奶声奶气的，露出两颗幼小的尖牙。

刀把子脑袋一晃，把油纸包甩在地上。两只强健的前肢撑地，后腿一蹬，猛地朝白虎冲了过去！

微不可察的摩擦声响起，两只手掌扯住了刀把子的尾巴，是贾二。

他喘着粗气，脚底下是红黑色的腰带，脸色虽然还是苍白，但整个人鲜活了很多。

"你这发泼的畜生，我看你是皮痒了！"

他不干不净地骂着，一脚踹在黄狗的背上。刀把子被主人拉住，也就不再往前蹿，身子弓起与阴影对峙，贾二一脚踹上去也纹丝不动。

贾二有些紧张地左右看了两眼，索性自己拿起油纸包，又去捡那条腰带。不料刀把子嗷呜一声，张嘴咬向自己。

贾二一屁股坐在地上，叱骂已经到了嘴边，眼角却发现自己的腰带不翼而飞，顿时吓出了一身冷汗。

"坏了！"

雪亮的剑影在黑夜中一闪而逝，人头抛飞到空中，大犬凶猛地撕咬过来，被李阎一脚踹飞。

尸身落地，血泊浸透开来。

贾二人头落地，却口吐人言："你！"

李阎手里拿着一束黑色的腰带，低头盯着怒目圆睁的贾二人头，一剑劈了过去。

刀把子撞了上来，张嘴去咬李阎的小腿。环龙剑弧线一变，刺进黄狗的后背。

"好狗。"

李阎进腕一划，环龙剑深了一尺还多，老黄狗哀鸣一声，就此气绝。

"是你？是你！"

人头落地的贾二不住怒吼，那张苍白的人脸面容扭曲。

李阎去看手里的腰带。

【慎刑司皂带（夜）】

品质：未知
杀猪下三烂，杀人上九流。
阴司刑典的标志，系上这条腰带，
将成为希夷。
不可带出本次阎浮事件。

【希夷】
只能接触同为希夷状态的事物，也
只能被希夷状态的事物接触。

阎浮行走保留衣物，但是无法使用
任何兵器，也无法使用印记空间。

人死作鬼，鬼死作聻，聻死作希，希死作夷。

——《幽明录》

李阎把这条腰带收了起来，手提环龙点着贾二的眼睛，语气阴冷："你是拿砍头当饭碗的，你来告诉我，我这一剑水准如何？"

贾二面容扭曲，几乎说不出话来。

顿了顿，李阎又说道："我做事公道，你们婆姨砍了我三颗人头，我如数奉还。你砍了头能不死，是你的造化。我不会再动手。"

说完李阎不再理会他，转头往菜市口方向去。

倒地的无头尸身伸手抓住李阎的脚脖子，李阎下意识低头。

贾二白森森的牙齿一露，脸色由白转黑，怒张的紫黑色血管扭曲如同小蛇，人头弹射如离弦之箭，甩着长辫子往李阎脖颈咬了过去。

环龙铮鸣飞挑，剑光如同乍破银瓶，顷刻间将人绞成漫天骨肉。

零落血肉落下，李阎的脸上饱蘸戾气。

长夜无尽，好似万古不生仲尼。

感化胡同。

云虎孤零零地站在街上，四周是高低错落的红砖瓦房。

弹壳和零件散落一地，残留的血肉嵌在沥青凹凸的颗粒之间，已经干涸。

他颤抖着呼出一口气，手指拿起一顶血迹斑斑的鸭舌帽子，转身离去。

薄暮过西市，踽踽涕泪归。

市人竟言笑，谁知我心悲？

——《过菜市口》许承尧

天空罩上一层牛奶色。阳光氤氲，却迟迟不能撕破乌云。

杀猪下三烂，杀人上九流！

"六子，早知道应当叫你牵着刀把子去。贾二这浑小子是真他娘的磨叽，一包酱菜，带到他姥姥家去了？哦，不对，咱就是他姥姥。

"六子，你得明白，咱大清国刑部押狱司，手艺最老到，干活儿最利索的才能称得上一句'姥姥'。吃阴饭的大三门，缝尸的仵作，扎纸人的彩匠，都得靠边站！头一个是谁？是咱！是砍人头的刽子手。

"同治三年（1864），咱那时候的大姨剐了太平天国的女将周秀英，咱帮的手。那女人苗条，一身骨架片下来，你姥姥咱眼都不眨。打那年开始，这碗饭咱端了五十几年。白天拿冬瓜画根白线当人头练，晚上用香头得正个好把火炭头子切下来才作数。从帮工的'外甥'到'二姨'再到'大姨'，四十三岁那年独当一面，人家称呼咱一声'邓姥姥'。

"六子，咸丰年的八大臣你知道不？多大能耐！都砍了！谁主的刀？我！光绪二十四年（1898）的秋天，就在这宣武门外菜市口，六颗人头。刀口下头有个四川人叫刘光第，人头落地，尸身不倒，当真是好汉。那南门内外，围了个水泄不通。那人是干吗来的？看咱砍头！给谁叫好，给咱！六子，那真是咱这辈子最威风的一场。

"六子你莫看轻了咱这行当。咱是国法！是荣典！咱就问你一句，哪朝哪代，这当皇上的不得用人砍头？砍头，他就离不了咱！离不了咱这口刀！我万万是想不到，到了咱这辈，就他娘的土地爷掏耳朵，崴了泥了！这当官儿的不兴砍头，改吃枪子了。

"唉？小二咋还不回来？哎，可咱忘不了啊，六子。别人说这行当损阴德？胡说八道！那洋鬼子都说，人死升天，咱这是给人升天垫了一步道啊，六！"

"等会儿，有生人。"

"……"

"小二折了。"

"别他娘的废话，你姥姥我眼没瞎！我知道他系着咱的腰带。慌什么？尿蛋包！咱砍刘光第那年是光绪二十四年，六儿你给算算，那应该是阳历几年？哦，一八九八年。到今天，整一百年了？"

"一百年了，就等来一个小崽子……还能跑了你？"

油纸包抛在空中，藕片、萝卜丝、豆皮、木耳、大头菜，淋了一地。

李阁走进菜市口，腰上绑着黑红色腰带，高瘦身子在街上晃荡。原本红润的脸色变得异常苍白，宛如鬼魅。

途中遇到胡同的小石狮子，李阁不躲不避，竟然毫无阻碍地穿了过去。

李阁眼前坐着一个精瘦的小个子老人。脑后盘着发辫，眼前有白发晃荡，脸上的鸡血还没干，正啪嗒啪嗒地抽着旱烟袋。老头身旁站着一白脸小厮，神色又悲又怒。

小个子老头把手上的烟袋杆子放下，一双眼皮上翻，恶气森森。脚下一踹，一颗人头骨碌滚到李阎脚下。李阎一看，正是自己的人头。

李阎浑不在意，把人头踢开，一步一步走近二人，嘴里说着：

"我听人说，这古人斩首的时候刽子手会趁犯人不备从人群里走出。刀起头落，人头不闭眼。落地之时若能眨眼三下，嘴角上翘，那便有含笑九泉的意思。

"今天，我送您二位含笑九泉。"

回应他的，是小个子老头迎面而来的刀光。邓姥姥张舌怒吼，脸上的鸡血宛有神性。

这是一家雾气蒸腾的苍蝇馆子，灯光昏暗，污水横流。蒸屉里一颗颗人头嘴巴张合，气氛很是阴森。

围裙上满是血迹的无头厨师瑟瑟发抖，躲在酒水柜子后面不敢冒头。而桌边的两个男人，似乎更值得他恐惧。

桌上摆满了啤酒，两人对面而坐。

"可以了吗？"

男人戳着桌子，身上浓郁的酒气几乎成了个人标志。

他对面坐着一个穿西装的男人，正全神贯注地盯着手里的红白机手柄，大拇指快速摁动。

蓦地，西装男人手指一停，神色阴郁。

"切，挂了。"

酒鬼男人眼里带着刀子，打在西装男人的脸上。

"咳咳。"

西装男人咳嗽两声，连忙把手柄收回口袋，朝酒鬼男人伸出自己的手掌。

"自我介绍一下，任尼。"

"武山。"

"这是你要的本次阆浮事件所有行走记录在案的资料，包括传承、专精强度、购买记录等等，一应俱全。"

武山接过任尼递过来的黄色文件袋子。

"我不是第一次跟羽主的人交易，怎么从来没见过你？"

"我是新人。"任尼言简意赅。

"是吗？"

任尼看武山撕破纸袋子，笑眯眯地补充："毕竟是不符合章程的灰色交易。即使后土睁一只眼闭一只眼，十主里的其他人也在盯着，所以不能让忍土出面。贸然动用不属于这颗果实的特殊物品也容易落人话柄，所以是图文版，请见谅。"

武山打开纸袋，迅速浏览：

"毕方，玄冥，唐猊，姑获鸟，饕餮。呵，居然还有一个没有成长起来的五仙类传承。魁？见识过几次，算是少数作战能力强横的五仙类了。"

武山眼神一睐，盯在纸上的两个字上。

白泽，终于找到了。

"这也是正常的事情。像这种偏向回收资源的逃杀类事件属于很稀有的情况，大基数下，滥竽充数的渣滓很多，强手也不少。哦，对了……"

任尼指了指纸上的某个名字。

"这个男人，羽主不太喜欢，方便的话，可以顺手杀掉他吗？是你的话，一定没问题。"

武山随意一瞟。

"姑获鸟？传承太弱了，没兴趣，也不打算拍那个马屁。"

"这样啊。"任尼耸了耸肩膀，"那真是可惜。"

武山放下手里的文件，眼睛盯在了任尼身上。

"资料有什么问题吗，武先生？"

"不，没什么。"

武山耸了耸肩膀，又低下头研究起文件上那个白泽传承的拥有者。名叫昭心，一个初中生模样的清秀女孩。

刀身如血红火炬，即便是擦身而过，也烫得人火辣辣地疼。

希夷要是死了，只怕连个灰都剩不下。

李阎脚尖点地，身子晃过老头手中的鬼头刀。他自诩心志冷硬，可直面老头那张涂着鸡血的老脸，依然有一种惊心动魄的恐惧感。

是活人对死亡与生俱来的恐惧。

是千年王朝变迁，依旧不改野蛮又血腥的斩首酷刑。

邓姥姥刀术精湛？也不见得。可这老头子身上那股扑面而来的血腥味，压得李阎抬不起拳头。

这是一种远远超过杀气波动的体会。这老头子一生，杀了何止百人？

祸不单行。那名叫六子的小厮一溜儿烟的工夫，从草台后头扯出一个眼裹红布的人来。

六子一脚把人踢跪下，抄起一口寒光四射的刀来，一口凉水喷在刀片上。

邓姥姥眼中放光，提一口气，双臂猛挥，为六子争取时间。呼吸之间出刀的力道和角度，也因此有细微缝隙。

机会！

李阎强忍心中惊悸，连退两步让过刀势，脚后跟蹬地前冲。趁鬼头刀势头已老，双手齐齐探出。

邓姥姥暴喝一声，刀身横起往左边一抹，砍在李阎的腰肋上。而李阎的右手，也险而又险地拿住了老头的手腕，当下毫无迟疑，捏着老头的手腕往自己膝盖一磕！

长刀脱手，抢步前顶，手肘撞上邓姥姥的下巴，左手抓住刀柄拧腰朝六子掷了出去。

"开斩！"

邓姥姥嘶哑呼喊。

"斩你大爷！"

鬼头刀呼啸翻转，六子双目圆睁，一个扭腰让过刀锋。再一回头，形如鬼魅一般的李阎面容定在了他的眼前！

李阎伸左手四指死死捏住六子脖颈，腰侧那道刀伤鲜血淋漓。

六子的挣扎毫无作用。李阎不管不顾地压着六子的脖子往前冲，朝着草台柱子上撞过去。

两张同样苍白的面容脸贴着脸，四目紧对，脚步杂乱地踩在草台木板上。六子咯咯的干吼声和粗重的喘息声碰撞在一起，三人脚步噔噔噔暴如密雨。

嘭！

六子后脑勺撞在柱子上，眼前金星直冒，双眼突出，舌头吐出小半，他眼角瞥见身侧插进草台里的鬼头刀，死命伸出左手去够。胳膊几次撞在柱子上，手指哆嗦着，仍是还差一点才能够到。

李阎眼睛一斜，右手捏住六子的手腕一拧，嘎巴一声将他的左手硬生生拧断。

六子白眼一翻。他也心狠，干瘦有力的巴掌往李阎肋骨上的刀伤处玩命一拍。

李阎脸上青筋直冒，捏着六子喉咙的手反而更紧了几分，发白的手指几乎陷进六子的喉咙里。

邓姥姥的身子晃了又晃，手里拎着一口牛耳尖刀，悄无声息地往李阎腰后走去。

三步，两步。邓姥姥眼珠发红，朝前进步，双手按着刀柄往李阎腰眼里一扎。

李阎伸手拔刀，拧腰甩臂！

六子的身体顺着柱子无力滑落，邓姥姥的脖颈鲜血迸溅，像是漏水的龙头。

李阎脸上满是血点。他以刀杵地站了起来，默默地走到邓姥姥身后，松了一口气。右脚踢在邓姥姥的腿肚子上，邓姥姥身子跪倒。李阎手起刀落，顷刻间血光冲天！

"含笑九泉。"

脱了腰带的李阎掏出一颗大枣含在嘴里，脚印带血地走到脸上蒙着红布且被五花大绑的自己面前。

"老子的三魂七魄就尿成这个德行？真是……"

【尸狗钱】

阎浮秘藏，可通过任意果实获得。
消耗品。
可强化一次传承技能，要求传承为以下四十二项中任意一项。

你的姑获鸟满足传承强化的条件。
你可选择的强化技能为血蘸。
强化之后，血蘸将附带一次对七魄中"尸狗"的固定值伤害，并削弱对方五感。
尸狗伤害爆发在血蘸伤害之前，即血蘸总伤害（尸狗伤害＋血蘸结算伤害）为130%的九凤冰属性伤害。
强化之后，血蘸副作用将进一步削弱。

备注：三魂七魄钱是可能出现在任何阎浮果实的秘藏，可使传承技能附带高额的魂魄伤害。

李阎抛出铜钱，任由其化作流光融入自身，浑身上下一阵阴冷。

他去拿那人的肩膀，不料手上一硬，那尸体消失得无影无踪。李阎的手里，多了一枚黑色的方孔铜钱。

状态栏里，血蘸的字样后面缀着九凤强化、尸狗强化的字样。

"以后再有这样的机会，名字就可以写一行了。"李阎耸了耸肩膀。阎浮秘藏到手，自己也杀够了六人，应该可以回归了。

可是，没有提示。

感化胡同四个，毕方女人，酒吧收保护费的。李阎的确已经杀满了六个人。

但李阎看向自己的阎浮事件内容栏，那里明晃晃地写着：已杀五人。

没等李阎发问，忍土已经给出了回答。

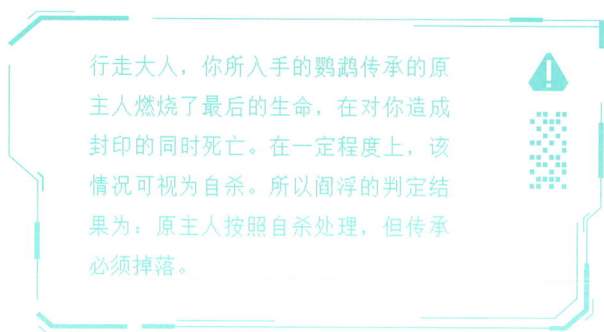

> 行走大人，你所入手的鹦鹉传承的原主人燃烧了最后的生命，在对你造成封印的同时死亡。在一定程度上，该情况可视为自杀。所以阎浮的判定结果为：原主人按照自杀处理，但传承必须掉落。

李阎忽然想到文身骷髅男死之前说的。

"她不是，她男人是。"

"对他这么有自信吗？即使自杀也要拖我一步，等着他来给你报仇？可是，把实力抛开，燕都城这么大，他找到我都需要运气，你拼了命想阻止我回归，也最多只能拖延一晚的时间罢了。这点时间，他能做什么？当然了，我也没打算走。"

天空已经破晓，那座草台连同台上两具尸体都消失不见。这一夜的沸腾已经结束。

　　李阎挠了挠头发，没着急回学校看门，而是掏出随身听来，趁着百货大楼的门还没开，低声问道："你父母住在哪里？现在告诉我。"

第九章
云虎与圣旨

"哦，不好意思。"

"你他妈没长眼啊？"

体格壮硕的胖子戳着云虎的胸口，唾沫横飞。他耳朵扎着耳钉，一脸蛮横。

云虎戴着胶皮手套，神情疲惫。

"没注意，没注意。"

胖子一把揪住云虎的脖领子，把他提得脚尖点地。

车间里十多个工人面面相觑，不知道该不该劝。

"孙大志，差不多得了。小裴是新来的，厂子里的机器不熟悉。不就轧你脚面了，至于那么不依不饶的？"

说话的是个二十多岁的姑娘，两条麻花辫子，皮肤细嫩。

胖子一撇嘴。

"行啊，小子。你才来咱厂子两天，就勾搭上咱厂厂花了？有手段啊。"

"孙大志，你要是吃饱了撑的，趁早找个地方多喝点凉水，别在这儿放屁。"

这姑娘把眼睛一瞪，有几分泼辣劲。

"呵，行！谁叫你是咱张主任家的千金呢。不过可别说我打小报告，这小子一宿没在厂子里，指不定上哪儿浪荡去了。你张大小姐一片痴心，可别错付了人家。"

胖子痞里痞气地怪笑一声，瞪了云虎一眼，不再理会。

这姑娘走到正在抻衣领的云虎面前，低声说道："别搭理他。"

看着眼前如玉的俏脸，云虎脸色柔和地笑笑，口袋里两枚指虎上，血迹未干。

李阎坐的这地方很有名，叫卢沟桥。

阳光猛烈地挥洒下来，绿皮火车的头上突突直冒黑烟。

李阎坐在铁轨边上，瞅着远方的巨大烟囱，手心拿着一瓶北冰洋汽水，喝得很有滋味。

这玩意儿他小时候爱喝，后来没了，怪可惜的。

梁野就在他身边，手里拿着空瓶子。

他站得笔直，脚下杂草丛生。

梁野父母的下落，打听到了。

还不算坏，至少二老健在。但也说不上好，梁野家里头还有个妹妹，大学没考上，上的中专，在当时算不错。

梁母有血栓，下不了床。梁父快六十的人，下岗以后在火车站锅炉房填煤，一个月拿八十二块钱。李阎去看的时候，说自己是梁野的朋友，还帮着干了半个上午的活。挺真实，真实得如此狼狈。

梁野搓着巴掌："我们家以前住炮局，那地方当时是公安局。那帮三青子一个个人五人六，真到了炮局前头，都他妈尿了。"

"兄弟。"他看着李阎，"你小时候浑吗？"

李阎面不改色："不浑，规矩着呢。"

梁野去看远方的烟囱，开口说："我小时候浑。有时候惹祸让我妈逮着，抄鸡毛掸子抽我，大半夜的我就往烟囱上爬。

"我爸在酒厂，常年瞅不见他。就那时候，我老跟人掐架。骑着自行车，拿着铁片、木棍、砖头，蹬着脚蹬子就往前冲。

"后来组乐队，折腾了两年才有收入。因为这事儿跟家里闹过不少回。

"我还记得第一次在开心园演出，挣的钱给我妈买了一条挺贵的围脖。我知道我那不是孝顺，是跟家里赌气，我想告诉他们我过得好着呢。其实买完那条围脖，我连着两个月没饭吃，差点儿饿死。"

他嘿嘿地笑了一会儿，眼里有泪光。好一会儿，才哽咽着嗓子："其实，我不后悔玩乐队。真的。"

火车驶过，李阎数着车节，没言语。

梁野抬起了头，情绪平复下来："兄弟，我看得出，你不是一般人。我就一个请求，你走之前，给二老留笔生活费。你就是要我这条不人不鬼的命，我也给你。"

李阎攥紧了胸口的铜钱，抬脸和梁野四目相对，似乎在倾听着什么，开口说道："哥们儿，想活吗？"

"真行吗？"

"丹娘说行，那就差不多。不过要是不成，你也别埋怨。"

"兄弟，啥也别说了，啥也别说了。"随身听里的梁野语气激动。

"行了，省点电吧。"

李阎按下关机键，才问桌子对面的丹娘："要怎么做？"

这是一家叫不出名字的小吃店，位于南锣鼓巷。厨子早年是南来顺的师傅，手艺地道。

李阎和丹娘一人要了一盘蜜麻花。这玩意儿又叫糖耳朵，枣浆色，炸得剔透，松软可口。丹娘以手托腮，笑靥如花，店门口几个挎着书包的半大小子看得眼睛发直。

"小兔崽子，看什么呢。"嗓子比腰还粗的老板娘一声吼，男孩们嘻嘻哈哈地散去。

丹娘咯咯笑着，也不在意。

她听到李阎问她，才收敛笑意："和我当初解脱菜菜子的手段类似。不过，现在的我是做不到当初那个程度的。"

"所以，我得先帮你恢复当初的实力。"李阎随即接口，"那我需要怎么做呢？"

丹娘手掌抚着胸口，脸色并不好看。

"我需要很多像昨天晚上那个老刽子手那样的魂魄，至少还要四五个吧。"

李阎点头答应："行，我争取。"

"我能问个问题吗，李阎？"

"我为什么不留笔钱敷衍一下？"

"那倒不是，我觉得这的确是你会做的选择。"说着，丹娘眨了眨眼，"将军。"

李阎心中畅然，咧嘴说道："这点上，你可比余束有女人味多了。"

李阎刚说完，就看见丹娘的眼皮一沉，连忙改口。

"哦，不好意思。"

丹娘没说话，小口小口把剩下多半块的蜜麻花吃完，这才回答道："没关系。"

说完，用筷子把盘子上的蜜糖渣子抹到一块儿，夹到嘴里。

李阎吸了吸鼻子，把自己没有动过的那份推到了丹娘面前。

丹娘一抬头："谢谢。"

"不客气。"

秦大爷是个门房，老伴死得早，儿子又在外地。老爷子虽然岁数大了，但是身子骨相当硬朗。所以他觉得新来的小李，这人的态度很成问题！

我一个几十岁的老头子，土都埋到嗓子眼了，还不是勤勤恳恳地干好本职工作，为实现国家四个现代化添砖加瓦？你小子才二十多岁，结果第一天值夜班就给我溜号？

"我说，小李啊，你这样不行啊。这要是刘主任来检查，那是要出事情的呀！那我也会跟着挨批的呀！"

秦大爷端着茶缸子，话里话外敲打着李阎。

李阎刚睡醒，嬉皮笑脸地答应着："瞧您这话说的。您老在这儿干了多少年了，那刘主任才来几年，他还敢批您？下次我注意。"

老秦扑哧一笑，手指头晃了晃李阎。

"净瞎扯！我有那么大能耐，我还在这儿看门？"

其实在老秦看来，这也不是什么大事儿。小李这人嘴甜，也会来事儿，来这两天打水打饭这些事更不用人说，虽然值班确实是滑头了些。

这年月治安不太好，学校里头人多眼杂，师范学校女生又多，难免会经常出事。什么争风吃醋去打架的，还有去勾搭社会小流氓的，李阎这么个大小伙子往这儿一戳，自然比老秦一个糟老头子要敞亮。

何况今天下午在学校门口人家一膀子就把个骑摩托抢包的小流氓给撂倒了，校领导点名表扬来着。女生宿舍都传新来了个年轻保安，手底下有功夫，他也算不大不小露了个脸。所以李阎溜号这事，除非抓现行，不然谁打小报告也不好使。再者说，老秦自己这么大岁数熬不了夜，把人家挤对跑了，俩人谁也不痛快。一老一少扯呼二十多分钟，话题也就歪了。

"我说大阎，还有两天就过年了，不回家看看？"

李阎守着电视，大口吞咽着嘴里的方便面。

"不了。我妈一个劲催我结婚，烦她那个。"

李阎抱怨着，脸上的表情异常生动。任谁看上去，这都是一个挺精神的农村小伙而已。

"在这儿找一个嘛，就找个大学生。我跟你说，你别看……"

值班室逐渐拉远，一老一少的絮叨声音不绝如缕。

恍然间，夜幕将至。

"行吧，你要是不回家啊，到时候咱俩做个伴。"

李阎答应着，老秦一看天要黑，也就推门离开。

门关到一半，老秦那张脸又冒了出来："别溜号啊。"

"您放心。"李阎点点头。

老秦打外头把门关紧。

等他离开以后，李阎倒在床上，又假寐了一会儿。

邓姥姥涂满鸡血的面孔在他脑海中一晃而过，激得他猛一睁眼。

从今天白天就开始了，李阎也说不上来哪里不对劲，就是觉得没有精气神，还总有一种惊悸的感觉。一闭上眼，脑子里头就会浮现出各种狰狞的画面。

是进入阎浮以来压力太大？还是被斩三魄的后遗症？

吞贼，臭肺，除秽。

睡不着的李阎叹了口气。床底下那几本连环画李阎都已经翻烂了，就连老董自个儿藏在套枕下面已经发黄了的《龙虎豹》杂志，李阎都翻了个遍。

他想了想，没好意思打扰丹娘，而是打开了随身听。

"啥事啊兄弟？"

"梁啊，今儿晚上的事儿还得靠你。先唱首我听听，柔和一点，别撒尿和泥就行。"

"行啊，没问题。"梁野答应得爽快。

李阎把随身听放在枕头边上，双手枕着后脑勺。

其实也没对梁野抱有多大期待，大晚上解闷而已。李阎甚至做好了再被脏一把的打算。

梁野清了清嗓子，一阵节奏分明的架子鼓响了起来。沙铃声音伴着晚风吹动树叶，月光皎洁。

梁野的嗓子一瞬间清亮起来：

渔王还想，继续做渔王，

而海港已经，不知去向。

……

肥胖的城市，递给他一个，

> 传统的方法，来克制恐慌，
>
> 卖掉武器、风暴、喉咙，
>
> 换取饮食。

悠长的小号声中，李阁抹不平的眉头舒展开。

歌声仍在继续，梁野这个潦倒的中年人此刻竟然唱出了少年音：

> 坚硬的时刻倒转的河，
>
> 肥胖的城市，
>
> 驱赶着所有拒绝沉没的人，
>
> 那首疯狂的歌又响起。

吉他撩拨，电子琴的调子反复，像是有个安静又惘然的少年在耳边呢喃。他背靠着水泥管道，身边是啤酒罐、高架桥和夜下的霓虹灯：

> 电灯熄灭，物换星移，泥牛入海，
>
> 黑暗好像，一颗巨石，按在胸口，
>
> 独脚大盗，百万富翁，摸爬滚打，
>
> 黑暗好像，一颗巨石，按在胸口。

曲子在回荡不绝的小号和萨克斯的交替声中结束。

李阁睁着眼睛，状态栏中"三魄被斩"的字样，淡了许多。

"这歌有点丧。"

躺在床上的李阁咂摸了一下其中滋味，傻乐起来："梁野，你还真有点水平。"

大概过了二十分钟，李阁一看时钟，指针不偏不倚地指到了十一点半。

"请在十二点之前，赶往东北旺农场。"

"东北旺？"

"我熟啊。"梁野大声说着。

东北旺，20世纪90年代著名的音乐村，曾经聚集了很多知名或者不知名的乐队。

树村、东北旺连同西三旗，汇聚了当时天南海北，许多对流行音乐抱有热忱的年轻人。

同时，那也有燕都城顶热闹的庙会。

李阁伸了个懒腰，精神抖擞。

"走。"

东交民巷

云虎两只眼睛看着路灯，恍若无神。

"你大爷的。我告诉你，你有种今儿弄死我，你今儿不弄死我你是我孙子。"

被绑在地上的胖子色厉内荏地叫骂。云虎把眼光移到他身上，还是那双无神的眼睛。

胖子咽了一口唾沫，脖子后面全是冷汗。他耳朵一动，听见有脚步声音。

一个眼神凌厉、体格精壮的男人从街那边走过来，影子拉得很长。

"救命！救命！这儿有个疯子！杀人啦！杀人啦！"

胖子一抖激灵，叫嚷起来。

男人微微后退，眉头皱紧。

他盯着云虎，目光分外戒备，却暗自把注意力放到那个呼救的胖子身上，心思千回百转。

云虎笑了一声："你不用想这么多。这不是双簧演戏，他也不是我的召唤物或者能力化身。至于被绑住的才是你的对手，我是烟幕弹之类的设想，也可以放一放。我的传承是魁，不是讹。"

男人抿了抿嘴，问向云虎："你带个普通人来是什么意思？"

云虎给自己戴上指虎，镜片遮住眼睛："入夜的时候，身体接触的东西会被带进沸腾午夜，就算是活人也一样。杀了你，我还得抓紧时间，带着他去个地方。"

男人呵呵冷笑："兔崽子，你挺狂啊。"

阴影当中，云虎露出洁白的下巴。

"哈……"

李阁挠着头皮，眉毛抖了又抖。

他顺着脑子里的地图走了半道，梁野非说自己这道走远了，带着他中途拐弯。

"我说，你有谱没谱啊？"

"我记得是这么走来着。坐运通 118 路公车，看见西三旗就快到了。"

"都这个点了，我上哪儿坐公交车？"

"没错啊。这个点正赶上末班车，我走多少回了。"

李阁朝路口看了一眼，还真像梁野说的，有一辆大巴缓缓驶来。汽声一响，车门洞开，司机冷着一张脸。

李阁犹豫了一会儿，他想起了一个在自己那个世界流传很广的深夜公交车灵异事件。

"还没入夜，应该没有麻烦。就算有，呵。"

李阁迈步走进车里，他抓着扶手，眼神扫过一排又一排的空座，直到最后。

灯光昏暗，公车角落的靠窗户位置上有两个人腻乎在一起，看不出岁数。

李阎皱着眉头盯准了一瞧，吸了一口冷气赶紧转身。

"在车上呢，讨厌。"

"怕什么嘛，都这个点了。"

老秦压低嗓子，一张老脸乐得像是绽放的菊花。

忽然，他冷不丁抬头往前一看，寂静的车厢里站着一人，背对着自己，高高瘦瘦的。

衣服都没换，老秦头哪里认不出来？差点儿没吓死过去，身子也僵了。

女人欲迎还拒，身边的老秦许久没有动作，这才疑惑地睁开眼。

是那天和李阎见过面的王老师。

她跟李阎没见过几面，但也看着前面站着的男人眼熟。拉着老秦的衣服有点着急地问：

"老秦，你看前面那人，是不是咱学校新来的那个……"

"咳咳。"

李阎忽然大力咳嗽一声，拿腔作势地开口，声线比往常要细很多。

"司机同志，吾帮侬讲啊，你们燕都的公交车的座位哦，做得太差了，侬晓得伐？这样子坐上去，久了怕是要得痔疮的哦。"

司机眼神动了动："那您得跟公司反映，这事儿它不归我管啊。"

"哦哟，真的是。"李阎絮叨了两句，不再说话。

"不是不是，你听他口音就不是。"老秦连忙安慰。

王老师松了口气，娇滴滴地说："那就好，吓我一跳。"

李阎目不斜视，就这么一路站到了东北旺村。心中对这位年过半百的老秦头，不乏敬佩之情。

"救命，救命啊！"

前一声还哑着，后一声就高昂起来，像是被踩着尾巴的公鸡。

胖子眼神惊恐，嘴里念叨着："别杀我，别杀我……"

云虎把手上的血抹干净，一步一步走到胖子面前，蹲下了身子，语气柔和："大志，你平时耍钱吗？"

"裴哥！裴爷！我服了，我服！"

胖子声泪俱下。脚边男人的尸体倒着，双眼恐怖地大睁，死相凄惨。

云虎看了一眼手表，十二点零一。

"我得抓紧时间，咱俩一会儿唠。"

他笑着，手掌抓向胖子颤抖的脸。

潘家园，和廊坊胡同一样，是沸腾午夜下的阴市。不过侧重不同，除了买卖，这里更流行赌博。

一张张怪笑的黑眼圈白脸膛围了上来。

"怎么押？"

对面的白色高帽子在云虎身上剐了好几眼。

云虎像个雏儿似的，眼色纯良地犹豫了好一会儿，才指着脚下五花大绑的耳钉胖子。

"先押一对眼珠子。"

孙大志双眼一翻，就这么昏了过去。

"李岱，传承是举父。投掷专精 76%，手里的飞刀洞穿力堪比大威力手枪。而且相对于角度单一的枪口，拥有搂、旋、反、摆、吊多种投掷角度的飞刀，更加难以防备。即使是高觉醒度的羽类行走，也很难躲避。原本的身份是药剂师，手上有暂时僵尸化的药剂，注射以后可以刀枪不入。"

武山不顾对面男人的脸色愈发难看。

但是很快男人就平复过来，冷笑："拥有强化过的惊鸿一瞥对吧？辅助类的阎浮行走，看来我运气不错啊。"

天上有一层薄薄的阴云，起风了。

一阵摇晃的水声过后，武山把酒瓶一扔，满口酒气。

"呵。"

前门大街

错乱的电线杆上有黑色的麻雀栖息，店铺和店铺紧紧挨着。杂货店、洗染店、照相馆、早点铺……

天城斋的饽饽、便宜坊的鸭子、月生斋的酱肉……

尽管已经闭馆，却依然能瞧得出这个地段白天的繁华。

"正当梨花开遍了天涯，河上飘着柔曼的轻纱……"

昭心倚着门洞，瘦小的身子缩成一团，两只胳膊环抱着龙纹关刀，皱着鼻子轻唱着。

雨丝点在昭心的嘴唇上，青石板被打湿，天空下起蒙蒙细雨。

比起上次，她除了手指上的小蛇，脖子上又多出一块红色的佛像吊坠。

一只手掌靠住墙，光头男人步履蹒跚，指缝间的鲜血被雨水冲刷干净。

女孩站了起来，和男人对视。

"你怎么这么快？"男人故作轻松地笑了笑。

"是你太慢了。"昭心揉着眼睛，对自己的哥哥说道。

她仰着脖子，故意拍了拍巴掌："怎么样，还轻松吧？"

"还好。"光头男龇牙咧嘴的。他本来就长相凶悍，现在看上去就更凶了。

昭心点了点头，伸出白嫩的手背："那我们走吧。"

光头眨了眨眼："昭心。"

"怎么了？"

"再等一个晚上就好。再等一个晚上，六个人就够了。到时候我们一起回去。"

昭心伸了个懒腰，重重点头："嗯。"

潘家园，赌档

"两条大腿，半扇肋骨，我跟你赌了！"

头上戴着白色高帽的男人唾沫横飞，眼珠发红，把桌子拍得啪啪作响。看样子输了不少。

云虎端坐在太师椅那头，手边放着一顶沾血的鸭舌帽。

他指尖轻轻跳动，脚下五花大绑着一个扎着耳钉、穿着背心、膘肥体壮的胖子。

云虎低头看着满脸惊惧，裤裆湿了一片的背心男，语气平淡："我二十几把都没输过，你慌什么？"

背心胖子的脸上满是鼻涕眼泪，体格壮硕的他竟然像个小姑娘一样哭出声来。

云虎没再理会脚下的男人，而是抬头看向白帽子："你输了个底儿掉，拿什么跟我赌？"

"你们这些外来人的心思，我懂。"白帽子抱着肩膀，冲着旁边的人一努嘴，那人拍出一张泛着毫光的纸张来。

阎浮传承！

"有个小东西太岁头上动土，爷们儿好心卖货给他，他倒起了歹心。你猜怎么着？"

白帽子想给云虎增加一些压力似的，嗤嗤怪笑："心肝脾肺让爷们儿掏了个干净，就剩下个这玩意儿。怎么样，赌不赌？"

云虎瞅了一眼桌上的传承，轻轻点头："这东西抵你之前欠的，倒是差不多。"

"爷们儿，别得寸进尺！"白帽子把眼睛瞪圆。

"我听人说，"云虎打断了白帽子，"四九城三个阴集互通有无，奉着一道宣统年间的五色纻丝官谕圣旨，没加印，空白的。"

白帽子闻言把脸色一收，顿了一下，冷笑不止："你丫算计得够深啊，国子监那个郭老头还真是疼你，什么话都跟你说。"他沉吟一会儿，才徐徐摇头，"第一吧，那玩意儿现在搁在廊坊头条，我得花大价钱才弄得过来。第二，那可是口含天宪的圣旨。算上我输你的，加上你脚底下这个，也就一道轴钱，够不上跟我赌。"

云虎压着指节，从口袋里掏出一颗黑色的珠子来，白帽子不甚在意地拿起来一看。

珠子表面十分光滑，一张原本苍老沉静的脸此刻顶在珠子的壁上，表情悲愤。

"郭老头！"

白帽子脸色大变。身旁的人站起来一大半，椅子拉动的声音不绝，一张张不似人的面庞盯住云虎，毛骨悚然。

"小王八蛋，你比我们还毒啊。"

云虎皱着眉头往下摆了摆手，示意白帽子他们坐下。

"刚才说的那些，加上国子监先生的残魂。我输了，未来三天我会再从白天拉十个活人给你抵债。就算我赢了，我脚下这个男人，加上国子监先生的魂魄，也一样归你们。"

白帽子两只手按着桌子。

"我不知道你是从哪儿来的，但是我可以明明白白告诉你，活人不是随随便便就能往这儿拉的。你这么做，一定坏你们人的规矩。

"这天底下不按规矩走的，活不长。"

云虎恍若未觉。

早在他把胖子拉进阴市的时候，阎浮，或者说忍土，就在他耳边警告过。

不过，谁在乎？

"这就不劳你费心了。"

白帽子考虑了好久才开口："无论输赢，你刚才承诺的所有东西，我们都要。"

"没问题。"

"口说无凭。阴市的规矩最大，咱们立字据，你肯拿自己的一魂一魄做抵押，咱们就开盘！"

白帽子喊出了声。

云虎看了一眼桌子上那颗黑色珠子，那张悲凉怨愤的苍老面庞直勾勾地盯着自己。

云虎侧开了脸，外面雨水渐狂。

"开赌吧。"

第十章
梁野的歌

排气管吐出废气，公交车已经远去。天上有车轮轧动的声音，大雨将至。

李阎站在道旁，头顶的牌子上有"胜利农场"的字样。

一眼望去，是大片的林荫道。山脚错落着大片的云杉和奶白色的西洋雕像，远处有防火的瞭望塔。

> **≡ 你的对手传承为：迦陵频**
>
> 迦陵频伽，又名妙音鸟。
>
> 《慧苑音义》云：
> "迦陵频伽，此云妙音鸟，此鸟本出雪山，在壳中即能鸣，其音和雅，听者无厌。"

妙音鸟？

他迈步往里走了没两步，视线移动，身边刹那间人声沸腾！

李阎五感全开。脚下左边转了半圈，右边转了半圈，把四面都收入眼下。

空无一人。

可是口哨、呐喊、叫好的声音却不断汹涌而来。

李阎脚步挪动，背靠着一棵云松。

一座宽敞的舞台就这么在李阎的眼皮子底下从地里长了出来。

电线、音响、军鼓、贝斯、话筒，一应俱全。两边搭着红帷布，台中央插着龙旗。

口琴和木吉他飞舞在半空中，自己演奏起来。

前奏李阎很熟悉，是 20 世纪 90 年代风靡一时的《同桌的你》。

这些诡异乐器给人的感觉就像是……藏着梁野的随身听。

⚠ 行走大人请注意，你踏入了东北旺万寿堂（今胜利农场商演露天舞台）的范围。

范围内的器乐将使所有行走获得特殊状态。与器乐相关的阎浮传承，可以通过分析，获得调整状态的能力。

当前附加状态为：所有行走伤口愈合速度增加 100%。

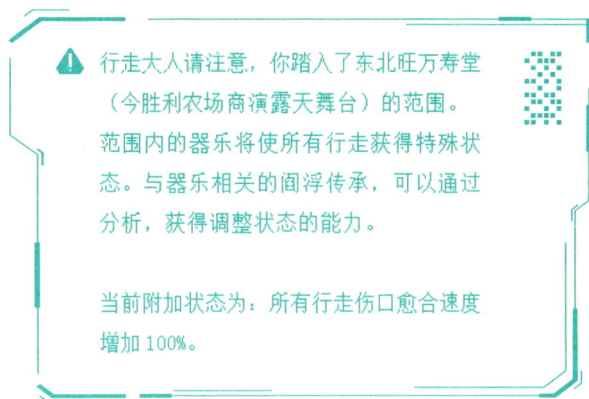

妙音鸟？还有器乐附加状态？

不会是道高一尺，魔高一丈吧？

李阎捏紧手里的随身听，心中有种不祥的预感。

轻微的脚步声传来。对面走来一人，戴着红星军帽，面对着李阎从手上翻出一把狗腿刀来。

印记空间，十都。

李阎放开顾虑，环龙长剑直指男人。

确认过眼神，没有一句废话，两人同时冲向对方！

狗腿刀和环龙剑撞在一起，两道身影惊鸿一般交错而过。李阎的手背，那人的胸口，同时崩裂出一道伤口。

妙音鸟和姑获鸟一样是羽类传承，两人又都是十都的评价，身体素质大致相当，两人试手不亏不赚。

因为妙音鸟传承的缘故，你的愈合速度提升仅为 50%，而对方的伤口愈合速度为 200%。

男人胸口的伤痕已经止血。李阁一口唾沫吐在地上，对面男人再次冲了过来。

"梁野！"李阁喊了一句。

控制音量的"＋"号键按到最大，梁野开了嗓："我没日没夜地追寻你，你如此美丽。到底是什么塑造了你的血肉之躯？"

是猎人乐队的《那不是我》。

万寿堂的附加状态果然模糊成了一片"？？？"，台上的各种魔怪乐器都停了下来。

可没等李阁松口气，阁浮的提示又让他心里一沉。

器乐更换！
当前器乐附加状态为：所有行走防御力下降 100%。因为妙音鸟的缘故，你的防御力下降 200%，对手防御力下降 50%。

李阁有心让梁野停下，可梁野不唱，万寿堂上的器乐就会开口。

"梁野，换一首。"

李阁让过划过耳际的刀锋，小腿把军帽男人蹬开，胸口也受了一脚。

随身听的喇叭顿了顿，梁野再次开唱："这一程行路迢迢，他把乡音背挂在琴上。一言语，天地苍苍，扶着一首歌，路过一个村庄。"

这回是暗杠的《走歌人》。

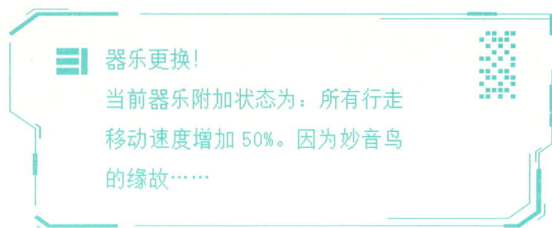

器乐更换！
当前器乐附加状态为：所有行走
移动速度增加 50%。因为妙音鸟
的缘故……

"换！"

梁野也急了，随身听里号角轰鸣："谁不想名利双全？谁愿穷困潦倒讨人嫌？所以既然不能名垂千千古，有人宁可遗臭万万年！"

《艺术男儿当自强》，来自耳光乐队。

器乐更换！
……因为妙音鸟的缘故……

"换！"李阎大喝。

随身听里只一把木吉他飘扬："我眼望着北方，弹琴把老歌唱。没有人看见我，我心里多悲伤。"

《眼望着北方》，是野孩子的歌。

器乐更换
……因为妙音鸟……

"阿嚏！"

任尼打了个喷嚏。紧了紧身上的西装，又鼓弄起手上的游戏手柄来。

眼看着要下雨，他坐在台阶上，头上是乌青色的房檐。一道电光擦破云端。

环龙旋舞激荡，剑势沉如钱塘江潮。

李阎逼退红星军帽男人，两个纵跃拉开距离，身上深深浅浅十几道伤口。

"别白费力气了。"

男人把帽子一摘。

"虽然我不知道你口袋里的怪东西是从哪里弄来的，但是遇到我，算你倒霉。"

他擦去狗腿刀上的血迹，古铜色的脸对着李阎。

"在现实里，我是北京音乐学院的教授，主修通俗音乐史。"

一只巴掌大小，白面五彩羽毛的鸟站到他的肩头。

"民调、摇滚、爵士、灵魂乐、蓝调、嘻哈乐、管弦乐团，只要是你说得出的音乐类型，我几乎都有所研究。平常想发挥妙音鸟的全部威力，还需要戴耳机。但是今天……"

男人握紧刀柄，身子矮伏。

"这里是我的主场。"

李阎把黑色龙旗插在地上，嘴里嚼动着大枣，含糊不清地说："梁野，歇吧，不费劲了。咱莽死他！"

"先等会儿。"梁野费了好大劲头，才从随身听里挤了出来。男人随意一瞟，看到惊鸿一瞥里这个人的威胁程度是白色，也就不再理会。

梁野三步并作两步走上露天舞台，一把抓起话筒，对着男人怪笑一声："你说，什么歌儿你都懂一点是吧？"

"一点可能还多。"

同行相轻，何况还是野路子碰上学院派，两个人语气都冲。

"那你试试这个。"

"哦?"

男人一仰脸,蓦地朝台上的梁野冲了过去。狗腿刀直指梁野的脖子,不打算给他开口的机会。

懂归懂,傻呵呵站在那里看着对手动作,那就是蠢了。

白金虎头吞刃往前一送,拦腰截住男人去路。

男人腰上使劲,身子旋拧绕过枪头,脚下一蹬台面,折身朝李阎冲了过来。

此刻台上放的是老狼的《情人劫》。李阎的爆发力和反应速度都有少量提升,可男人的爆发力强了怕是有一倍还多。加上两人都擅长快攻,要不是李阎兵器占优,怕不是顷刻间就要被压制。

梁野清了清嗓子,一撩手上吉他。

男人说自己是音乐教授,耳朵确实毒。梁野一个前奏,他心中就有了计较。

"摇滚乐对吧!布鲁斯、雷鬼?还是重金属?朋克?放克!"

梁野不慌不忙,冷冷一笑:"二!人!转!"

这次梁野一开嗓,别说妙音鸟传承的男人,连李阎都觉得有什么东西迎面打过来。

"大哥你玩摇滚,你玩它有啥用啊!"

小拜年的调儿配上荒腔走板的公鸭嗓子,还有一点俏皮的鼻音。

一声唢呐气冲霄汉!

婚丧嫁娶的吹吹打打,棒子面贴饼子,三十多岁的碎嘴老娘儿们。

梁野一张嘴就是了。

皮夹克,黑墨镜?骷髅戒指,长头发?

大花裤衩也能唱摇滚!

唢呐高到了天边儿:"我必须学会新的卖弄呀!这样你才能继续

地喜欢哪。看那艺术像个天生的哑巴。它必须想出别的办法说话，说话啊，啊，啊，啊，啊。"

两人都看到了提示，

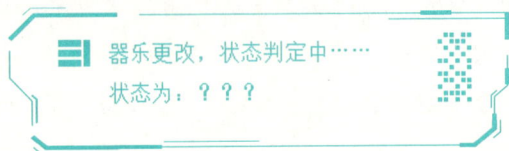

器乐更改，状态判定中……
状态为：？？？

李阁大臂青筋暴起，摆步背枪朝前一送，大枪狂雷一般扫向男人脖颈。

男人身上一软，耳中还响着那句"你玩它有啥用"。

玩它有啥用？这算什么玩意儿？

毕竟同为十都，男人矮下半个身位，弓腰朝前猛冲，接着之前取得的位置优势，进了李阁身边三步的范围。狗腿刀朝李阁胸口划去。

没等到李阁变招，梁野一句公鸭嗓子浸透男人耳朵："究竟摇滚是累坏你的身子儿呀，还是累坏了你这个人儿呀！"

俗气中透着妖娆。

男人咽下一口气，手上的狗腿刀又快了几分。李阁没有以枪换剑，也来不及，枪尾铁镦倒扣，磕上狗腿刀。男人一皱眉头，眼睁睁看着自己的刀刃被撞破一个小角。自己这刀可是有三倍于普通武器的锋锐度啊！

李阁两手往右一扭枪杆，杆子和刀刃搓动，火星四溅下崩开了男人的刀。

出乎李阁的意料，狗腿刀口瞬间迸射出一道扭曲空气的波纹！李阁躲闪不及，胸口被截出一道深可见骨的伤口，血花飞出去一尺。

"刀气！"

李阆不由得又惊又羡。

论专精、技能、武器，李阆不说压制，至少没有一样比男人差。但是刀气，李阆不会。

时至今日，不考虑枪支，他就是个彻头彻尾的近战兵。

男人得意一笑，可恼人的唢呐声再度钻进了他的耳朵，梁野那妖娆的嗓音响起："看来你是学会新的卖弄了，要不怎么那么招人的喜欢！可是你还是成了一个哑巴，神神道道地说着一些废话，废话！"

舞台上吉他、架子鼓连同电线排成一列，都跟着梁野的声音扭动起来，风骚无限。

忍无可忍的妙音鸟反握狗腿刀，趁着李阆被刀气击退的瞬间深吸一口气，朝前挥臂！

刀气纵横！

飞退的李阆眼前有无数扭曲波纹凌乱斩来。

两只脚面离地的他，指尖沾着枪杆，猛地握紧回抽。枪刃摆荡，叮叮当当撞上空气，枪杆哀鸣。握枪的手指上迸出层层细密的血线，枪杆硬是往回一撤。

枪缨飞舞，枪镰钩上妙音鸟的肋下就是一记虎挑！

"死！"

男人被枪镰钩得往前一趔趄。

那一刻，手上臂上满是血痕的李阆福至心灵。

本多忠胜死前的那一枪每个动作都浮现在他眼前。那种激昂间跃上山巅的感觉，胜过小别新婚。

右手托枪，左手拇指下压。虎头吞刃融化成漫天白金色流光，一朵又一朵枪缨在流光中泛起涟漪，男人被整个淹没在其中，像是成百上千只掠水飞燕。从本多忠胜的"鬼神八十打"观想而来，脱胎换骨。其名为"燕穿帘"。

"究竟摇滚是累坏你的身子儿呀，还是累坏了你这个人儿呀！"

乌云款动，大雨冲刷残骸和血水。

在不动用血醮的情况下，李阁就击杀了和自己同为十都的阎浮行走。当然，梁野的功劳很大。

台上各色魔怪乐器在暴雨中随着梁野的歌声扭动："终究学成不了个有情的婊子，还是装不明白个有义的戏子儿啊！"

台下空无一人，欢呼声却一浪高过一浪。

恍惚之间，李阁好像看到大姑娘小伙子们挤在一起，全场沸腾。有个年轻人站在凳子上，戴着肚兜，甩着内衣，胡乱叫嚷："只是理想咋突然那么没劲儿！看着你我也再说不出什么词儿啊，什么词儿！"

在黑色龙旗和元谋大枣的作用下，李阁勉强抬起胳膊，朝台上的梁野竖起一个大拇指。

两人对视一笑。

第二卷

云虎的挑衅

第一章
被修改的阎浮事件

一片闹声中,一个冷淡的男声在李阎耳边响起。不是忍土,李阎确定自己从没听过这个声音。

"首先,打扰一下。所有已经解决战斗或者还在厮杀的行走,我的名字叫裴云虎。

"接下来我的话,是针对一位名叫李阎,传承是姑获鸟的行走。"

刹那间,大雨倾盆!

"当然,跟你们也息息相关,所以还是听一下吧。

"首先,李阎我知道你听得见。两天前,你杀了三个,哦,应该是四个行走。其中,有两个人是我的同行队友,一个是我现实中的好朋友，还有一个是我恋爱八年的女友，在一年前一起进入阁浮，同生共死。"云虎的声音平淡得像旁白，"我不会放过你。"

树下躲雨的李阁叼着一根胡萝卜，大菜根头一晃一晃，骚气非常。

"现在还活着的，一共三十二名阁浮行走，目前没有一个人提前回归。不过好像已经有三个人杀够六人完成事件了，其中就包括你。呵，真险啊，就差一点。

"不过，我很遗憾地通知各位，你们谁也走不了了。"

夜幕骤亮，雷光大作！

站在一座戏台上，脚下倒着尸体的武山手指压着耳朵，笑意狰狞。

"现在，你们可以看一看这次阁浮事件的内容。"

武山朝阁浮事件的内容栏里一瞧，原本"击杀六人即可回归"的字眼已经消失不见，取而代之的是四个大字："不死不休！"

裴云虎的声音冷淡："我修改了阁浮事件的内容，这次阁浮事件，只有一个人能活着出去！"

前门大街，龙纹关刀劈碎木门。昭心双目喷火，手指上的小蛇躁动不安。

"当然，如果你们能找到我并且拿到我修改阁浮事件内容的道具，就可以自己把阁浮事件的内容修改回来。

"或者，杀掉李阁。

"我可以查看到所有行走是否存活，只要我确定李阁已死，就会立马放所有人离开。

"最后，是我要对李阁说的。现在我们两个都处于最危险的境地，很公平，所以……"

那一刻，裴云虎的声音杀意毕露："看看我们谁先死！"

李阁把菜根扔开，眼望天上，黑云压城。

"好啊，看看我们谁先死。"

空中万雷齐奔，一道又一道蓝紫色的电光劈碎乌云，翻滚如狂蟒。

"下雨了……"

任尼的皮鞋踩进水坑里，脸色平淡。背后压着红红绿绿的门神贴画。

"不知道是哪一道雷最响？"

他的手指离开游戏手柄，眼中有满意的神色。

"下一关。"

在裴云虎的话传遍这次事件所有行走耳边之前，大概五分钟的时间。

"要不要继续蹚这浑水呢？"

查小刀双手一揉，手心里多出一块软糯的甜米团来。把它往嘴里一扔，脖子上一道长而浅的伤口开始慢慢愈合。

他脚下横着一具尸体，鲜血横淌。

"君子不立于危墙之下啊，查小刀。"

查小刀脸色纠结。

八大楼的手艺已经学了个七七八八，假以时日，将转化为可观的战斗力。可是，还是差一点，差最关键的一点。突破峰值在即，这一点差距可能是后期无法弥补的。

但是很危险。那个男人磅礴四射的剑光，在查小刀的面前无限放大。

"李阁，这个人属于最危险的一类行走。他不会逃避，也不会停歇，永远把心思放在怎么能更强上，而不是算计着怎么活下去。"

查小刀也想变强，可是他更惜命。

"怎么活不是一辈子？你丫拳打歼星舰，你就不吃豆浆油条了？看见姑娘你就不想套近乎了？死了就什么都没了，宝贝。"

你还不能说查小刀尿，他好歹也是正儿八经杀了六个人，直面经历两次指定对决都能活下来的人。

"三张阎浮传承卷轴，捞够了！剩下的都是硬手和疯子，谁玩谁傻帽。"

查小刀越想越是这么回事，干脆一拍大腿。

"回归！"

查小刀的身上开始泛起星星点点的蓝色流光，然后慢慢化作虚无。

从脚面开始，小腿、腰部、心口、脖颈、脑门、头发，眼看就要化作虚无。

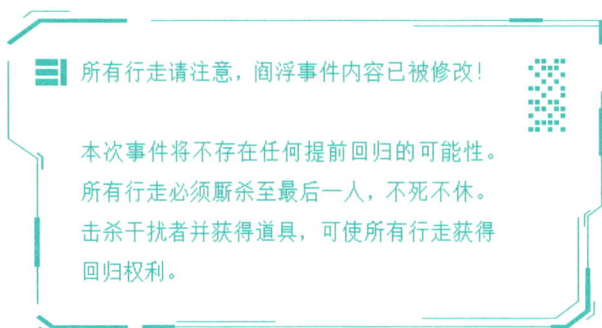

> ☰ 所有行走请注意，阎浮事件内容已被修改！
>
> 本次事件将不存在任何提前回归的可能性。
> 所有行走必须厮杀至最后一人，不死不休。
> 击杀干扰者并获得道具，可使所有行走获得回归权利。

已经消失到小腿的查小刀脸色阴沉，硬是看着蓝色星点把自己的身体重新幻化出来。

接着，就是裴云虎的那段话。

暴雨倾盆，一如他现在的心情。

查小刀抓着自己的头发，咬牙切齿："就差二寸啊！"

"啊，对，就是这样。现在事情很麻烦，我回不去了。"

任尼站在一间荒废的电话亭里，语气好像很惶急。

"本来这次阎浮事件的下发对象不包括我。把东西给了那个武山，只要有任何一个行走完成事件选择回归，我都可以趁机溜走的，但是现在不行了。"

他左手拿着电话，右手一直撚着手里的游戏机手柄，跟那边的人交谈。

"参与这次阁浮事件的行走里有人用高位道具强行锁死了这颗果实，不死不休什么的。真是无妄之灾。"

电话那头，是一个沙哑又性感的女声。

"总之，你先躲起来，不要引起那边忍土的注意。其他的事情，我来解决。"

"哈，那就多谢了。我一个邮差类型的行走，可不想参与到这些疯子的争斗里。"

"嗯，知道了。"

那边的女人断了电话。

任尼把后背靠在电话亭上，久久无言。

外面夜色深沉，一个跑动姿势怪异的男孩抱着皮球，在夜色下游荡。

空气中只有任尼撚动手柄按钮的摩擦声，舞动的手指像穿花蝴蝶一般赏心悦目。

大概十分钟，他才叹了口气，把手柄放进口袋，甩了甩酸麻的右手。

"好变态的关卡，真不愧是地狱难度。"

他嘴上抱怨着，嘴角的笑容却咧开到夸张的地步。

第二章
降临！九翅苏都

这场雨来得快，去得也快。空气中满是翻新的泥土气息。

上百只黑色苏都鸟顶着凉风四散开来，向着燕都城的四面八方飞去。

李阎坐在树荫底下，手臂的血口子已经结痂，胸口的伤势严重一点，发猛力会让伤口裂开。

这个传承是妙音鸟的男人，实力真的不差。

经过两夜鏖战，李阎再次入手两张传承。只要全部用掉，顷刻间就可以突破峰值，让自己的姑获鸟觉醒度达到47%（原39%+溢出7%，突破需要消耗溢出35%，四张传承溢出36%，突破后为39%+8%=47%）。

何况突破峰值，一定会有额外的奖励。当初10%峰值，没有瓶颈，还给血蘸加上一个不起眼但实用的必中特效。这次能带来什么，李阎表示期待。

除了传承卷轴，李阎没再从男人身上获得什么，精良品质的狗腿刀也被虎头大枪击碎。

人死道消，他印记空间里的东西，不知道便宜了谁……

值得一提的是他从男人身上入手的传承，比起重明鸟和毕方鸟，有一点不同。

【传承：妙音鸟之颜·庄洁】（心刃强化）

觉醒度 9%（击杀后自动还原）

壳鸣：增强持有者 90% 爆发力和出手速度。

乐慧（心刃强化）：脑中回想任意音乐，可以获得其特殊状态加成，如果耳朵也能听到的话，状态加成翻倍。听到特殊的魔乐，将获得极为强大的状态加持！

心刃强化：气由拳始，法自心生！

源自真武法果实（鳞·甲子二百六十六）的专有秘术：真武法。

手持兵刃，可散发出无形气劲。要求兵器品质"精良"以上，处于"乐慧"状态。

⚠ 行走大人请注意！

替换传承可以获得心刃强化，但是若通过消耗此传承来增加觉醒度，则不能获得此项强化。

备注：据说，传承除了替换，还有进化的可能。而进化传承，除了高额的觉醒度，还需要通过各种方式进行强化。所以，你懂的，行走大人。

传承可以进化！

姑获鸟的品级不高，这是貘之前就跟李阎说过的。但是不得不承认，姑获鸟非常适合李阎。

血蘸可以说是李阎现在战斗风格的核心。

血蘸开打，凭借高额近战专精与敌人缠斗，抓准机会，一记虎挑。

然后一个燕穿帘！尸狗伤害判定！

最后血醮和九凤强化冰冻爆发！

让他放弃，还真有点儿舍不得。

但是如果姑获鸟能进化，那就完美地解决了所有问题。

李阎自己的姑获鸟就有九凤、尸狗两次强化，自然不会贪图心刃的强化去替换传承。虽然，剑气枪劲什么的确实很帅……

至于裴云虎的喊话，有一点麻烦，不过不算严重。裴云虎能拿到修改阎浮事件内容的道具，虽然很夸张，但也并非不可能。如果不是梁野不能带出本颗果实，单凭他一把模糊所有镇压效果的嗓子再配上索尼随身听的品质，等级怎么也要在传说上下。

李阎把注意力转到身上的巫语状态上。

杀气波动在面对那些心志坚定的强大行走时，触发震慑效果的可能性也很低。李阎也不打算在这个世界画一道九凤神符，这两个技能影响不大。

但是惊鸿一瞥被封印就很难受。因为除了可以查看对方行走的个人信息，惊鸿一瞥还赋予了李阎动若纤毫的洞察力。状态栏被封印，惊鸿一瞥不能使用，那么李阎对战斗细节的判断可能不会这么精准。

上次那个毕方鸟是诈杀，没体现出来，这次对上妙音鸟，明显有差异。虽然凭借高达 90% 以上的古武术专精，李阎依旧不落下风。

当初凭借一把碧渊剑，李阎就堪堪踏进十都的门槛。现在的李阎，比当时强了多少？

降临，九翅苏都！

不过李阎的短板也很明显：虽然动性强，近身无解，但是缺乏

129

远战手段，体质脆弱。所以李阎现在就是在想办法解决这个问题。

白色的尾巴啪啪地甩在李阎的皮鞋上，白色幼虎仰着脸，一对湿漉漉的眼睛和李阎对视，然后歪了歪头。

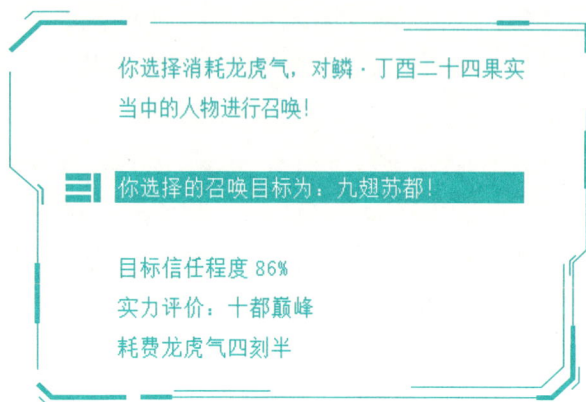

你选择消耗龙虎气，对鳞·丁酉二十四果实当中的人物进行召唤！

你选择的召唤目标为：九翅苏都！

目标信任程度86%
实力评价：十都巅峰
耗费龙虎气四刻半

召唤开始。

缕缕九色华彩从白色幼虎的皮毛上蒸腾出来，化成一道水缸粗细的九彩云团，光屑从云团往下不住抖落。一片黑色羽毛从云团中落下来，接着是两片、三片……黑羽毛纷纷飘落，裹成一团一人来高的羽茧。三米多长的翅膀破茧展开，露出一张妖冶美丽的女人面庞。

"总旗大人！"九翅苏都一抖翅膀冲到李阎身边。

还没等李阎说话，九翅苏都就"咦"了一声，把脸凑到李阎胸口，鼻子抽动。

李阎有点尴尬地后撤两步，九翅苏都语气幽怨："总旗大人身上为什么有女人的味道？"

"嗯？"

九翅苏都又把头低了下去，语气柔弱："没关系，苏都不在意。"

"嗯？"

闹归闹，李阎选择九翅苏都有他的考量在。

黑羽有一定防护力，可以飞行，翅膀卷起的黑羽风暴能达到五百米。

本来皮糙肉厚的牛头旃檀也在李阎的考虑范围以内，但是牛头旃檀的体积过于醒目，而且白天无法安置。

本来现在的李阎就有几分众矢之的的意味在，贸然召唤牛头旃檀，无疑会把自己的位置暴露出来。

"听说你去了明国？"

九翅苏都把小白老虎抱在胸前，脸蛋使劲磨蹭着它的皮毛，听到李阎的问题才抬起头："对啊，一直待在龙虎山上，快闷死了。"

龙虎山，天师道。

李阎点了点头："我看你又有精进啊。"

"是啊。"

苏都抬起小白老虎的一只爪子，转脸看向李阎："一定能帮到总旗，哦，镇抚大人的忙！"

拒绝了九翅苏都让骑在她背上的邀请，李阎在公路上一溜小跑，身边是低掠的九翅苏都。

"镇抚大人，你是怎么来到这儿的，这是你原本的家乡吗？我早就知道，大人一定不是普通的明人。

"镇抚大人，这个世界一片死寂，大人来这儿是不是想重建我楚地汉水的荣光？

"镇抚大人！"

"苏都，"李阎尽量放轻语气，"这些东西我们以后再说。我把你送我的苏都鸟散了出去，你帮我留心一下那些行为和气味都跟我很像的人。"

苏都鸟本身智慧不高，像"气味行为很像"这种话大概是理解不了的。不过如果是让九翅苏都来指挥，那结果自然另当别论。

"没问题，大人。"九翅苏都大包大揽。

李阎和苏都鸟的方向，正是廊坊头条胡同的方向。

剩下三十多个阎浮行走藏匿在偌大的燕都城里，像是水融进了大海，想通过"指定对决"之外的方式找到他们无疑是很难的。即使有苏都鸟的帮助，也不一定能成功。

帽子张答应会帮他留心行走的下落，这或许对李阎会有些帮助。

嗯？

"大人。"

九翅苏都一个侧掠转身，脸上有隐隐的黑色条纹浮现："说曹操，曹操到啊。"

李阎手腕一紧，一只苏都鸟扯着他的衣角低鸣。李阎明了，有人来了。

"苏都，你飞高一点，别露头。见机行事。"

九翅苏都点了点头，腰上跟着数十只苏都鸟，往云端飞去。

李阎面向北方，心中默念了大概十个数。爆裂如同长嚎的引擎声从云气下荡了过来，炽烈的白色灯光好比利剑。

是一辆流线无比顺畅的重型摩托！

⚠ **你发现了猎杀者（被猎杀者）！**

是阎浮行走。

这辆银白色的重型摩托前后双轮，前端庞大的引擎好比重炮，带着夸张的金属风格。

≣ 【道奇战斧】

　　类别：驾具
　　品质：精良

最高时速 670 千米，3 秒可加速至
每小时 90 千米。
特性：如履平地（在任意复杂地形，
如沙漠、泥潭、草地、碎石路面，
可以发挥出最少 30% 的公路速度）

"好东西。"

李阎吹了声口哨，丝毫不顾及来人的满眼杀意。

李阎看不清对方的表情，但是他判断，这只是一场偶遇。

如果对方是用什么特殊方式找到自己的位置，没道理就这么莽过来。苏都鸟遍布在李阎方圆 500 千米，不可能有人对他进行突袭。而且，当对方注意到自己的时候，重摩托有一个明显加速的过程。

"说起摩托，这道奇战斧还是美国货，全球限量版，当真不错。"

驾驶者从后面抽出一柄自制的合金骑士长枪，对着李阎风驰电掣地杀来。

涡轮咆哮，那人牙齿外露，血红色的牙龈清晰可见。

肉身怎么可能挡得住道奇战斧这样的凶器冲撞，更别提他手里只拿着长枪，十都也挡不住。

电光石火。

李阎目视着猛兽般扑来的重摩托，左脚轻飘飘地横挪一步，拧腰反手戳刺，錾金虎头枪爆射而出。

两根枪头擦过，骑士长枪掠过李阎发丝，重摩托撞了一个空，冲出去五十多米。

就知道没这么简单！驾驶者犹豫了一会儿，没敢回头，而是握紧把手飞速逃窜。涡轮倒转回身，在极短的时间里爆发出比刚才更加可怕的速度。

毫无疑问，狌狌是一个比姑获鸟更弱的传承，甚至公然出现了食之善走这样的字眼。

但是暴足的实用性并不差，配上道奇战斧这样曾经有"世上最快摩托车"美誉的驾具，还兼具如履平地的特性，一击不中，远飙千里。

李阎不躲不避，笑眯眯地看着男人的背影："我还以为来了个什么人，原来真是个愣头青。"

道奇战斧带着劲风，成"S"形在空旷的公路上疾驰。驾驶者的额头渗出汗水。

"没什么好怕的。凭借道奇战斧的速度，就算这人手上有热武器也打不中我，何况我还可以逃走。李阎，果然没那么好对付。"

蓦地，一只护手搭在他的肩膀上，黑色星兜里，两点血芒摄人心魄。

驾驶者的背后，赫然坐着黑骑鬼！

没等驾驶者反应过来，他的身体已经被黑骑鬼扔了出去。

"啊！"

在巨大惯性的作用下，他的身体在空中翻滚了几个圈。黑色羽毛从天而降，整个贯穿了他的身体，血洒长空。

九翅苏都抖落着手上的鲜血，看着地上分成两截的尸体。

"大人，这个人冒出来是干什么的？"

李阎看着黑骑鬼停下摩托，红色瞳孔里有难言的兴奋之意，耸了耸肩膀。

"不知道，可能是给我送车来的吧。"

给人以视觉压迫力的前后双轮轧过青砖，银色的方块金属车身在路边停下。

李阎翻身下了道奇战斧，摸出一根胡萝卜塞进嘴里，推开了头条胡同阴市的大门。身后跟着九翅苏都。

胡同里热闹依旧。李阎第一眼就看到上次那个眼睛一片漆黑的唱曲女孩，正往嘴里塞着什么，满手是血。

"爷们儿，我正找你呢。"

帽子张伸手一扯李阎的袖子，被他轻巧躲开。

李阎冷冷盯着帽子张，他下巴上的鲜血还没擦干净。

"呃……"

帽子张抹了两把，有点不好意思地朝李阎一乐，满嘴的红丝。

"兄弟，有什么话说吧。"

"有个戴眼镜的，看上去文文弱弱，结果真他妈的狠啊。连摇了二十三把豹子，把我们阴集的高无常赢个底掉，那人我估计你认识。"

"他赢了钱，我怎么看你们一个个吃得脑满肠肥的。"

帽子张简短截说，李阎大概清楚了事情的经过，脸色依旧不太好看。

"照你这么说，他还得给你们阴市拉十个活人进来咯？那这十个人在哪儿交，潘家园？"

"不是，是那个眼镜安排的地儿。他说，得防人。"

李阎点了点头，不再说话。

"怎么样？爷们儿，后悔了吧。你可是想不到，咱头条胡同里，奉着一道五色丝一品玉轴圣旨。"帽子张嘻嘻哈哈的。

李阎全然没有帽子张的好心情，冲着帽子张说："你说输给眼镜儿的那个高无常，现在在哪儿？"

帽子张笑意一收，话意阴沉："兄弟，我托付你两句。潘家园那帮子人跟我们不一样，胆大手黑。人家现在在火头上，买卖都不做了，你也问不出什么。就这么上门，非吃亏不可。"

李阎看帽子张眼神闪烁，飒然一笑："哦，那就算了。兄弟，前两次匆忙，这次我想好好逛逛，带个道？"

"好说，不过嘛……"

帽子张把袖子往李阎手上一遮，低声说道："你打算出多少，让我心里有个数不是？"

李阎把一大一小两枚判金在帽子张手心一滚，又收了回来。

"出这些。"

"得嘞。"

帽子张一转身，李阎扯了扯百无聊赖的九翅苏都，两人跟在帽子张身后往胡同里头走。

有爆炸冲击力的道奇战斧轧过街面，九翅苏都在李阎身边飞舞着。

"大人，那戴帽子的小鬼儿不太老实，跟咱们藏话。我看这帮人的本事也就那么回事，不如掀了他们的买卖，那那些宝贝可就都是咱的了。"

说到最后，九翅苏都眼里冒光。

"不用。"李阎言简意赅。

"那，我们去他说的那个潘家园看看？"

"去干什么？云虎欠着他们十个活人，把他们打死，云虎岂不是不用还了？"

"那我们现在……"李阁把摩托车一停，认真地看着九翅苏都，"找个地方睡觉。"

"啊？"

"养精蓄锐。明天午夜之前，一定有架可打。"

"那我们现在该怎么办？"

光头男，或者说是昭武，他的指尖上一滴黑色水滴悬而不落。里面倒映着的，是双眉耸立的李阁。

"就情感上来说，我是更不爽那个裴云虎的啦！"

昭心倚着墙根，穿着小牛皮靴的脚丫放在垒起来的汽水架子上。

胡同里头有悠扬的叫卖声，一个蓑翁扛着架子，上面插满鲜红的糖葫芦，不时有黏腻的血液滴落在地上。午夜下分外诡异。

但是两个人都面不改色，甚至谈笑风生。

"可是我跟李阁交过手，对他多少有些了解，而且找到他也比较容易。"

昭武扬了扬指尖的水滴。

昭心有些懊恼地揉着头发，有点赌气："反正，我就是想搞那个裴云虎。"

两人都沉默了几秒。

昭心气鼓鼓的，嘴里好像塞着什么东西。

昭武叹了口气："不如这样，反正这个李阁是摆在明面上难啃的硬骨头，先放着他，不用咱们动手，自然有人打头阵。"他把水滴甩散，对昭心说，"我们先试试去找那个叫裴云虎的。如果能找到，就听你的，如果找不到，就听我的。"

"好。"昭心一口答应下来，想了想又说，"那我们上哪儿去找那个叫裴云虎的呢？"

昭武显然是思考过的，随即回答："裴云虎的目的是杀李阎，至少要把李阎留下。他在之前说的话里头提到了一句好险，这说明那件修改道具是他在燕都城里花费心思才拿到的，而不是之前就有。

"如果我是裴云虎，队友死尽，我也会利用午夜下燕都城里怪奇无数的特点，给自己寻找助力。但是要想做到裴云虎这种程度，普通的怪奇镇压物根本不可能。

"内九外七皇城四，九门八典一口钟。偌大的燕都城，这样的道具一定名气不小，就算咱们不清楚这里头的弯弯绕绕，这里的'人'，一定知道。"

昭武条理清晰。

"消息灵通的茶馆、会馆，还有那些有稀罕宝贝流通的古董斋、市场，去这些地方，一定能有收获。"

昭心有点惊讶地看着自己的哥哥，巴掌拍打着他的胳膊。

"哇，老哥！没想到你看上去五大三粗的，脑子还是可以的嘛。"

说着她把小腿放下，一把龙纹关刀飞了出去，力大势沉，正劈在那个卖人血葫芦的蓑翁面前。

昭心恶声恶气："老伯，问个路。"

皇城根儿下，燕都城三个阴市中最末的一个，也是最草率的一个。不吆喝，不拉买卖，全凭你眼力。有人能捡漏，有人就能蒙一个大跟头。

"为什么我不能进去？"昭武的脸色难看。好不容易有了点眉目，没想到半路出了么蛾子。

"帽子张放的话。你打坏了头条胡同的东西还没赔，人家花钱赔东西的金主说了，不出你那份儿。

"燕都城所有的阴集儿，不朝你开放。"

城门底下，那人一个农民揣蹲在地上，笑容怪异。

昭心转了转眼珠，往前迈了一步："那我自己进去行不行？"

那人一捂帽子，抬起脸，眼皮往上翻："姐们儿，你是瞧我瞎，还是觉得我傻？"

昭心脸一臭，退回来低声嘀咕了一句："臭老坦儿。"

她仰脸问昭武："现在怎么办？"

"没关系，猜也猜得到了。活人肉，这个裴云虎还真狠。"

昭武看着城根那头，对昭心说："我们等到下次午夜之前，一定有动静。"

天蒙蒙亮，这一夜即将过去。

国子监，大成门前。雕梁画栋，蓝底金字招牌，先师孔子行教像笑容可掬。

武山坐在台阶上，一口一口抿着闷酒。

穿过白色的门洞，爬过墙根的青柏，踹倒古乐坊的编钟，扯下了祈福红牌，就差摘了人家"万世师表"的牌匾，可武山依旧一无所获。

在任尼手里，武山拿到了这次阎浮事件所有人的传承资料。不贵，才 2000 点阎浮点数。

有些时候连武山也很奇怪，羽主这种人，何必冒着风险做这种事。在同为十主的"人主"眼皮子底下，公然贩卖下层阎浮行走的个人信息。而且规模庞大，涉及人员众多，算上那个任尼，帮着羽主做这种事的"邮差"不下上百人。

当然，这种问题也就是一闪念。

武山更在意的，还是弄死那个摆明了算计这次事件所有行走的裴云虎。

魁，掌管文运的星宿，当然会对国子监这样的地方感兴趣。可惜的是裴云虎似乎已经离开，或者根本没有来过这里。

"裴云虎和李阎，两个人的评价都是十都，觉醒度在 39% 瓶颈值。各自在前两次阎浮事件获得权限中购买清单是……"

武山眺望台阶下头，阳光洒在院子外面，门外有攒动的人头，等着上白天头一炷香。

他面无表情，心里盘算着对上这两个人的胜负。

"七成吧。"

七成机会能打赢？不，七成力就够了。

某机械厂工人宿舍

云虎洗干净手，又把工厂制服洗干净放在床头，拿起桌子上的黑色皮包转身往外走。

他穿着洗得发白的衬衫，满眼血丝，一夜未眠。

走到门口，他长出一口气，眼睛往包里瞥了一眼。

【五彩绫锦玉轴一品圣旨】

可在公平的限度里修改一次阎浮事件内容。抹除二十字以内，填写八字以内。需要语句通顺，否则无法修改。

可获得所有阎浮行走的地理位置，限每小时查询一次。

可随时查询所有阎浮行走的事件完成情况。

可获得忍土喊话权限。

不可放进印记空间。

"孤注一掷啊。"

裴云虎翘了翘嘴角，迈步走了出去。

城郊烂尾楼天台

李阎身前身后都被黑色羽毛笼罩，两条赤裸的胳膊上满是红痕。

"就到这儿吧。钱没白花，效果还不错。"他冲着九翅苏都喊道。

李阎的手腕上绑着一条质地温润的白玉指链。

三 【梁货·雕雪】

类别：护具

品质：稀有

荣兴斋仿古玉匠梁友麟的得意之作。

可增加行走 50% 的生命活力。

仅对十都及其以下行走生效。

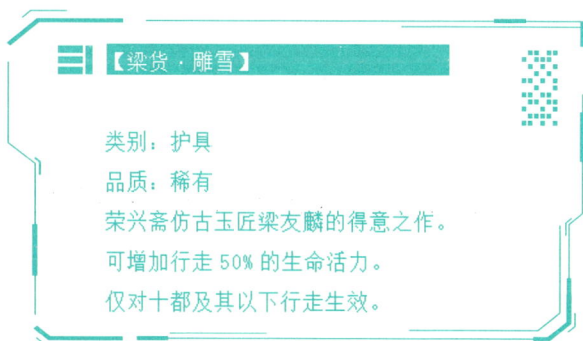

能挡下九翅苏都的羽毛，也算是有普通锁甲的防御力了，更别说生命活力对伤口愈合以及受伤后的发力不受干扰都有一定效果。

当然，子弹应该挡不住。

九翅苏都扇动翅膀，缓缓落地，把刀子一般锋利的黑色羽毛收了回去。

她手上提着一只暖色红皮漆画灯笼，狂风呼啸，里头的火苗却纹丝不动。

是龙皮灯。

这玩意儿的要价比雕雪还高，而且指明了人类血脉无法使用，属性也看不出来。但是九翅苏都看到这盏灯的表情相当激动，李阎就索性买了下来。

帽子张还送了件青铜器小件，据说是陪葬品，挺值钱。

这一下，就把一大一小两枚判金花了个干净。

李阎也不觉得可惜，考虑到这次的对手都是精悍的行走，小判金的炮灰意义不大。

探路有苏都鸟，协战有九翅苏都和黑骑鬼，大判金的作战能力就显得十分鸡肋。还不如把钱都花出去，增强一下自己和苏都的战斗力。

三大阴市中，潘家园的特色是赌坊。拿人命作赌，要么一夜暴富，要么一夜剖腹。

皇城根多的是坑人的买卖，捡漏可遇不可求。但是只要眼力足够，这里就是天堂，可惜李阎没这个本事。

头条胡同，货源广，结算干净。但是一板一眼，占不到便宜。当然，也不会吃大亏。

见识了头条胡同的底蕴，李阎还没怎么样，九翅苏都倒是忍不住起了歹念。

李阎没让，或者说，他想先观望一阵。观望一阵，看看越线的代价。

带活人去阴市这个想法固然阴毒，但李阎扪心自问，当初的自己又未尝没有这样的闪念。

不过就是考虑过后没有成行。

一方面，有生理障碍。帽子张看上去，除了脸白一点，和常人无异，但是他满口生肉拔丝的那个画面着实恶心到了李阎。

另一方面，阎浮，或者说忍土明令禁止。李阎的耳边曾经响起过自己忍土的警告声，在他某一次尝试的时候⋯⋯

> ⚠ 行走大人请注意，故意将活人引入沸腾午夜会引发白昼世界的连锁反应，同时加大忍土的工作量。请立刻停止，否则后果自负。

同时，扰乱阴市，不遵守跟怪奇的约定，同样受到了忍土的警告。

> ⚠ 行走大人请注意，故意扰乱中立型镇压物怪奇的秩序，会引起不必要的报复，并加大忍土的工作量。请立刻停止，否则后果自负。

李阎的想法是先看看裴云虎的遭遇如何，如果后果在自己的接受范围之内，那就再做计较。

啪！

一摞文件被甩在桌上，散开成扇子的形状。

是一些夹杂着照片的文字报告，其中一张是李阎和秦大爷坐在学校门口的值班室里盯着人来人往的校门口，彼此挤眉弄眼。

旁边注解里有诸如"酒吧""地痞""保护费"一类的字样。

这人把大盖帽子一扔，满脸的火气。

旁边有人凑了上来："领导，我觉得吧，你也没必要死磕。咱也算尽了心力了，上头不重视，咱有什么办法？"

"尽什么心力？派出所都让人家当自己家了！"

回想起那个满身酒气的男人，盖帽现在还一肚子火气。

那天，他拿了两卷无关紧要的卷宗从窗户跑掉，所里头追了一阵，没有下落。可那两宗案件所涉及的外来流动人员，也跟着无声无息地消失了。这些外来人口一定有问题，但是还需要筛查，没有局里的配合也不行……

"张军，你来一趟。"办公室的门一开，国字脸的男人对盖帽说道。

盖帽吸了一口气，不情不愿地站了起来，走进办公室里。

上座的竟然是一个笑容可掬的年轻人。他对国字脸使了一个眼色，国字脸点点头退了出去，轻轻把门带上。

"你是？"盖帽有点迟疑。

年轻人伸出右手，笑容可掬："张军同志是吗？你好，特调局。"

张军在办公室里足足待了一个小时。

"我就知道，上头不可能不闻不问。那现在，我……"张军的语气非常兴奋。

"所以，我希望张同志能把手里的资料交给我们。我指的是，所有。"

"没问题。"

年轻人点点头，又接着说道："另外，专人专事，你也明白。这件事，张同志就不要再干预了。"

张军的眼里有一丝失望，但没有过多犹豫就答应了下来。

"同志，多的我就不问了，希望你们马到成功。"

张军站起来，敬了个礼。年轻男人同样站起来，回礼之后拍了拍张军的肩膀："放心，我们不会让你的努力白费的。"

张军面色通红，依靠多年侦察经验，把自己这几天得到的线索标上红圈特地指了出来。

"这几个人身上可能有重大嫌疑，你们可以重点排查。"

之后他又说了很多话，年轻人听得聚精会神，不时还点点头。

"尤其是这个！"

张军一指照片，上面是戴着金丝眼镜的云虎。

"这个人的性质不一样，他是有苦主的。但是受害者失踪还不满四十八小时，连立案的资格都没有。"

年轻人皱了皱眉毛。

"张军同志，事情还没搞清楚，'受害者'这三个字不要随便用。"

"哦，你说得对。"张军有点尴尬，"那没什么事，我先走了。"

"好。"年轻人笑容和蔼。

张军推门走了出去，脚步都轻快了几分。

年轻人目送张军离开，沉默了好一会儿。

他伸手把张军留下的文件拿了起来，从抽屉里拿出一个打火机，把纸页的边角点燃。直到火焰快烧到手指，他才把文件扔进垃圾桶里，然后静静看着火焰把纸张和照片统统烧成灰烬。

"阎浮行走……都是一帮只知道惹麻烦，不懂得擦屁股的巨婴。"

他喃喃着，兜里的诺基亚铃声骤响。

年轻人按下接通："喂？"

"忍四和忍九的人失联，这帮人真是懒驴上磨。"

"不等了。今天午夜之前控制住裴云虎，让这场阎浮事件正常结束。"

"可是，没有忍九和忍四的主力，我们不一定能……"

"这天底下哪有一定能成功的事儿？一个十都而已，还能翻上天？"

"明白……"

燕郊烂尾楼天台

李阆看了一眼天上的太阳。

"苏都，你有没有什么法术之类的东西，能把自己变得和正常人一样？"

九翅苏都明显一愣，好一会儿才吞吞吐吐地说："这个……"

李阆打量着现在的九翅苏都：蜂腰下黑色独爪撑地，大小错列了九只翅膀，肉色肩膀下露出两只纤细胳膊，指甲尖利。

"那可能要劳烦你上天待一会儿了。顺便帮我留心一下燕都城里的动静，我觉得应该能有收获。"

九翅苏都有些不情愿，眼睛在李阆的方孔金钱上看了好几眼。最终还是点了点头，张开翅膀高飞而去。

九翅苏都消失在云端。李阆低头看了看自己胸口的铜钱，原本暗金色的铜钱不知道什么时候染上了一抹翠绿，足有指甲盖大小。

按照丹娘说的，等整个铜钱都变成翠绿色，她就有足够的法力帮梁野重铸肉身。

那这么说来，也许丹娘有办法让九翅苏都也变成人身。不过出于本能，李阆放弃了这个打算。

李阆往回走，并没有着急回学校，而是想把帽子张送给自己的搭头青铜件卖掉换笔钱回来，正好把那留声机买了。

他去了一趟白天的潘家园，随便打听了一家古董店。

之后李阆入手两万块，拿着去了滚石文化音像店。在老板娘的震惊中入手了留声机。

等李阆回到学校的时候，是上午十点钟左右。进了值班室和老秦四目相对，两个人都很尴尬。

"咳咳，回来了。"

"嗯。"

"昨天……"

"我昨天值班来着。"

"值班好，值班好！"

两人干巴巴地寒暄了几句，抱着茶缸对视一眼，彼此心照不宣。

长喙黑鸟站在阳台上，冰冷的双眼注视着水泥路上人来人往。

"妈妈，那是什么鸟啊？"

穿着红色棉袄的姑娘伸手一指，等她的妈妈转头去看的时候，苏都鸟已经消失不见。

这样的一幕，最近在燕都城里时有发生。

一百只苏都鸟，在李阁手里就只是简单的索敌工具，因为李阁无法对苏都鸟下达过于复杂的指令。但是对九翅苏都来说，这些鸟儿就是眼睛和翅膀。

不过就算如此，还是不够。

飞云流转，日落西沉。李阁给梁野寄居的随身听换上电池，等着九翅苏都的消息。

如果一个行走存心想躲，在不惊动国家机器的情况下，单凭阁浮行走个人的力量是很难找得到的，这也是指定对决的意义所在。可这并不是说，一定就找不到。

至少李阁没有想到的是，他还没等来九翅苏都的消息，自己就先遇上了麻烦。

老秦不知道去哪儿了，李阁一个人在值班室百无聊赖，没想到值班室外头一帮人哄闹起来。

这时候学生们都已经下课，大门附近没什么人。

七八个人忽然推搡起来，也不知道谁先动的手，总之场面十分混乱。

"喂，喂！要打出去打，别在学校里头闹。"

李阁透着玻璃看见，推开门喊了一句。

这拨人里头有个三角眼一扭头，骂了一句"傻帽"，就没再理会李阎。

　　"兔崽子。"

　　李阎气乐了，推开门往外走，径直走到人圈边上，巴掌抓住一人的肩膀，使劲一捏。

　　异变突生！这群人忽然冲了上来，有的去抱李阎的腰，有的去扯李阎的大腿，一个个表情木然。

　　"噗！"

第三章
猫将军

"今天孙大志没来上班，他家里人闹到了厂子里，说他昨天晚上失踪了。"

"嗯。"

"他那种人，净认识一帮二流子，得罪了一大半人，在厂子里也惹祸，犯了事潜逃了也说不定。他哥凭什么到厂子去闹嘛。"

"嗯。"

"唉，你这白天也没在厂里，干吗去了？"

"家里头有点事。没大碍，今天就能弄完。"

女孩抿了一口嘴里的红白吸管，偷眼瞄着身边的裴云虎。

裴云虎坐在她身边，清秀的脸上有些许局促。和女孩的眼光对视的时候，会下意识躲开，惹得女孩心里又嗔又喜。

"那个，小梦，我看天色也不早了……"

"啊，对，我也该回去了。"女孩小腿一直，站了起来。

"不是不是，我不是这个意思。"云虎结结巴巴的。

"那你到底是什么意思。你一个大男人，怎么婆婆妈妈的。"姑娘一沉脸。

云虎错开眼光："这段时间你挺照顾我的，我就想请你看场电影。真没别的意思。"

女孩看着云虎笨拙地辩解，心里又是好气，又是好笑。

"但是，我去买票的时候没有早场。去看的话，可能要很晚……"

冬天的风没由来地冷了几分。

姑娘歪头想了一会儿："既然还是这样，那我……"

裴云虎的瞳孔猛地一缩，让人无端想起猎食的蝮蛇。

针尖入肉的声音微不可察。女孩双腿一软，仰面而倒，裴云虎抢前一步，把姑娘抱进怀里。

"麻醉枪？"

裴云虎抬起头。这才傍晚，公园里已经没有半点人声。

"这世上总有自命不凡之徒，嘴上不说，却下意识把自己当作世界的主角。跟熊孩子不一样，这些人的才能乃至情商都毫无问题，甚至比绝大多数人都要优秀。"

笑容和煦的年轻人走了出来，同一时间从街口四面八方拥出穿着黑色制服、手持特种枪械的精悍士兵。

"他们真正的问题在于，毫无责任感。"

年轻人笑容渐冷："行走大人，你越界了。"

裴云虎金丝眼镜后面的狭长双眼狠狠盯住年轻人。

"忍土如果足够强，那阎浮行走的存在，就没有意义了。"

"如果所谓的阎浮行走都是你这种人，那真的不如把事情都交给我们忍土去办。"

年轻人看着裴云虎怀中的女孩，眼底有嫌恶之色："你真让我感到恶心。"

裴云虎充耳不闻，手指划过怀中姑娘圆润的脸蛋。

"量小非君子，无毒不大夫。"沙哑的声音消失在风里。

年轻人哑然失笑，伸出一根手指："我只说一次，你记住了。"

他错开脸，手指向下一划。

"是无毒不丈夫。"

枪声大作。

"噗！"

"打中了吗？"

"人呢？"

"好快！"

学校东门口对面，鸿通旅馆的三楼窗户边上，几个人的声音混在一起。

他们通过窗户望向校门广场。七八个普通人茫然四顾，其中有一个抱着肩膀疼得直流眼泪。地上空留一小摊鲜血，李阎却不见了。

"追！"

沾血的手指捏住糙硬的树枝，阳光透过碎烂的枯叶洒在男人脸上。

李阎背靠教学楼。他呼吸急促，脸色发白，子弹卡在两根肋骨之间，血流不止。

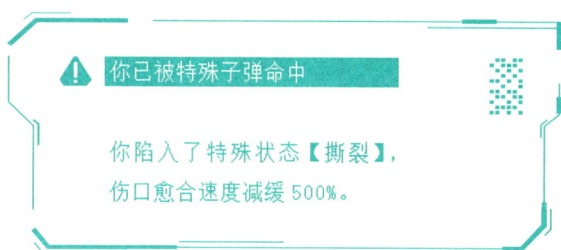

⚠ **你已被特殊子弹命中**

你陷入了特殊状态【撕裂】，
伤口愈合速度减缓500%。

如果没有雕雪的加持，这一枪打中，李阎不死也要脱层皮。

"九弯十八绕都过来了，谁承想一脚茬进了泥沟子。"

李阎有些自嘲地想着。嘴里甜脆枣肉连同枣核都被他嚼碎咽进肚子里。

一只长喙黑鸟落在他的裤子边上。

九翅苏都的声音通过苏都鸟传进李阎的耳朵："镇抚大人，有情……咦？"

"我没事，怎么了？"

"香山公园有情况，动了火铳，还有爆炸的声音。"

沾血的子弹一点一点被挤了出来，疼得李阎直冒冷汗。

"大人？"

"苏都，你去瞧一眼，有什么事及时告诉我。"

"好的，大人。"

九翅苏都干脆地应承下来。

现在的李阎脱不开身，可他又不想放弃任何可能有关裴云虎的消息。

论单打独斗，九翅苏都对上任何一个阎浮行走，都绝不会落入下风。阎浮对九翅苏都的评价是十都巅峰，这是现在的李阎也达不到的水准。

所以即使陷入最恶劣的围攻境地，九翅苏都也可以飞走逃跑。

至于自己这里……

⚠ 你发现了猎食者（被猎食者）。

李阎居高临下地在那人身上剜了几眼。

"就是不知道，有几个人。"

那是一个戴着墨镜的络腮胡子，茶色镜片后面的双眼扫过教学楼和图书馆。

脚步踩进湿烂的黑色叶堆里，零星树叶娑动。

当啷，血迹未干的子弹磕在台阶上。

络腮胡子一抬头，黑色矛锋迎面截下。

络腮胡子脚跟一蹬地，整个身子失重后仰，矛锋如影随形，扎向络腮胡子的双眼。

后仰的络腮胡子在风声中抄出两把消音手枪，左右枪口喷吐出耀眼火光，子弹接连打在黑骑鬼的胳膊和心口上。

络腮胡子后背落地，想也不想翻身倒起，纵跃活似虎豹，手枪朝黑骑鬼窜出来的那棵老树上射去。树叶纷飞，几根树枝冒出火光坠下。

络腮胡子皱起眉头，后脖子一阵发毛。

络腮胡子此刻回头已经来不及。从树上扑下来的李阎伤口飙血，双手反握环龙刺下，手背上青筋毕露。络腮胡子朝右翻滚，勉强错开了环龙的剑锋。剑尖插进泥土一尺多，李阎右脚发力往前扑出。

络腮胡子抬起枪口，不料一道黑色光芒从李阎让出的间隙扑来，络腮胡子下意识偏头，一咬牙直接扣动扳机。

往前扑出的李阎握紧环龙，左脚稳住重心，腰间发力，身体硬生生扭动一圈。视线从泥土晃到天空，带出泥土的剑刃划成圆弧，自络腮胡子的裤裆往上猛撩。

子弹出膛，剑刃入肉！

两个人同时落地。李阎一抹鼻尖血痕，后背直起，络腮胡子抽搐了两下，不再动弹。

很遗憾，你没有获得其传承。

李阎捂着肋下的伤口站起："是个枪手，那就不止一个人。"

苏都鸟扑棱着翅膀飞回李阎身边。

"大人，香山那边……"

李阎听过之后默默无语。

一块足有手臂长的碎玻璃从楼上掉落，好在有所察觉的李阎一个侧身避过，玻璃落地砸了个粉碎。

李阎抬头，眼中似有猛虎。

楼上是一个眼神呆滞的女生，手指被碎玻璃划烂，正滴淌鲜血。

"碍事儿。"

李阁收回目光，一转身走出大楼的阴影。

"警察同志，怎么了这是？"

"少打听。"

昭武也不在意，笑了笑就退下来。

昭心打了个哈欠："要不，咱们硬闯进去？"

昭武摇了摇头："我溜进去看看，你等我消息。"

"小心点啊。"昭心踩着一堆枫叶，两只胳膊搭在膝盖上。

"拿着这个。"昭心把自己脖子上的铁红色佛坠摘了下来，递给昭武。

"好。"昭武接过佛坠，绕在腕子上。身上衣服软塌塌地落在地上，黑色水流裹着佛坠，钻进厚密枫叶堆消失不见。

昭心眼看着昭武离开，正感到无聊，就看见一辆黑色奔驰车不管不顾地撞翻路障，接连擦破警车的后视镜，朝公园冲去。

"我去！"昭心睁大眼睛，站了起来。

武山打了个酒嗝，对身后的喝止声充耳不闻。把车上音响的音量开到最大，一脚把油门踩到底。

"兔崽子，这次还能跑了你？"

李阁冷着脸穿过走廊。天色昏暗，墙角偶见私语的情侣。

一只长喙黑鸟落在他的指头上。

"苏都，情况怎么样？"

"镇抚大人，这里好热闹啊。"在天空鸟瞰的九翅苏都巧笑嫣然。

"我这里碰上点麻烦，把你身边的苏都鸟都派过来。我尽快解决这里的事，然后过去找你。"

"好的，大人。"

指头上的苏都鸟扑棱着飞了起来，几十只比马蜂还小的黑色苏都鸟穿过窗户和甬道，以李阎为圆心，一点点向外扩散搜索。

李阎眼珠不住转动，走廊上随处可见谈笑的男女。

"一个是枪手，一个能短暂控制人的心智，可能还有别人。"

蓦地，李阎心口一麻。他想也不想，拳头砸破玻璃窗，在周遭学生一副见鬼的表情中，从窗户往外跳了出去。手掌抓住阳台边沿，不过两三个攀跃就到了四楼的窗户边上，双脚猛地一踹，身子顺着窗户贯了进去。

"啊！"

正在提裤子的女孩看着李阎踹破窗户进来，吓得惊声尖叫。

李阎瞧了一眼门上牌子的标志，一个穿裙子的火柴人。

瓷砖上躺着一只苏都鸟，血肉模糊，羽毛凌乱，血污交杂。

女孩惊叫着往外跑。李阎一抬手，环龙剑飞旋着嗤的一声钉在女孩面前的洋灰墙上。森森冷意让女孩打了一个哆嗦。

"别动。"

苏都鸟非常机敏，飞行技巧高超，体形又小。当初骷髅文身男用机枪也没打下来一只，不可能被普通人踩死。

女孩吓得浑身颤抖，手腕提到耳朵附近，眼里满是惊恐的神色。

李阎扫过一排隔间的下沿，看见露出的帆布鞋，一脚把门踹开，露出里面满脸通红的女生。

场面尴尬，可李阎眼睛眨都不眨，硬是看了个满眼。

"流氓啊！"这一嗓子上下几层楼都听得清清楚楚。

李阎脸色丝毫不改。他掏出络腮胡子留下的手枪，对着门口就是一枪，墙皮崩飞出去老远，这下厕所外面的人再没一个敢冒头。

李阎收回手臂，把冒着袅袅余烟的枪口对准蹲在地上的女生。

"姑娘，玩挺开啊。"

水房的门吱呀一声打开。老秦穿着军大衣，手里提着两只暖壶，正慢悠悠地往值班室赶。

"大爷，大爷，您快瞅瞅去吧。"

有个戴着眼镜的学生跑得上气不接下气。

"怎么啦，出什么事了？"老秦拿着派头。

"学校新来的那个门卫，姓李的那个，他，他……"

老秦把暖壶一扔，顺着学生指的方向，撒丫子跑了过去。

"大哥，我不知道哪儿得罪您了。您，这是干吗啊？"

女生的眼睛红肿得像是桃子。

李阎看了她一眼，又看了一眼被环龙剑截住，站在一边瑟瑟发抖的女孩，一时间举棋不定。

门外头，中分头的系主任不敢露头，只是干巴巴地在外面喊："小李同志，你有什么问题，就说出来嘛。是工作上不太顺心，还是家里有什么困难？大家一起帮你解决。你这是干什么呀？"

李阎盯着隔间里的女生，手指在扳机上来回敲动，像是在犹豫什么。

好一会儿，李阎忽然笑了起来："妹子，咱俩赌一把怎么样？"

女生的表情像是要哭出来一样："大哥，赌什么啊？"

李阎扣在扳机上的手指一点点勒紧："我赌你们两个……"

剑刃擦出墙皮的声音骤响，李阎脑后有风声急啸。

一直站在旁边的女孩俯身折冲，行云流水地拔出环龙长剑，凶狠地朝李阎的后脖子砍去。

"全都是！"

嘭！

老秦三步并作两步地赶了过来，刚想张嘴呼喊什么，就听见门里头一声枪响。

李阎歪头让过环龙剑，秋水一般的剑刃劈落他几根头发。持剑女孩身姿挺拔，握剑姿势端正凌厉，明显是下过苦功。

灼红子弹当啷落地。貌似可怜的帆布鞋女生双眼圆睁，脸上发青的血管虬结，狰狞之余，还露出几分森冷之意。

三人都停顿了一个呼吸。

"杀人啦！"

门口的人看见李阁朝隔间里开枪，顿时乱作一团。

握剑女孩横抹剑刃，帆布鞋女生口中尖啸。李阁抽身飞退，连连开枪。

灯泡摇晃，剑光和子弹齐飞。

> ⚠ 你直面了木魁之力。

李阁脑仁一阵抽痛，身子顿时有点不听使唤。他刚要插下黑色龙旗，胸口的泛绿铜钱迅速分流出一股古朴青意，让李阁神智为之一清。

他再一睁眼，眼前两张秀气脸庞上尽是冰冷杀意。

武山撑开弇拉下来的树枝。林野之间，曲曲折折，血腥味越发浓重。

他穿过树根和怪石下一具又一具残破的尸体，眼前终于出现了第一个活人。

那是一个面容和煦的年轻人，他半跪在地上，身上背着一个长相甜美，似乎昏迷过去的年轻姑娘。

地上血迹斑斑，年轻人的胸口被掏出碗口大的一个血洞，此刻想站起来都非常勉强。

武山吧唧吧唧嘴，往年轻人身边一坐。

"忍土，就这么点能耐？"

唇角沾血的年轻人苦笑一声："丢人了……"

"再怎么说，你们这些人也一直在帮我的忙。告诉我人去哪儿了，我替你们拔刽。"

"跑远了，你们追不上的。"

年轻人把背后姑娘的身体轻轻放平，泛白的手指捏住树干。

"和你们这些拥有传承的外来行走不一样，忍土的强弱，只取决于所处果实的强度，是果实本身的一分子。也正因为如此，我们才能更好地帮你们这些行走善后。"

"本来，对付你们这些连九曜都没有的低位行走，我们的人手完全足够。没想到，咳咳，阴……阴沟里翻船，那个裴云虎……"

武山眼见年轻人的气息逐渐微弱下去。

"要不，我帮你叫个救护车？"

年轻人洒脱地笑了笑。

"忍土只会沉眠，不会消亡。"

他用尽最后一点力气，颤巍巍地指了指自己胸口。手掌跌落，瞳孔逐渐涣散开来。

武山眼睛一眯，把手伸进年轻人的怀里。掏出来的，是一张色彩斑斓的绫织玉轴。

【五彩绫锦玉轴一品圣旨】

魁之力封印，不可填写修改。

武山心口忽然一阵悸动，似乎被什么东西攥紧了一般。没等他反应过来，一股黑色水流猛然卷过他的手腕。

武山眼神一厉，脚下有杏黄色光芒喷薄而出，手臂一横，硬生生撞退了来人。

穿着背心、短裤的昭武一个翻身，脚面蹭进泥土当中，飞退足有一尺多。

一杆龙纹关刀从天空劈落，刀光煊烈，压向武山双眼。赤色团华从武山脑后盘旋而出，正磕向龙纹关刀。空气当中冒出股股白烟。

昭心的身体飞燕一般跳跃而回，一时间兄妹两人有夹击之势。

"喂，大叔，东西拿来给我们用用，用完我们就还你，如何？"

"我要是不给呢？"

"那就打到你给！"

昭心刀刃拖地。一条黑色小蛇盘旋刀杆，为这把龙纹关刀平添了几分妖异。

"先等等。"

武山一开口，兄妹两人讶异地对视一眼。

武山先是慢悠悠地朝天上看了一眼，然后低头打量起地上忍土的尸体来。

"人死了没有知觉，就算猜错了，也算不上冒犯。"

他抓起地上的年轻人，昭心本能地朝前踏步，被昭武阻止。

光头昭武盯着忍土的尸体，脸上一副若有所思的表情。

武山捏着年轻人的脖子，胳膊一甩把他扔到空中，后脑赤色团华喷薄而出。等年轻人的尸体落地，已经燃烧成一个巨大火球。油脂噼啪作响的声音听得人不寒而栗。

武山盯着燃烧起来的尸体足有二十秒钟，发现没有任何异动，这才点了点头。

"看来不是什么驱狼吞虎的把戏，裴云虎是真的跑掉了。"

武山把头转向兄妹二人，勾了勾手指。

"来呀，打到我给。"

> ⚠
>
> 你获得了传承：
> 木魁之枝·翠蔓。

浴血满身的李阎一回头，门外的几个人吓得瘫软在地。

他吃下一颗元谋大枣，走了出来。身后是两具温热的尸体。

老秦呆愣愣地看着眼前浑身黏腻着鲜血的青年，脑瓜子嗡嗡作响。

李阎看了两眼老秦。他抬起手掌，老秦头被吓得一哆嗦，扑通一屁股坐在了地上。

李阎见状，讪讪地把手收了回来，默默地往外走。周围没有一个人敢拦。

"行啊，爷们儿，这车，本田王？"

道口几个二十多岁的年轻人站在路杆子下头，围着一辆黑色摩托车啧啧称奇。

其中一个身姿挺拔的浓眉青年单手抱着摩托车头盔，脸上不动声色，心中却暗爽。

"还行吧，前两天家里置办的，四万多。"

"双缸？"

"废话。"浓眉青年翻了个白眼。

"来两圈，来两圈。"身边人跟着起哄。

浓眉青年咳嗽一声，一翻身坐了上去。

引擎轰鸣，涡轮咆哮，暴土扬长。道奇战斧卷起漫天乱流，凶猛轧过马路。

气流吹过几个年轻摩友的脸，几个哥们儿你看我，我看你，有点蒙。

"刚才，那是个什么玩意儿？"

"摩托车？"

"闹呢！"

他们撒丫子追出去几百米。

燃油机车在国内昙花一现，却并不妨碍此刻几个小青年抻着脖子眺望远去的银色猛兽，嘴里哇个不停。

武山身上，赤色团华和杏黄光芒交替闪烁，犹如两道丈余匹练。

赤色团华名为"南离"，杏黄光芒名为"中戊"。

龙纹关刀旋舞成满眼刀花，将"南离"斩成漫天红烬。

飘飞下来的红色灰烬打落在昭心的衬衫上，烫出一个又一个黑色窟窿，疼得昭心满眼通红。咬牙之下，乌黑关刀舞成一团泼墨。

黑色水流和"中戊"恰如两道凶蟒盘旋交错，十几个呼吸下来，黑色水流逐渐有枯萎的趋势。

武山闲庭信步，两只胳膊环抱在胸前，显然仍有余力。

"这点水准，可打不到我给啊。"

昭心听得秀眉倒竖。

既然是干扰道具，拿不到，毁了也行！

"哥，你往后！"

昭心一声呐喊，黑色水流一顿，顷刻间仰天而起。龙纹关刀指处，只剩下了身上赤红、杏黄两道匹练交缠舞动的武山。

刀杆上黑色小蛇猛地昂首，两个鼓包从蛇头顶出，鳞片脱落，龙须飞舞，利爪狰狞，鲤尾飘出黑色焰火。

小蛇顷刻间化作丈余黑色长龙，腾挪之间把武山卷在其中。

"哟呵？"

武山眼睛一圆，身前两道匹练不住扭动，却动弹不得。

昭心握刀手背朝上，黑发曼舞，一头异兽从昭心背后升腾而出。山羊胡，狮身，生有双角，通体洁白如玉。

白泽：达于万物之情，晓自古精气为物、游魂为变者，凡万一千五百二十种。

——改自《云笈七笺》

那白泽周身有云气化形，成虎豹、成龙象、成鹰隼、成咬山之猿、成击海之鲲，最终化成一朵沸腾云团，盘旋在女孩头顶。

一股恐怖的气息蔓延开来。

武山双目圆睁，眼中似有悔意。

昭心小腿一弯，黑色皮靴后跳，手腕一抬，关刀往上撩旋，丈余刀弧擦过昭心头顶，挟裹沸腾云团，朝动弹不得的武山砸了过去！

十都？十都巅峰？

这团云气足足有九曜级别行走巅峰舍死一击的水准！

这才是有"毛主"资质的传承！

电光石火间，一抹黑色闪电自天边飞掠而来，尖锐利爪抓住武山手里的斑斓玉轴，羽毛掀起漫天黑流。

九翅苏都妖冶妩媚的脸上勾勒起一丝笑意，振翅而起！

突然，一只粗壮的手臂拉住了九翅苏都的手腕！九翅苏都一低头，映入她眼帘的是一口森森白牙。武山的脸上饱蘸野性。

他硬生生穿破黑色龙身的胳膊往下狠狠一扯，将九翅苏都挡在了自己面前！

沸腾云气撞在九翅苏都的背上。

轰！

云气激荡，泥土崩裂，百年老树露出乳白色的树根。

香炉峰俗称"香山鬼见愁"，顶峰有两块巨大的乳峰石，形如香炉，故而得名。

此刻的鬼见愁，从山根往上，颤了一下。

山顶的乳峰石被硬生生晃倒，扬起了遮盖月晕的尘土！

九翅苏都的身子摇晃了两下，扑通一声跌倒在地上。腰背连同翅根，黑红血肉外翻，露出森森白骨。

哗啦哗啦的浮土颗粒落地，露出武山的脸来。

从一开始，武山的注意力就放在了天上看见圣旨时按捺不住流露出一丝气息的九翅苏都身上。

"龙虎气秘藏，十都巅峰，九翅苏都。"

武山如数家珍。他从九翅苏都身下拔出右脚，一步跨过了女妖的黑色羽翼。

"实力不差，脑子不行。"

昭心的手臂已经颤抖得握不住刀杆。武山的右手以一个歪斜的角度支着，明显是断了。

灵巧的钴蓝色水流包裹住武山的右手，几个呼吸后，武山灵巧地摆动，手指已经完好如初。

钴蓝水流，其名"北皂"。

"众多阎浮传承当中，除了品级，部位也有高下之分。"

武山一步步走近昭心，全当护在女孩身前的昭武不存在。

"抛却尸者，十类皆以'灵'为尊。异兽之灵，万不存一。

"又以异兽之长，而次之。巴蛇吞象，其长为'胃'，嘲凤好远望，其长在'瞳'，诸如此类。"

武山动，昭武动。顷刻间五色齐出！

嘭！

骨节宽大、筋肉虬结的巴掌硬生生把昭武的脑袋砸进地里。

武山把昭武死死按在地上，居高临下。

蓝绿、白、杏黄、赤红、钴蓝。武山身后，五道旗帜招展飘扬，如有抵天古神。

"白泽识鬼神类，盖万一千一百五十种，其长为通识之心。"武山和昭心脸对着脸，"小姑娘，我对你的传承很感兴趣。"

昭心嘴唇抖了抖，满口银牙都要被咬碎。

玄冥、白泽，都是位列极为靠前的传承，居然打不过一个区区猫将军？

"东西我们不要了。我两手头上还有几样稀有品质的异物，连同我的传承'玄冥'一并奉上，能不能放我们一马？"

倒在武山巴掌底下的昭武语气平淡，他脸上的血像是蜿蜒的小蛇，模糊了视线。

武山摇了摇头，从袖口弹出一枚黑色棋子，丢在昭心面前。

"我只要白泽。把传承给我，你们兄妹可以离开。我只说一次，别不识趣。"

"好，没问题。"昭心的声音干哑。

血流进了昭武的眼睛和嘴里，一阵咸腥苦涩。

武山做了个"请"的手势。

"你很喜欢喝酒？"昭武忽然开口问道。

"所以？"

"玄冥能控水，也能控血。"

武山看似狂野，心思却何等细密。他怒极反笑，语气里是不加掩饰的杀意。

"说完它！"

"哥，不……"

"闭嘴。"

昭武把手指捂在自己的眼睛上。

"我很久之前就尝试过，控水很容易，但是控血就很难。就算是有流血的伤口，普通的玄冥之力也很难控制得了活人的鲜血。我想，是因为水无灵而血有主。但是如果血里掺杂了太多杂质的话，只要我付出同样的代价……"

湿腻的声音让人不寒而栗。

鲜血和不明的液体横着昭武的鼻梁流了下来，他硬生生抠掉了自己一颗眼珠子。

前后双轮的重型摩托轧碎泥土，银色车身上一棵绿色的萝卜缨倒飞出去。

武山咬牙切齿，他的右眼鼓胀，喷出一道尺余血箭。

昭武扯着嗓子呐喊出来："我说最后一次，玄冥给你，放我们走……"

武山的手指逐渐发力。

"我刚才说了，别！不！识！趣！"

嘭！

武山只感觉腰眼一阵剧痛，一口老血喷出嗓子眼。

昭心眼前的银色猛兽扑袭而过，将武山整个撞向空中！

蝰蛇83升V10引擎，500马力，前后四轮跑车配置。时速670千米，是号称"世界最快跑车"布加迪威龙的一点五倍。

道奇战斧。滚动的艺术品，严禁上道的猛兽。

半空中的武山牙齿渗血，一口浪花似的鲜血洒在空中。

重型摩托像是刁钻的野兽，顶着武山的身子朝前冲去。

嘭！

两人合抱的老树被硬生生撞断，树干龟裂，道奇战斧蛮横地把武山顶在树上。

武山狼狈不堪，和车上的人四目相对。

李阁直起腰身，嘴里使劲咀嚼着什么，大拇指按下加速，躁动的车轮疯狂打滑。

"啊啊啊啊啊啊！"

两人眼里都是密密麻麻的血丝，好像两头孤狼对望。

华彩气浪把道奇战斧连同李阁一起掀翻出去。武山下巴上还滴着血珠，一道张扬霸道的虚影从武山后背往上无限拔高。尖耳朝天，铜绿吞肩，哭鬼护腰。冠上束青色雉翎，五色鱼鳞旗插在身后。三趾尖甲突出，毫毛摆荡。

是猫将军。

安南有猫将军庙，猫首人身，甚为灵异，国人往者必祈祷决休咎。

——《猫苑》

钻蓝水流裹住武山的腰，他摊开双手，猫将军左右手持钻蓝、赤红二旗。十都巅峰！

夜幕下突出一杆虎头吞刃。李阎倒悬在半空当中，枪杆抡成圆弧，朝武山头颅劈了过去。

一记虎挑。

枪刃劈落漫天红烬，李阎身体放松，稳稳落地。道奇战斧打着旋滑出去老远，撞在一块石头上才停下。

武山看着面沉如水的李阎，不顾衣服上的血，咧嘴大笑。

他朝着李阎伸出被蓝绿色光芒包裹的右拳，摊开手心，一颗嫣红血滴滑落到地上，摔成了几瓣。

⚠ 你的血蘸伤害爆发，
本次伤害加成为总伤害 0%，
钩星状态失效一小时。

钻蓝水流退去，武山的脸色好了很多。

他笑眯眯地说道："双刃剑，得悠着点使。你说对不对？"

李阎用舌头舔干净牙龈里最后一点胡萝卜渣滓，好像浑不在意："你倒是给我提了个醒。"

昭心扶着失去一只眼睛的昭武坐了起来。

"快走……"昭武低声说，"这人挡不住酒鬼。"

"走得了吗？"

猫将军从身后拔出白色大旗，旗帜飞舞。凭空横划出七八道白色锁链将所有人围在其中，锁链之间不住绞动，上面有蓝紫色电光扭动。

"他是怎么做到的？"昭武难以置信地喃喃自语。

一个区区猫将军的传承，杀敌、愈合、封锁，格挡负面技能，竟然毫无破绽，简直强得让人绝望。

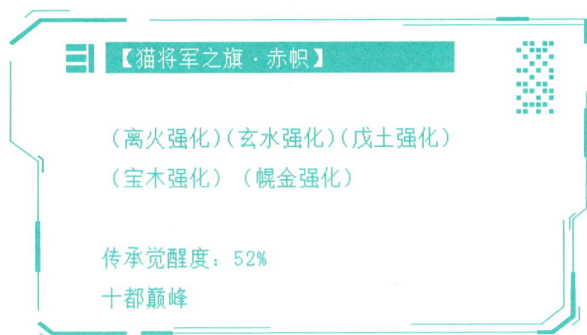

【猫将军之旗·赤帜】

（离火强化）（玄水强化）（戊土强化）

（宝木强化）（幌金强化）

传承觉醒度：52%

十都巅峰

就像当初任尼话里的自信满满："如果是你的话，一定没问题。"

"大概吧。"

李阎手腕一松，大枪杵地，空出的左手里，翻出各色泛着光焰的传承。

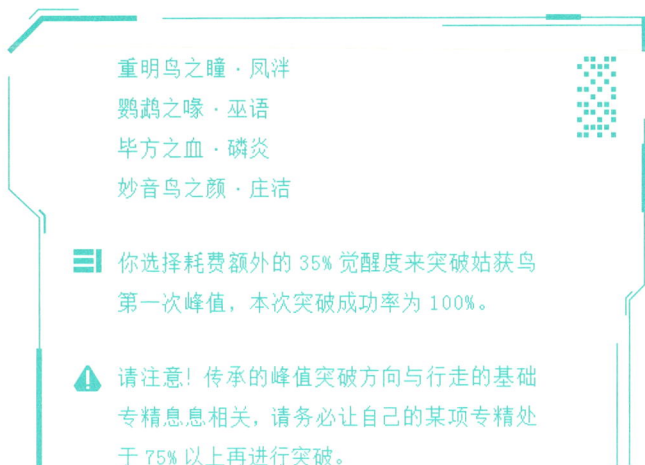

重明鸟之瞳·凤泮

鹦鹉之喙·巫语

毕方之血·磷炎

妙音鸟之颜·庄洁

你选择耗费额外的 35% 觉醒度来突破姑获鸟第一次峰值，本次突破成功率为 100%。

⚠ 请注意！传承的峰值突破方向与行走的基础专精息息相关，请务必让自己的某项专精处于 75% 以上再进行突破。

早在李阎前一夜杀死妙音鸟的时候，他就可以完成突破，但是他留到了现在。

这并不是说李阎有什么战斗突破掀底牌的毛病，单纯地扮猪吃虎在李阎看来毫无意义。何况没有提前的适应和锻炼，临战飙升的速度和力量往往发挥不出百分之百的效果。

李阎这么做的原因是，在上一次壬辰乱战中他就发现，传承觉醒度的提升可以重置血醮！

也就是说，战斗中提升觉醒度，可以让李阎在一次战斗里用出两次血醮，最不济也可以抹除钩星冷却的副作用！

【姑获鸟之灵】

完成第一次峰值突破！
你当前姑获鸟觉醒度为 47%
钩星加成攻速和爆发力 470%
你耗费 35% 的觉醒度进行突破，
本次突破评价为：大吉！

你百分比最高的专精为【古武术 93%】。
你的传承为【姑获鸟之灵·钩星】。
演化中 ▰▰▰▰▰▰▰▰▰
演化完毕。

你开启了传承技能【隐飞】

（本技能不消耗技能栏）

【隐飞】

主动类状态技能，按照百分比消耗精力。
发动时身后浮现姑获鸟虚影，行走每出手
两次，姑获鸟就会出手一次，伤害值为行
走上一次伤害的147%。

如果上一次出手为技能（仅限由古武术观
想而来的技能），那么姑获鸟出手，将附
带上一次技能的特殊效果。

例

上一次出手技能为虎挑，那么姑获鸟出手
同样附带高额度的僵直效果。
使用【燕穿帘】（连击类技能）的时候，
姑获鸟的出手将依次判定，但是伤害值只
有上一次出手的47%。
【隐飞】同样受到九凤强化和尸狗强化的
影响。
姑获鸟出手命中敌人，有可能使对手出现
"冻伤""魄之尸狗受损"。

　　白色的羽毛飘飞一地。周身八朵莲花含苞待放，唯有一朵凋零
落尽，只剩下空空莲座。

　　姑获鸟之灵·钩星！黑发如墨、羽白如雪，环抱手臂、面容柔
美。有天帝少女之名。

　　还没完！

⚠ 你使用了风廉之发！
你将随机获得一项主动状态类技能。

这是重明鸟女人投子认负的时候，送给李阎的唯一一样好东西。

⚠ 你获得了技能风泽，获得爆发性的移动速度，两秒内衰弱至无。

你的技能栏已满，删除技能栏中的技能，需要回归阆浮花费点数。

同时开启两项主动类状态技能，会加大对行走的身体负担，请量力而行。

高逾数丈的猫将军和姑获鸟相对而望。

"不知道是不是对手，没有惊鸿一瞥，打起来也不习惯。"

李阎如此想着，赤红团华和杏黄光芒已经迎面而来。

南离，中戊。虎头大枪怒昂吞刃，笔直插入两道匹练之间。

隐飞！

风泽！

李阎脚步如同鬼魅，枪头穿过两道匹练直奔武山胸口。

武山脚步一撤，一道蓝绿色匹练迎上吞刃。而李阎敏锐地意识到，自己让过的一道杏黄色匹练迅速枯萎。中戊转东素。

"同时只能操纵两，不，三把旗帜上的匹练光芒，但是也可能是示我以弱……"

白金吞刃和蓝绿色匹练撞了个正着，而赤红团华灵动一绕，直奔李阁太阳穴。

李阁没有察觉似的，手臂一抖大枪，划落武山裤裆。

已经出手两次，隐飞判定。姑获鸟眼眸微睁，一道白色羽毛直奔武山面门。

武山惊疑一声，手掌握住那根从旗帜上拔丝出来的蓝绿色匹练，好似手握一根长棍，手腕下压，蓝绿长棍一头扣住李阁枪头。

赤色团华在碰到李阁前顷刻消散，而白色羽毛也撞进了钴蓝色水流里面。

南离转北皂。

蓝绿色长棍和虎头吞刃相扣。李阁一抬眼，两人同时进步仰腕！

白金吞刃，钴蓝色北皂水流，蓝绿色东素长棍，三者交缠不休，一道又一道白羽带着咻咻的风声射进泥土，染上一层寒霜。

脚步错落，枪棍相磕。

啪！虎头大枪撞破钴蓝色水流，寒光扑面。

东素长棍点在李阁的手腕上，两人噔噔噔后退。

仰着脸的武山回望李阁。李阁大枪下耷，左手握住右手手腕，貌似吃痛。

"七宫之下唯五的 90% 专精拥有者，高达 93% 的古武术专精，怎么看上去跟我这 89% 的差距也不大啊。"

武山脸上漫不经心地说着，心里倒打起了十二万分精神。

"有十都以上的实力，但是还没突破第一次峰值吗？那挺倒霉。"

李阁听闻丝毫不怒，对自己没有使用惊鸿一瞥的事只字不提，只是点了点自己的脸颊。

一股咸腥味流进武山嘴里，他右脸被划出一道浅浅的伤痕。武山随手抹掉，一行字却嵌进了武山的个人状态。

血蘸！

虎头大枪腾挪，白金吞刃再次爆发出让人瞠目结舌的速度。

风泽！

吞刃扎来，武山顾不得身上的血蘸，再次挥动手中的蓝绿色长棍迎了上去。

白金色大枪和蓝绿色长棍相撞的那一刻，武山心中莫名一寒。

乒！

一声脆响，几十块蓝绿色的渣滓四射出去。

长棍处处崩碎，裂纹一直蔓延到武山手心。

猫将军身后，一杆旗帜莫名折断。

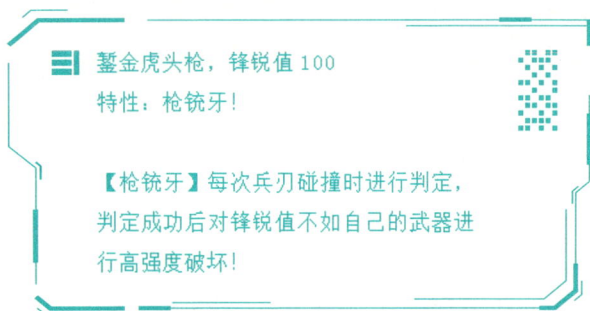

> ≡ 鏊金虎头枪，锋锐值 100
> 特性：枪铣牙！
>
> 【枪铣牙】每次兵刃碰撞时进行判定，判定成功后对锋锐值不如自己的武器进行高强度破坏！

李阁眼中精光爆闪，前腿弓步，大丁字步身如利箭，虎头大枪往武山面门一舔。

坏了。

武山拉扯杏黄色光芒挡在身前，自己蹬地飞退，不敢再和李阁纠缠。

猫将军的强化方向，是耐力、恢复力和反应速度。

把封锁兄妹二人的白色大旗抛开，武山和李阁电光石火的惊险交锋中，一共换了四把旗帜。

钴蓝旗代表愈合，杏黄旗代表格挡，赤红旗表示高温火焰，蓝绿旗代表兵器。

李阁虎头大枪打穿钴蓝色的北皂，武山立刻换上一道杏黄色的中戊。枪头劈落赤红色的南离，同一时间蓝绿色的东素长棍已经到了李阁的面门。

每道旗帜散发出的华彩，不仅各有神通，更像是有自己的独立意识似的。李阁手中一杆虎头大枪翩跹如游龙，一时间华彩两两而至，与一共四杆大旗打了一个平手。

可是，如果少了一环，这个脆弱的平衡顷刻间就会被打破！

少则五六枪，最多不超过十枪，三杆交替的旗帜就会被李阁找到破绽。

一旦被击中心脏、头颅这些要害部位，武山不死也残。

任你是什么毛类传承皮糙肉厚，也根本经不住。

李阁扎出十枪需要多久？

錾金虎头枪长丈余，重三十六斤，是环龙剑的五倍多一点。而现在的李阁只需要四秒不到！

李阁大丁字步往前，目的不是为了杀或伤，而是想留住武山。他双臂绞动枪杆，下巴上黄豆大小的汗水滚落，砸在了地上。

后退不及的武山被大枪划中大腿，可饶是如此，他也只是把杏黄、钻蓝二色护在要害上，硬拼着身上血浪纷飞，接连挨了几下狠的，也不愿意再放手对攻。

大枪抖擞！

抽，挑，隐飞！

扎，拦，隐飞！

晃，拿，隐飞！

汗水和着血水一同滴下，钻蓝水流顾前不能顾后，一时间武山的身上凄惨无比。

可他的眼神里有精芒渐露。

虎挑！

虎头吞刃长驱直入，武山双手一扌，身前杏黄色光芒勉强托住枪头，算是接住了这记虎挑。

武山身后猫将军忽然一龇牙，后背四道旗帜同时亮起华彩，气势陡然而升！

李阁似乎知道厉害，抽枪要躲，可那股杏黄色光芒却往前粘住了虎头吞刃。

武山看着李阁徒劳地拔了几下手中大枪，脸上露出狰狞的笑。

现在想走，晚了！

冷不丁，姑获鸟翅膀颤动，一片羽毛射了出去。

那羽毛轻飘飘的，看上去就没什么威力。

武山之前吃了两下隐飞，对李阁这招心中有数，本来也不大在意，自己箭在弦上，硬拼也要打。

可那种挥之不去的阴霾却又让武山的后脊梁一阵阵发凉。

会死，

会死？

会死！

白色锁链在半空中横划而来，抽打向李阁的后脑，上面噼啪噼啪的电光看得人头皮发麻。

本来决意拼一拼的武山在最后关头几乎是凭着本能，硬生生按下了自己出手的欲望，而是动用了原本用来封锁昭武昭心兄妹的白色大旗上的锁链。

可惜。

李阁心中叹息。

那记隐飞看似平凡无奇，却是虎挑的复刻！

只要武山敢拿身体去抗，李阁一定让他体会血蘸加虎挑加燕穿帘加血蘸爆发的滋味。

李阁手腕一抖卸开杏黄色匹练，大杆回身，枪头扎进锁链相互钩住的窟窿眼里。

杏黄色光芒一个灵蛇摆尾抽飞姑获鸟的白色羽毛。

武山手上一扯白色锁链，电光顺着枪镰朝李阁的手腕咬去，不料到了枪杆末端却哑火了。

特性，钢身。

李阁手中大枪一甩，枪头缠了几圈锁链，也是往后一扯，锁链抖了两抖，一下子绷直。

眼看武山扯开了白色锁链，昭武把妹妹的胳膊放到自己脖子后面，扶着她的肩膀往山下冲去。

武山眼底有怒意闪过，脸上不大看得出来，反而故作无事："你再不去照看那只鸟妖，她可能就活不过来了。"

李阁早早就将黑骑鬼召唤出来，只是他没有参战，而是护在九翅苏都身边。虽然他已经把几颗元谋大枣塞进了九翅苏都的嘴里，但是苏都已经失去意识，枣肉根本咽不下去，恢复效果非常有限。

李阁的鼻尖、下巴、浓密的短发上全是汗珠，脚下也湿了一片，可眼神依旧凶猛锐利。

此刻李阁对面，武山正好遮挡住九翅苏都和黑骑鬼。

而武山眼前，李阁也把昭武、昭心兄妹的去向挡了个结实。

"把东西留下。"李阁冷冷地说。

"想得美。"

"那就别想走。"

武山的额头挤出根根青筋，身后四道旗帜同时绽放出耀眼华彩。

"大不了再找！"

"那就别废话！"

李阁右手托枪，左手大拇指一压，燕穿帘起手。猫将军身后四道旗帜华彩齐放，四色澜流和白金色流光交织在一起。异变突生！

夜黑如墨，一张美丽而无神的脸蛋从李阁身后冒了出来。是那名忍土从裴云虎手上救出来的名叫小梦的女孩。那张俏丽的脸蛋一点点破碎成鸡蛋壳似的碎片，里面露出了一副金丝眼镜……嘴唇薄而阴冷，鼻梁高挺，五官清秀，有喉结。是裴云虎！

忍土，早就被裴云虎消灭干净。他蛰伏到现在，终于露出了獠牙！

武山已经非常谨慎了，却还是着了他的道！

可惜，人有千算，天只一算。裴云虎，算漏了人心……

平心而论，李阎也好，武山也罢，都没有留心裴云虎这一手。

武山的猫将军，觉醒度52%。昭心的白泽，觉醒度49%。就连通过国子监完善了自己魁的传承的裴云虎，也凭借之前的积累，觉醒度一跃到了48%。如果面对前后夹击，李阎真的会身死当场。

李阎一死，武山也没多少余力。眼看着白泽就快走远，也不太可能再跟龙精虎猛的裴云虎纠缠。如果运气好，可以拿下双杀。手刃仇敌，大仇得报！可唯独一件事，上头的裴云虎没有细琢磨。比起能看不能用的圣旨，武山更在乎快到手的白泽传承，而九翅苏都在李阎的心目里也绝不是没有地位的，两人都没想打！放狠话除了不想给敌人偷袭的机会，更多的是因为两人的性格都比较强硬，又棋逢对手，谁也不想先服软。

枪头和华彩擦身而过，华彩中飞出个物件儿。虎头大枪看上去煊赫，却没什么威力，枪头把玉轴锦织挑到一边，李阎脚下一挪。两人不约而同让过彼此。

李阎奔着九翅苏都而去，武山则想着追杀昭心。

那么问题来了……裴云虎手中的指虎是奔着李阎后背去的，打的主意是，两人枪旗交锋时自己从李阎背后一招毙命。结果两人轻巧地让过了对方，空中还接触了一下小眼神。

"这次就放过你，下次再见，你没机会跑。"

"我要不是有急事，你以为打下去你能赢？"

武山愤愤收回目光，和裴云虎打了一个对脸。

裴云虎都蒙了。

"不应该是'你也别想走！''大不了再找！''那就别废话！'吗？你俩这是什么意思？发现我了？"

一念至此，身前水墨缭绕的裴云虎凶性大发，手中指虎布满各色古怪小篆，朝躲避不及的武山胸口轰了过去。

武山咳出一大口血，心中又惊又怒，猫将军背后的四道旗帜猛烈燃烧起来，火焰中泛着阵阵血色涟漪。挟裹着四色华彩之力的拳头撞破水墨，轰在裴云虎的脸上，眼镜碎片扎进裴云虎的眼皮里面，黑血四溅！同样地，黑色小篆一股脑地往武山伤口里钻，疼得酒鬼目眦欲裂。他一脚把裴云虎踹开，心中惊讶、愤怒、疑惑的情绪交织在一起。

跑了没几步，武山脑子里灵光一闪，立马觉得自己明白了所有的前因后果。他扭头怒视李阆，语气里带着惊讶和悲愤，大喊出声："好一个李阆，好一个裴云虎，演的好双簧！你们俩把所有人装进来，下了一手大棋啊！"他背后四道尾焰汹涌，狼狈逃窜而去。

李阆感觉到身后有异动，下意识扬腕把虎头枪朝后一甩，却没有动静。耳朵里只听见了武山悲愤的声音。等他回过头来，只看到了武山逃窜的火焰余影，以及弯腰捂着鼻子、血顺着指缝滴落的裴云虎。

李阆只听到过裴云虎的声音，但是这并不妨碍他认出裴云虎。不得不说，裴云虎的声音和气质很接近，都是清秀里透出一丝阴冷和凶狠。何况还有猎杀者的提示。

裴云虎缓缓抬头，两人的眼光撞在空气里。他的状态并不算好，护身云墨被武山打散，一时半会儿聚不起来。

李阎脸色蜡黄，浑身上下湿透，像是从水里捞上来的。黑骑鬼水平有限，靠着动能伤害无效，对付枪械是一把好手，但是碰上强大的行走未必能帮上忙。李阎散去了隐飞，羽翼丰满、双手环抱的姑获鸟早就消失不见。裴云虎不动，李阎也乐得恢复体力。

沙沙，裴云虎朝前踏出一步，把脚下枫叶踩得粉碎。

李阎握住枪杆，手中大枪宛如怒龙抬头。蓦地，他胸口一烫，一股青色洪流外涌。女人踏步而出，踩着高跟鞋，穿着米黄色女士西服，身上涌出一股难以形容的沁人味道，像是大山间一抹青黛。

血色枫叶簌簌而落。今日香山，浸遍红流。

裴云虎抽了抽鼻子。

他摊开手，后退了几步，竟然笑了出来："今晚十三陵神道，我等着你。"

第四章
与共者

裴云虎走了。他捡起地上当作诱饵的玉轴锦织，像是一条狡诈的眼镜蛇，蜕皮溜走。李阎破天荒地没有阻止，而是目送裴云虎离开。

香山公园的小路上，李阎把九翅苏都背在身上，和丹娘并排走。

"这次多亏你了，丹娘。"李阎连吃了几颗大枣，脸色却依旧苍白。

他思来想去，不得不承认自己这次是吃了些亏的。九翅苏都重伤，自己第一次使用隐飞，体力透支，元谋大枣也补不回来。一番恶斗过后，后遗症上来，李阎现在枪都拿不稳，战斗力被削弱一半还多。而此刻距离下一次十二点钟午夜沸腾，只剩下不到三个小时。最重要的是，一番缠斗后他身心俱疲，却什么都没有捞到。

"这个世界的午夜有极为古怪的力量镇压，换成其他地方，我未必还有出手的余地。而且，说真的……"丹娘往前走着，"现在的我，未必压得住那几个人。"

李阎点了点头表示了解。

"等回过劲来，我应付得了……"

香山出现的这几个行走，的确相当不简单。恐怕，是这次阎浮事件最顶尖的一批人手。

昭心最先落败，但只是输在毛躁。那团激荡沸腾的云气能打出一场小型地震，破坏力直达九曜巅峰，无论是李阎还是武山都做不到这一点。

光头昭武水平有限，可心思缜密，做事果敢。如果今天他和昭心易地而处，就算昭武输了，武山也不会赢得那么轻松。

裴云虎，能力诡异。不仅能封印高阶道具，还能伪装成别人，且心思阴沉，实力也摸不出深浅，让李阎比较头痛。

武山，算得上是李阎进入阎浮以来遇过的最强劲对手。五杆大旗煊烈霸道，经验老辣，手狠心黑。

李阎的心里总有隐隐的不安。可事情发展到这一步，局势基本趋于明朗，李阎也想不到能发生什么更糟糕的事。

路灯下，缓缓走过来一个人。叼着烟卷，一张二十多岁的脸上透着故事跟酒的味道。两人的脚步都是一停。是查小刀。

"聊聊？"

十三陵神道，大红门

两边下马石碑上书：官员人等至此下马。

神功圣德碑亭往北，道旁有各异石雕。麒麟、骆驼、立狮、卧马、拿瓜锤的武将、高冠博带的文臣。更有丈余高的各色奇异人面。通体石黑色，双眼凹陷，鼻梁高挺，肃穆威严。

裴云虎指尖上的黑色小篆流水一般涌出，游动着将陵园中的石雕和人面统统笼罩住。黑色小篆浸透进人面和石雕里面，裴云虎的脸色越发苍白，身子抖个不停。

良久，他才睁开双眼。那丈高人面中有一张脸的嘴唇正在开合，声音清隽悠扬。

"尔文位如此低微，安敢冒犯吾皇先陵？"

裴云虎躬身抱手："紫薇垣中奉文曲者，云虎，拜见诸位大人。某为时势所困，叨扰诸位实为不得已之举，望请海涵。"

"国子监先生，郭先路何在？"

"恩师已为奸人所害。"

裴云虎面不改色。

比起五虫来，五仙类在战斗力上并没有优势，甚至有所不如。

随着觉醒度的提高，五仙类并不像毛、羽一样有各自的侧重方向，也不像倮、鳞一样有高超的策御手段。他类似于介，自身的各方面体质都会有一定的提升，但是系数上要低一些，且五仙类的系数更低。

举个例子：同样的觉醒度，羽和毛各自有"十"的增长，介则是"五"（但是成长方向全面），而五仙类只有"三"。

但是，五仙类更得阎浮的偏爱。因为他们可以长时间逗留在阎浮果实当中，可以得到与生俱来的绝大多数果实当中土著人物的天然好感，也可以无偿地查看高位行走的探索笔记和心得，甚至在一定程度上还有扭曲阎浮的能力。

比如地类的太岁能玩弄阎浮事件的内容和规则，鬼类的貘可以强行为自己看好的新人馈赠三次购买权限，都是这个道理。甚至顶尖的五仙类传承者，可以通过完成阎浮事件对某颗果实进行占据。

高位的行走，无论自身实力如何，对五仙类传承都可以说是趋之若鹜。而裴云虎的传承——魁之天权，就是如此。

所以，在绝大多数行走还对这颗果实当中的怪奇镇压物一知半解的时候，裴云虎已经通过查看高位行走的探索笔记，对燕都城千奇百怪的镇压物了如指掌。

拉活人进午夜、潘家园赌圣旨、借忍土引行走，凭借着五仙类的优势，裴云虎逐渐占得先机。这次也不例外。

那些矫饰的话术，诚恳的演技，对裴云虎来说早就是家常便饭。目的，无非是杀掉李阎。

内容嘛，可以参考《风云》里的断浪，《倚天屠龙记》里的陈友谅，不过是颠倒黑白、含血喷人。这类人的面孔，也不必赘述。

裴云虎讲完，人面上有石头渣淬簌簌而落。

"我等侍奉列位先皇数百年，身子骨也锈得久了。"裴云虎嘴角的笑容还没绽放出来，"不过，你这人眼中有倒钩，鼻挺而尖，双耳奄颊，乃大奸似忠之相。眉眼有血气，你杀过人。印堂青中透紫，一腔怨气横透，你做过违背良心道德之事，而且不超过五天……"

裴云虎听得如坠冰窟，他低着脑袋，脸上的表情哀悯。

"我，说得对吗？"说到最后，那人面石像声如闷雷。

裴云虎沉默了一下，扑通跪倒在地。

"大人说得半点不错。我手上的确背负着几条人命，其中不乏良善，甚至还有一个对我心存爱慕的女孩……"

裴云虎的语气颤抖起来，里面的沉痛不知道几分真几分假。也许连他自己也分不清。

"可是，弑师之仇，不共戴天！郭师待我如同己出，只要能手刃那奸人，就算死后堕入阿鼻，我也心甘情愿。"

裴云虎眼圈含泪，双拳紧握，身子都忍不住颤抖起来，嗓子更是嘶哑得惊人。

人面石像久久不语，空气中一片死寂。

良久，人面石像才犹豫着出声："你若能把那人带来，我等便顺便帮你这一程吧。"

裴云虎以头抢地，貌似呜咽得说不出话来。大夜阴沉，一如号哭的裴云虎眼中的底色。

水波涟漪，裴云虎眼中没有丝毫神采，纤细的手指透出脸盆，往下滴淌水珠。

这是一间空气中都是霉味的地下室。里面歪曲扭八地横躺着昏睡的人，其中包括那名叫小梦的女工。

"我是个坏人吧？"裴云虎哑然失笑。

他摊开玉轴锦织，手上墨意浓厚，在上面画写："李阎、云虎，对战明陵。"不多不少，正好八个字。

"把这十个人运过去，需要费一番功夫。不过，提前知道地点是明陵，也还来得及。"

他弯腰抬起一人腋下，玉轴上忽然烫出了几行金红色的文字。

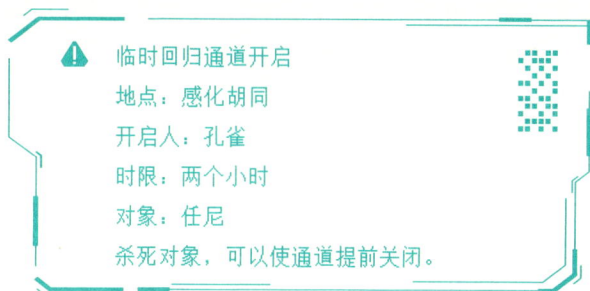

⚠ 临时回归通道开启
地点：感化胡同
开启人：孔雀
时限：两个小时
对象：任尼
杀死对象，可以使通道提前关闭。

"有高位代行者插手！"云虎先是一愣，紧接着是压抑不住的怒火。

裴云虎噔噔走上台阶，抬手啪的一声把铁门一摔，奔向感化胡同。

无论是谁，有什么目的，在李阎没有死之前他都不会容忍任何可能回归的通道存在。

"赶紧回来，那里剩下的事和我们没有任何关系。忍土方面，没有露出什么破绽吧？"

"啊，大概没有吧。"

一身西装的任尼站在一根电线杆的面前，脑袋压着电话。

"无论如何立刻回来。门我给你开好了，你应该已经到了感化胡同吧。"

"嘿嘿。"

一股清亮的水柱滋在电线杆上，黑白的狐臭广告被泡得发烂，然后散落在地。

"知道了，老板，我会回去的。说起来，我应该感谢这次遭遇，不然我哪有和您这样的大人物连续通话的机会啊。"任尼的表情很轻松。

"躲着点这次事件的行走，你的行踪容易被记录下来。何况，邮差不是那些武斗派五虫的对手，死多了我的帮手也不好找。"

"了解，了解……"任尼脸上带着狭隘的笑，还猥琐地抖动了几下。

电话那边的女人"嗯"了一声，将会话终结。

任尼伸了个懒腰，掏出自己的游戏手柄看了两眼，又收了起来。

"我原来，听说过类似的事……"裴云虎从阴影中走了出来，"大人物会利用权限派手下的人进入低位的阎浮事件进行交易，只是从来没遇到过。"

滋在电线杆上的水流一下子萎了下来。几滴水珠稀稀拉拉的，最终断流。

"兄弟，冷静点。我有后台的，你想好了。"任尼说着，双手举高，证明自己没有主动攻击的意图。

"其实没所谓。"裴云虎默默戴上指虎，黑色小篆带着滔天的恶意朝任尼扑了过去，"我没想过让任何人活着出去。"

云海翻腾，陡峭的独崖穿过落日。椰子树上尖叶油亮，血红夕阳倒映在女人的墨镜上。她背靠着棕色的树干，脚边立着冰桶，右手往外是淡金色的天空。

风声猎猎，身长十余米的得克萨斯翼龙掠过天空，肌肉分明的青色翼膜朝女人扑来。翅膀带起的阵阵澜流，把女人的波浪长发吹得往后飞舞。女人把手伸进冰桶，翼龙张开细密的獠牙，叼着冰桶里捞出来的鲜肉，振翅而去。

女人洁白修长的手上有冰凉的水滴滑落，耳边的电话里传来男人的声音。

"了解，了解。"

女人挂断电话，狭长的眼眸一眯。

"现在的新人，一个个都胆子蛮大的嘛。"

她手指飞快拨动，屏幕亮起，是另一个号码。

"喂？"

"孔雀，你在哪儿？"女人开口问道。

电话那头，传来一个甜美的女声："姒姐？你叫我开门的事，我已经做好了啊，还有什么事吗？你放心，规矩我懂，我什么都不知道，也什么都不会问。"

电话那头相当热闹，各种游戏音效和人群的赞叹声不时传过来。时不时还能听到一些意义不明的人声。

"孔雀，有个名字叫任尼的邮差，你查一查是谁的下线。"女人说道。

"啊，是奢比吧，应该没错。"电话那头，女孩的回答里夹杂着按键和摇杆的声音。

"你通知奢比，这个新人很没教养，等他出任务回来，丢他去丁亥轴的那几块废土。告诉他，讲电话的时候撒尿这个毛病如果改不掉，那就割掉以后再回来。"

"没问题，没问题。"孔雀心不在焉地答应着。

女人刚想挂断，对面的孔雀忽然"咦"了一声。

"你说，任尼吗？"

"怎么了？"

"他就在我身边啊。"

女人一愣："你说什么？"

"你等等啊。喂，咸鱼，别搞了，你快被上头封杀了！"

游戏声音一停，接着是一阵碰倒东西的声音。

"喂？喂？那个，是老板吗？"

这个声音，女人刚才听过。

“我、我是任尼，请问有什么吩咐？”

一家热闹的电玩店里，穿一身西装，睡眼惺忪的年轻男人挠着头发。看面相正是任尼！

“……”

“喂？”

“你现在在哪儿？”

“我、我在东京。”

“立刻回阎浮，我要见你。把电话给孔雀！”女人吼了出来，手指把电话捏得咯咯作响。

“喂，姒姐，怎么了？”

“去查！查神·甲子九百八十四所有阎浮行走的出入记录！还有……”女人的声音低了下来，“先别告诉羽主。”

“聊聊？”

李阎上下打量了几眼查小刀，没说话。

“哎，你受伤了？”

查小刀一矮下巴，拿眼睛吊着李阎。

“你怎么找到我的？”

查小刀伸出一根手指，金黄色的油线从他的手指上一直连到李阎的手臂上。

食技 · 拔丝

李阎伸手去扯，手却摸不到。

查小刀手指一抖，金黄拔丝应声而断。他朝李阎摊开手，表示自己没有恶意。

"聊什么？"

查小刀摸出一根烟，朝李阁丢了过去。

李阁抬手接住，看也不看，只是盯着查小刀。

查小刀鼻孔吐出两道白烟，缓缓开口："裴云虎那伙人，我听说过。你现在招惹上了他，又成了众矢之的。我承认你很厉害，但是也不好挨吧？"

李阁皮笑肉不笑："所以我觉得，我们没什么好聊的。谁知道你会不会忽然捅我一刀。"

"你知道与共者吗？"查小刀的语气有几分自得。

李阁做了一个饶有兴趣的表情，没有过多的言语。

查小刀慢悠悠地说："经历的阎浮事件多了，行走自然会结识一些脾气相投的人，大家一次两次合作得愉快，自然有了结成队伍的想法。

"只要在个人拍卖行花费三百点，就可以指定一名行走结成三次事件的临时同行者。低位行走大多是通过这种方式抱团，也就是说只要有一名十都级行走，就可以组成临时队伍。

"但是，这种组队方式并不保险。阎浮只会让你们进入同一个事件，并且不会把你们放入敌对阵容，但是彼此之间依旧没有任何保障。

"就算杀死对方没有收益，但是，为了高品质的异物，为了更多的阎浮点数，为了更高的购买额度评价，除非彼此的感情深厚或者在现实中就是恋人、兄弟这样的关系，否则总会有这样那样的原因导致团队破裂。

"而与共者不同！"

查小刀嘴角一勾。

"彼此之间绝对信任，所有事件和奖励都可以分享，更会获得全面的体质提升。

"最重要的是，与共者在面对逃杀类型的阎浮事件，同样不分彼此。即使是'杀至最后一人'这样的描述，只要剩下的人彼此之间的关系是与共者，那么事件同样认定为完成！

"与共者，可以信任。"

查小刀的手指上，捏着一张淡黄色的名帖。

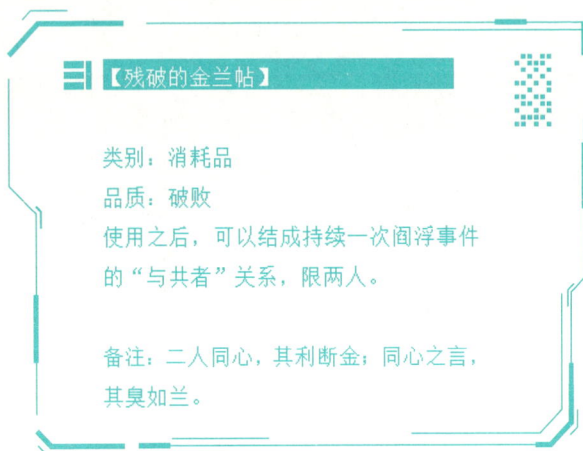

【残破的金兰帖】

类别：消耗品
品质：破败
使用之后，可以结成持续一次阎浮事件的"与共者"关系，限两人。

备注：二人同心，其利断金；同心之言，其臭如兰。

"如何？解你燃眉之急哦。"

李阎沉默着，好像是在考虑什么，好一会儿才说："那我要怎么做，你才愿意和我结成与共者呢？"

"首先，这东西对我也很珍贵。所以我要你支付 1000 点阎浮点数给我，经过公证，可以回归之后再给。"

"首先？那就是还有其次了？"李阎笑眯眯道。

"其次，我马上就要突破第一次传承峰值了，但是专精方面我还不太满意。这次事件里的燕都八大楼是我突破的关键，需要你帮忙。"

李阎脸上的笑容越来越浓，他对着查小刀露出一个"你接着说，我很感兴趣"的表情。

"最后，接下来的事件由我主导，你必须听我的。"

李阎听得连连点头，不经意地问了一句："假设，只是假设，我答应你的条件。那接下来，你准备如何行动？"

"那还用问？"查小刀手上的香烟只剩下一个烟屁股，他使劲儿嘬了两口，"当然是躲起来了。"

李阎嘴角一翘，两道剑眉放平，没说话。

查小刀又点燃一根香烟。值得一提的是，他坚持用绿头火柴点火，而不是打火机。

随着磷火嗦嗦的燃烧声，查小刀晃灭火柴，接着说道："你应该知道忍土吧？就是阎浮手下负责给行走安排身份、提供信息、引导行动，还有负责收尾的存在。

"我是不大清楚裴云虎是拿到了什么异物，才获得了篡改阎浮事件的能力。但是，逃杀类型阎浮事件的本质是优胜劣汰，不是行走之间无意义的牺牲。

"我敢断定，忍土不会对裴云虎的行为坐视不理。最多明天的午夜，甚至今天，忍土就会出手制止裴云虎的行为。"

李阎挠了挠下巴，神色暧昧。

"所以，你根本没必要主动去找裴云虎的麻烦，只要安心等待事件被修正就好了。"

听到这儿，李阎才慢条斯理地开口："假设，依旧只是假设。假设你口中的忍土不是裴云虎的对手，忍土并没有能力拿下他，那我该怎么办？"

"应该不可能吧。"查小刀沉吟片刻，"虽然并不具备阎浮传承，但是忍土的实战水平应该是比同事件当中的行走略高一点才对。加上他们对果实的多年经营，没道理拿不下一个才来几天的行走。"

李阎耸了耸肩膀。

"即便如此，你也完全不需要担心。"查小刀又想起什么来，显得极有底气，"这次事件的行走里，有几个人可是很有几把刷子。

就拿我知道的来说，有一名叫作武山的行走实力接近九曜级，这人心高气傲，以他的脾气肯定不会甘心被裴云虎利用，比起追杀你，他会先去找裴云虎的麻烦。"

李阎摇了摇头："如果你没别的话可以说，就把路让开吧。"

烧着的烟灰跌落，烫在查小刀的手背上。

他有点意外地看着李阎："喂，你认真的吗？我看你现在状况可不是太好。"

"让一让。"李阎深吸了一口气，往前了两步，"当然，如果你想现在较量较量，我也不介意。"

查小刀抿了抿嘴唇，侧了个身。

李阎和丹娘一前一后，和查小刀擦身而过。查小刀在九翅苏都血肉模糊的背上扫了两眼，等到李阎走出了好几步，才皱着眉头出声："是因为你不相信我的话吗？"

"不不，我完全相信。"李阎笑出了声，但是很快就收敛笑意，"不过我更相信，事情没有你估计的那么乐观。"

眼看着李阎走远，查小刀犹豫了一会儿，高喊出声："我知道有个地方，能治好你背上那只女妖。另外，如果你帮我突破峰值，我有把握补上你亏空的精力。还有三个小时就要开始指定对决了，你这副模样，当心阴沟翻船。喂！你觉得哪里不合适，可以提出来嘛。喂！"

李阎转过身，这次，他才真的有点兴趣。

天空挂满了金色的流质卷云，蓬松饱满，带着微微颤动的质感。云下，是和岛屿相接的蔚蓝色海洋。

山丘大小的金色云滴从卷云上滴落，海面沸腾起来。先是一点黑，紧接着一抹黑色充斥海天。看不清全貌，只能看到根根竖翅，宛如亘古长存的黑林。

白色浪花击打礁石，斗大的鲜鱼、青色的肥螃蟹、脸盆大小的扇贝噼里啪啦雨点一般落在岸上。礁石上站着一个男人，身穿白色风衣，两边的领子竖起来，只露出喉结，拿着一把黑色雨伞。

"有事？"

悠扬温润的声音从海对面传过来。

"在下放的一次逃杀型事件当中，发现了思凡的痕迹。"

男人的眼前，是一片高若山岳的黑色羽翼。他头颅垂下，姿态放得很低。因为那片黑色羽翼，属于站在整个阎浮顶点的男人：阎浮十类传承之主——羽主·鹏。

温润男声毫不在意："嘿，这跟咱们有什么关系？"

"人主追究下去，发现让思凡的人混进阎浮果实的主因，是姒姐的生意。"

雨伞男人的声音没有一丝波动。

潮湿的空气缄默半响，温润男声长出一口气："傻老娘儿们……"

海浪剧烈收缩，白色的泡沫飞快退潮，露出干裂的大地。一望无际的暗红色沙坡中，深蓝色的珊瑚和各色扭动的巨大海鱼随处可见。

"洗个澡都不消停，我真是服了她。"

赤着上身的男人光脚踩在沙地上，短发湿漉漉的。

"另外，"雨伞男人不紧不慢，"那个叫作李阎的行走同样被这次事件所牵连。"

"李阎？"男人抬起头，水流顺着他棱角分明的脸上滴落，"李阎是谁？"

菜系只分地域，不分高下。查小刀一直坚信这一点。

但是食不厌精，脍不厌细。鲁菜、川菜、粤菜、苏菜、浙菜、闽菜、湘菜、徽菜，八大菜系，南方菜占了足足七个。

以前查小刀在北京做小工，当时有部热播的电视剧《亮剑》，里头楚云飞宴请李云龙的时候，提到过一句。

"山西菜不入流，上不得台面。北方菜系数得着的，也就是鲁菜。"

查小刀学的是北方菜，严格来讲是津菜。他对楚云飞这句话，心里自然不太服气，不过也因此对鲁菜产生了浓厚的兴趣。

这次燕都怪奇之旅，对李阎来说是京味朋克怪物和独立摇滚的厮杀。对查小刀来说，就是小福贵异界游。

燕都东兴楼，八大鲁菜饭庄之首。查小刀学艺三个晚上，就差这东兴楼的一道鲁菜，便功德圆满。

李阎抱着肩膀，和丹娘对视一眼，一齐看着灶台前面忙里忙外的查小刀。

"现在没到午夜，你不过是做顿饭，我能帮你什么？"

查小刀洗净双手，用湿毛巾擦拭着，顺便斜了李阎一眼："到时候你就知道了。"

两个人最终决议，查小刀使用金兰帖指定李阎为自己的"与共者"，关系维持到本次阎浮事件结束为止。

李阎回归之后，需要支付给查小刀 500 点阎浮点数。查小刀突破第一次峰值之后，会帮助李阎平复过度使用隐飞的后遗症，并且在"指定对决"以后，和他一起去娘娘庙寻求治好九翅苏都的办法。

是的，燕都、乃子房、娘娘庙。供奉三霄娘娘的神庙。按照查小刀的说法，像九翅苏都这样的妖身，整个燕都城有可能接纳她的，只有这娘娘庙了。

至于两个人听谁的，查小刀把猪肚摔在砧板上，嘴里嘀咕着："商量着来呗。"

菜刀剁在砧板上，灶台上火苗渐旺。抱着肩膀的李阎忽然问道："有时候，你有没有觉得自己的路走偏了？"既然是可以信任的临时队友，有些话李阎问起来也随便很多。

查小刀手上一停。

“饕餮，怎么想也应该是食客，不是厨子……”

看查小刀没有马上说话，李阎也就闭口不言。

查小刀歪了歪头，闷头料理着眼前的锅碗瓢盆。

“我以前是五仙类，伊尹之刀。能力方向是那个时候确定的，后来传承被人抢走了，勉强保下一条命。运气不错，换到了饕餮，勉强也能发挥。”他耸了耸肩膀，“阎浮嘛，你抢我夺，也很正常。”

李阎从灶台边上拿起一颗西红柿，大口咬下，满嘴的红汁：“那你还能东山再起，还真是有几分本事。”

李阎看查小刀没接话，又问了一句：“你这做的是什么？”

“东兴楼里最显手艺的一道菜，普通的二把刀可学不来。”

查小刀把一块鸡胗掂在手里，刀子剜了一层厚膜，扔到一旁。

“这菜，叫油爆双脆。正宗的手艺，民国就不多见了。咬一口嫩中带脆，嘴里嘎吱嘎吱地响，那滋味儿！”

鸡胗和猪肚上都是细密刀痕，查小刀一边说着一边把去里儿的鸡胗下锅，大火一催，再下猪肚儿，红白杂在一起煞是好看。再下葱、姜、蒜末煸香，刺啦一声脆响，锅里冒起白烟，香味透了出来。

勾汁，颠炒。十几斤的铁锅在查小刀的手里上下颠倒，宛如无物。热油泼溅，酱红色油汁儿洒到空中，空中每个翻转的刀花小块上淋着一层油亮的光泽。

“啧啧！”

丹娘瞧得食指大动，李阎的眼光却四下扫动。就像当时初入，在自行车前弯腰捡钱的惊悚时刻。那种深更半夜，空气逐渐沸腾起来的怪异感觉，再次包围了他。冥冥之中，嘈杂阴暗的低语声从门外头钻了进来，嗡嗡叫人心烦。

李阎听不太清楚，只大概是“香！”“想吃”“我的”这一类的话。

“提前到来的沸腾午夜，范围只有这个屋子。还会主动惹来一些东西，正好丹娘要的魂魄有了着落。”李阎判断。

古色古香的红漆纸窗外面，有扭曲的影子张牙舞爪。打着旋儿的阴风吹了进来，门闩啪地落地。屋里头的香气却更加诱人起来。

查小刀忽然开口："别出去，也别让任何东西进来。这菜可是给你做的。"

李阎闻听哈哈一笑，环龙剑横抽入手。他递给丹娘一个"放心"的眼神，往饭庄大门的方向走去。

吱呀，老旧的红木门被李阎推开。

清凉的月亮挂在天上，枯黑色的树叶被卷起，飞舞得满天都是。街上货店门口悬挂的灯笼左右摇晃，明亮的灯火递出去好远。远远的好像有更声传来，只是，这个年代哪还有人打更？

咚！咚！

从长街尽头开始，灯笼一盏又一盏地熄灭，黑暗一步步逼近。李阎的脸原本被灯笼照成火红色，可随着长街上一盏盏灯笼熄灭，他的脸也阴暗下来。直到门前两盏灯笼被熄灭，李阎听到屋里头的查小刀一声呢喃："烹饪之道，如火中取宝。不及则生，稍过则老，争之于俄顷，失之于须臾。"

李阎愣神的工夫，一只黝黑粗壮的手臂拦面而来！

嘭！两块旧门板承受不了力道，被撑裂飞了出去，尘土飞扬。硕大的黑影飞过！来人被李阎一脚踹出门口，成了石板上的滚地葫芦。李阎也一阵气血翻涌，胸口有乌黑的拳印。

门外倒在地上的是一个牛角猪尾的彪形大汉，身上裹着发霉的破布，虬结的肌肉上青筋毕露。手里打着锣鼓，做更夫打扮。他胸口的血洞咕嘟嘟冒血，眼看是站不起来了。李阎一步不退，把门口堵了一个严严实实。

灶台前面的查小刀手背见汗，一腔的精气神都耗进了这道鲁系名菜里。柴火裂开的噼啪声和滚油泡爆开的声音不绝如缕。

牛角更夫倒地，长街上的阴风却丝毫不停。一点惨绿色的烛光飘了过来，李阎先注意到的是来人脚下，一双俏白的绣花鞋。

"姑娘，不请自来，可不是什么好习惯。"李阎手中剑锋一扬。

端着淡绿色烛火的女孩莲步款动，下巴尖尖，一张小脸我见犹怜。这姑娘水汪汪的眼睛瞧着李阎，细长的脖子一抬，就要沾到环龙剑的剑锋。她娇声细语："公子万福，小女子……"

李阎反手一抹剑刃，血光迸溅。那竖着发髻、插着步摇的女孩头颅往后一扬，咕噜咕噜滚在地上，黑血喷出老高。

李阎一脚踹在那女鬼的胸脯上。尸身倒地，摔落的绿焰蜡烛被李阎一脚踩灭。那透人骨髓的阴风骤停了两个呼吸，连这些吃人不吐骨头的怪异也被李阎的凶悍给弄蒙了。

呼！顷刻间乌云密布，飞沙走石，天空紫雷乱窜，明灭不定。长街尽头，隐隐有海啸的声音传来。

李阎圆睁着眼睛，几丈高的血色滔浪冲屋毁巷，朝着李阎咆哮而来。那黏腻的血腥味简直糊住了李阎的口鼻。即使是从尸山血海滚出来的李阎，也被这样夸张离奇的场面吓了一跳。

"过分了吧，闪灵吗？"

"将军，是幻象。"丹娘夺口而出。

虽然平时她还是叫"李阎"，但是一到紧要关头，"将军"两个字就成了丹娘下意识的称呼。

李阎也反应过来。他灵机一动，从印记空间掏出了几颗叠纸星似的东西。

【星纹弹饰】

品质：精良
仅对阴体造成伤害，接触即可引爆。

李阆一抡胳膊，三颗弹饰掠起一条圆滑的弧线，毫不起眼地被血浪淹没。

轰！

李阆下意识闭眼。而就在他闭眼的一瞬间，头顶的房檐上几个倒悬的尺余黑影嗖的一声，直奔李阆脖颈而去。那是几个丑陋的黑色婴儿，张着满口尖利的牙齿。

李阆剑光毕露。虽然头晕得厉害，连枪杆都握不太稳，但是李阆的钩星状态依旧还在。不用虎头大枪，环龙剑用不出虎挑，可燕穿帘却能用环龙剑一点折扣不打原汁原味地释放出来。

环龙剑铮鸣暴响，剑尖寸许毫光绽放成漫天银莲，一道道银色燕尾掠过剑幕。黑婴撞在环龙剑上，顷刻间绞成血肉骨泥，无力跌落在地上。李阆手腕气力一住，眼前的滔天血浪也消失不见。地上倒伏的牛头大汉和无头女尸也消失得无影无踪。

屋里头的丹娘手心虚握，开始还能从她掌心看到各色或丑陋或狰狞或美艳的面容，几个呼吸的时间，就只剩下盈盈的绿色光点。

查小刀压低声音："就快好了。"

李阆笑了笑："你这口饭，还真不容易吃得到。"

啪！啪！啪！所有的窗户被阴风刮开，屋里为之一暗。若隐若现，包罗万象的市井面孔化作千万道惨绿色的游丝，一窝蜂地顺着窗户、烟囱，甚至老鼠洞里钻了进来。百鬼争食！

李阆胸口炙热难当，一股难以形容的凶悍气息透了出来，好像踏破荒古而来的巨兽。

凶！百鬼退避。好像气球被扎破的声音一连串地响起。那些惨绿面孔哀鸣着萎靡，宛如冰雪消融。丹娘两手朝心，无数残魂阴丝汇聚到她的手心，荟萃成透人心脾的绿色。

上桌！十字花刀把猪肚切成连绵的骰子块儿，筷子一夹，嫩白的爆肚能挑起来一尺多长不断。

查小刀深吸了一口气，脸色没由来地苍白了很多，一双眸子里却满是狂热。

【饕餮食宴·油爆双脆】

类别：消耗品
品质：稀有
食用需要一刻钟。
恢复全部精力，并去除顽固性负面状态，包括但不限于：魂魄受损、巫蛊、降头等。

"看不出你还有这一手。"查小刀不乏叹服。

李阎摸了摸胸口，脸上没有任何喜悦的神色。他的耳边传来阎浮的提示：

⚠ 洪门刺青中蕴含的混沌气息消耗殆尽。你失去了状态：凶！（百鬼退避）

加快愈合伤口 20% 效果保留。
豁免流弹伤害 30% 效果保留。
你可以在任意的阎浮果实当中寻找混沌，或者近似异兽的气息，为你的刺青充能。不同的气息，将为你的刺青注入不同的效果。

才用了两次事件，不过，也算物尽其用吧……

李阎上了桌子，查小刀拿了两双筷子过来递给李阎和丹娘，自信满满地做了一个"请"的动作。

"尝尝吧。咱那个年头，可尝不到这么正宗的油爆双脆。"

"噫？"丹娘不经意间一看门外，"下雪了。"

第三卷

果实脱落

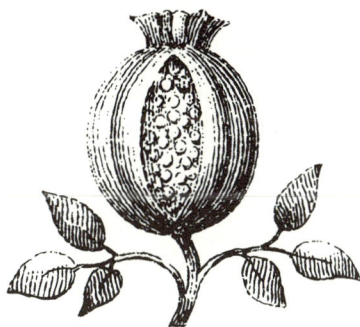

第一章
任尼？冯夷！

雪花飘落。裴云虎睁着眼睛，仰望天空。

鹅毛大小的雪花接连刮进裴云虎的眼里，被体温融化，水滴顺着裴云虎的眼角落下。

"其实，我还是希望你能替我多顶一阵子的。毕竟，帮你料理掉忍四和忍九的部队花了我好大一番功夫。"

任尼，哦不，"任尼"蹲在仰倒的裴云虎身边，手里拿着一杯奶茶，吸溜吸溜喝个不停。

"不过，那些人发现我听话回归，早晚能反应过来我是冒牌货这个事实。从这个角度讲，你动手与否对我也没什么太大影响。"

西装男人把奶茶杯子一丢，站了起来，再不看裴云虎一眼，转头走进风雪当中。

"总之，还是感谢你的肆意妄为，阎浮行走。"西装男人的嘴角咧开一个弧度，"雷声再响，天也要放晴不是吗？"

殷红的血液干涸，在裴云虎的脑后留下一大摊。那张戴着金丝眼镜的清秀面容，已经僵硬发青，没有半点人色……

看核既尽，杯盘狼藉。嗯，就一道菜。蹲在灶洞边上的查小刀划着一根火柴，点燃嘴里的香烟，默默盘算。

"食技"之后，是"食宴"。专精越高，觉醒的传承技能越好，可惜是个辅助类。

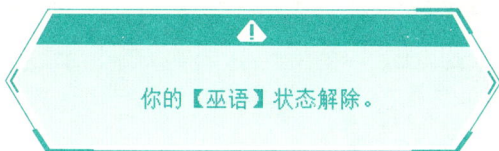

> ⚠
>
> 你的【巫语】状态解除。

桌边的李阎把筷子一放，不多不少，正好十五分钟。他抹抹嘴，一股酥麻劲从尾巴骨一溜烟到了天灵盖，浑身上下舒坦无比。

他冲着查小刀说道："我先去乃子房，'指定对决'打完之后，咱们娘娘庙碰面。"

查小刀看了一眼旁边昏死过去的九翅苏都。到了饭庄以后，李阎把元谋大枣捣成泥给她喂下去了一点，伤口虽然不再恶化，可也没有恢复的迹象。

李阎的胳膊穿过九翅苏都的脖子，另一只手环住她的大腿，把九翅苏都整个抱了起来。平日里妖冶活泼的九翅苏都面色惨白，柔软的身子时不时地颤抖一下，李阎甚至能从森白肋骨下看到她起伏的内脏，触目惊心。

"离午夜还有一个小时不到，不如撑过去再说？"查小刀给出建议。

"不用，我今天在明陵打，来回时间足够。我先把她们两个送过去，等到对决完毕，娘娘庙碰面。"

"你怎么知道你今天在明陵打？"

查小刀一愣，很快就反应过来："你跟裴云虎见过面了？"

"嗯。"李阎言简意赅，好像并不放在心上。

他走到丹娘身边，低声说道："虽然查小刀没有骗我的理由，但还是小心点。砍人头的菜市口都邪门成那个模样，娘娘庙这种地方不知道闹什么幺蛾子。能攀交情最好不过，不能，就保全自己。"

比起李阎，丹娘对于这个世界显然有自己的看法。她递给李阎一块毛巾，才笑着说道："我刚才跟查先生闲聊。燕都城的老饭庄普通的怪奇是进不去的，他们只招待受供奉的神佛。那天我们在六必居看到的那个双丫髻姑娘就在此列。这些人身上的味道很祥和，应该没有大碍。"

李阎的表情放松很多，他知道，丹娘是看出自己心情不好才出言安慰。

"那，我跟你们娘娘庙走一趟？"

查小刀抱着肩膀，心中也有自己的思量。

信任这种事，是相互的。李阎帮自己突破峰值，自己的承诺也要兑现。娘娘庙能治好九翅苏都是查小刀自己之前探索得到的信息，他把这个消息告诉李阎并且自己也跟去其实作用是不大的，但是至少态度摆出来了。至于之后两个人能不能建立长久的合作关系甚至更近一步，就看合不合脚气了。

李阎想了想，脸色古怪地对查小刀说："你准备怎么走？"

"我的脚力，你见识过吧。"查小刀自信地一抬下巴。

"好啊。"

道奇战斧一骑绝尘。

梁野的公鸭嗓还是那么俏皮。

"桃李芳菲梨花笑，怎比我枝头春意闹。"

喜气洋洋的唢呐声传出去好远。

至于查小刀，已经被甩得看不见影子了。

风声呼啸，翠色铜钱在李阎的脖子上朝后甩动。

大雪落在李阎的肩膀和胳膊上，冻得他直起鸡皮疙瘩。

九翅苏都贴着李阎的后背，身上披着黑色长风衣，面色莫名红润。

直到远远看到灰檐黄墙上悬着八卦镜的庙宇，道奇战斧才慢慢停下。

李阁抱着九翅苏都进了庙门。房门开着，殿上黄幔合拢，里头的神像看不真切，屋里头檀香味弥漫。

神龛上雕着流云、飞火、天女、蛟龙。左边写"存心恭敬神如在"，右边写"降文降武降吉祥"。丹娘踏出铜钱，朝前两步，对着黄幔盈盈一拜。

"午夜还没到，你拜她也看不到。"李阁把九翅苏都轻轻放下，对这些华丽庄严的装饰不以为意。

丹娘是山神出身，却从来没见过这般气派。她左右环顾，眼光在偏殿的一尊泥塑上定格。那是个持玉净瓶、双丫髻的俏丽姑娘。

李阁皱了皱眉头。现在是晚上十点多钟，庙里应该关门了，可现在庙门大开不说，还空无一人，这实在有点说不过去。说起来，这一路上李阁也没看见什么人。破空声接连而来，查小刀脸色难看，他靠在柱子上不停喘着粗气，手指颤抖着对准李阁，气得嘴唇发白。

"顺顺气，待会儿你还有硬仗要打。"李阁安慰得相当敷衍，"你当初，是怎么知道这里能治好苏都的？"

"有个被我追到这里的怪奇，呐，是个穿着小黄鸭子衬衫，只会扔人头的小男孩。他跑进这里，几分钟就完好如初地出来了。当时我跳上墙檐看了几眼，满院子都是白光，有个二十五六岁的女人站在院子里，她看了我一眼，什么都没做。"

"你没闯进来看看吗？没准能捞到'传说'级别的异物。"李阁半开玩笑半认真地说。

查小刀没理李阁，耐心朝他解释："我的建议是，给这座庙上几炷香。你身边这两个，一个古妖一个野山神，把交涉的事情交给她们比你自己上要靠谱得多。"丹娘也是这个意思，朝李阁点了点头。

李阁又问道："我说小刀……"

查小刀眉毛抖了抖，没反驳。

"你走过来，有没有看到人？"

"没有啊。"查小刀眨了眨眼，也觉得有点不对劲。

"算了，先别管这些。"眼看就要十一点，暴风雨之前反而是最为宁静的，没有人会冒着赶不到指定地点的风险去狙击李阎或者裴云虎。

"丹娘，我留下两只苏都鸟，有什么突发状况随时通知我。"

"不必。"

丹娘说得异常坚决，她瞥了一眼蒲团上的九翅苏都。

"等你回来，我一定还你一个蹦蹦跳跳的女妖精。"

李阎露齿一笑，拍了拍查小刀的肩膀："走，我带你一程。"说着，两个人勾肩搭背往外走。

"你那辆摩托哪儿弄的，挺贵的吧？"

"马马虎虎。"

"富二代？"

"马马虎虎。"

丹娘目送涡轮咆哮而去，才把目光转到九翅苏都的脸上。

她轻轻坐下，弓起膝盖，朱唇轻启："睁眼吧，人都走远了。再说你伤得这么重，就算醒过来，你家镇抚大人不还是会背着你走，干吗耍这种心眼？"

时间一分一秒地流逝。

李阎深吸了两口气，裴云虎金丝眼镜后面的阴冷双眼，仿佛就在眼前。

"今晚十三陵神道，我等你。"

虎头大枪担在肩上，李阎右手五根手指往下一压，枪杆抽破空气，爆响出声。蹲在旁边的查小刀一抬头，好像听到了什么，脸色阴晴不定。李阎恍然知觉，十一点半已经到了，但是自己什么都没有听到。

"指定地点在哪儿？真是明陵?"查小刀问道。看神色，他已经被忍土通知了指定对决的对手和地点。

李阎刚想张嘴，耳边的声音姗姗来迟。

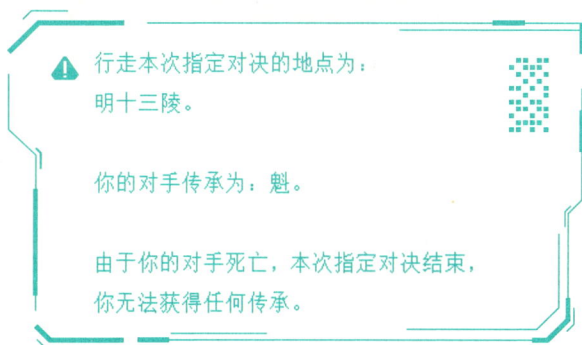

> ⚠ 行走本次指定对决的地点为：
> 明十三陵。
>
> 你的对手传承为：魁。
>
> 由于你的对手死亡，本次指定对决结束，
> 你无法获得任何传承。

查小刀眨了眨眼，催促一声："这还保密啊？"

"裴云虎死了。"李阎脸色阴沉。

查小刀先是一愣，随即喜笑颜开："那我们岂不是……"

他拉开阎浮事件内容，上面依旧写着：不可回归。

"这……"查小刀心中一乱。

李阎心中的滋味远比查小刀复杂。他跟裴云虎打的照面不超过两分钟，可是那张清秀又凶狠的脸他却久久不能忘怀。相信对方也是一样。

最后，是我要对李阎说的。

现在我们两个都处于最危险的境地，很公平，所以……

看看我们谁先死！

呵呵……看来，是你先死了。李阎非但没有轻松，反而感觉有些沉重，好像被来自四面八方黏稠的黑暗紧紧包裹。世道二字，从来不是一人两人能盖得住的。不到最后关头，哪里知道鹿死谁手？身死名灭者如牛毛，角立杰出者如芝草，兔死狐悲，不过如此。

他定了定神，对查小刀说："既然我轮空了，那剩下的事就简单了。走吧，去你的指定地点，你正面牵制，我偷袭。"

查小刀古怪地看了李阁一眼。他对李阁的第一印象是凶悍，但接触下来，他发现李阁是个极为务实的人，务实得可怕。

"我说李阁，你在咱们那里，是不是剑术教练？"查小刀试探地问了一句。

"家传的功夫，我是做音像生意的。"

"卖盘的？不太像。"

李阁坐上摩托，冲着查小刀挥手示意，不料查小刀开口拒绝："我自己能解决。你这么不放心那两个女人，就回去看看吧。"

李阁搓了搓手掌，似笑非笑："裴云虎这一死，我还真有点忧头。你要是死了，我上哪儿找 5000 点阁浮点数去扣？"

查小刀摇了摇头，叼在嘴上的烟卷上下抖动："娘娘庙等我。"说着转身离开，嘴上的烟卷头忽明忽暗。

显然，他也想到了某个悲观的前景。二十七个人，这是现在燕都城里阁浮行走的数量，而今晚的指定对决之后，算上李阁也只剩下了十四个。问题是，裴云虎死了，阁浮事件里"不死不休"的字样却半点没有改变。如果找不到玉轴锦织，那么这次阁浮事件可能真的只有一两个人能存活下来。

李阁一个转向，任凭道奇战斧飞掠过空旷的公路。

忍土，怪奇，行走。杀死裴云虎的，无非就是这三种可能。首先是忍土。看得出，忍土内部也各有司职。指引行走，给出信息的忍土，可能连实体都没有，唯一的能力是在行走的耳边和眼前幻化出各种提示。而有实体且具备强大战斗力的部分，则被裴云虎消灭殆尽。加上阁浮事件并没有被修正，那么是忍土的可能性就很小了。

其实在这里李阁也犯了个错误。裴云虎消灭的部分，是负责善后、调动资源的忍土。而真正的战斗部队，是被"任尼"消灭掉的。

裴云虎死在白天，那么是怪奇和镇压物的可能性很小。

那就只能是行走了！李阁眼睛圆睁，怒啸的道奇战斧猛地刹车！

"开什么玩笑？！"李阁眼前的外环公路，像是铅笔画被人轻轻抹掉似的，只留下了一片死寂的白色，像是肆意涂鸦。而车轮边缘，柏油路前面正是一片凄厉的白色，收费站、栏杆、冬青树，都被死白色肆意涂抹，李阁仿佛身处一卷不真实的画中！

耳边，忍土的声音格外沉重。

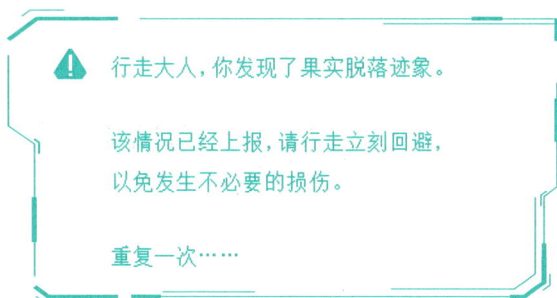

> ⚠ 行走大人，你发现了果实脱落迹象。
>
> 该情况已经上报，请行走立刻回避，
> 以免发生不必要的损伤。
>
> 重复一次……

果实……脱落？

娘娘庙，正殿

九翅苏都睁开眼睛，手臂枕着下巴，语气犯酸："摄山女，你不是托山而生，直到消亡也不能离开摄山半步吗？怎么跟着镇抚大人跑东跑西？"

丹娘低头看着自己的指甲："外面的世界真的很精彩，不过这件事我不想再提。"

她眉目含笑，又看向趴在蒲团上的苏都鸟。

"我倒是好奇，你不敢睁眼难道是怕李阁责怪你办事不力？"

九翅苏都张了张嘴，她看着丹娘那张洁白的脸蛋，一句话也说不出来。

早在李阁下香山的时候，九翅苏都就恢复了意识。她迷迷糊糊地睁开眼睛，鼻端是淡淡的甜腥味。李阁坚硬的发楂儿弄得九翅苏都鼻子发痒，自己的胸脯正紧紧贴着镇抚大人宽厚结实的后背。后来三个人随着查小刀到了饭庄，她半睡半醒中大抵听到了"昏死过去，喂不进去""这样下去不行，她伤口会恶化"这类的话，怀着某种她自己也说不明白的期待，当李阁一次次把元谋大枣塞到嘴里时九翅苏都死死咬着牙关。

"我弄碎了再喂她好了。"听到李阁这么说，九翅苏都才抱着怨念，不情不愿地把枣泥吞咽进肚子。

等到意识清醒一些，反应过来的九翅苏都的心越来越凉。镇抚大人费了好大力气把自己召唤过来，更把龙皮灯这样的宝物送给自己，结果呢，一个照面自己就莫名其妙地身受重伤，非但没有帮上忙，反而拖累了镇抚大人，九翅苏都简直羞愧得想找个地缝钻进去。

万一镇抚大人他嫌弃自己怎么办？

要把自己送回去怎么办？

万一他对自己失望，觉得自己一点用也没有该怎么办？

"老实说，我觉得你想多了。"

丹娘揉了揉头发，看向九翅苏都的眼神带着一丝说不清道不明的味道。她站了起来，给快要燃尽的香炉添上香头，目光莫名幽深。

"把话说在前头，我没兴趣跟你玩什么争风吃醋的把戏。苏都鸟千百年没有长进的脑袋，我不指望一两句话开窍，但是别试图挑拨什么，更别试探我的耐性。出山之后，我的脾气坏了很多。"

"阿嚏！"

门洞大开，丹娘目光一敛。

走进来一个西装男人，抱着肩膀，流着鼻涕，打了好大一个喷嚏。

他抽了抽鼻子，看见丹娘和九翅苏都时也是一愣。

"这里还有活人？"

巨大烟囱喷吐出的深红色烟雾没入天空。大块大块诡异的死白色拦在李阎的来路上。

李阎四下寻摸了一阵，从地上摸起一块砖头，朝着那些涂鸦似的死白色扔了过去。

响起来的是一阵类似电视屏幕雪花似的沙沙声。

砖块毫无痕迹地被吞没进去。准确地说，砖块碰到死白色的部分，直接消失不见了。

李阎眼神冷硬，一歪车头，道奇战斧冲破公路栏杆，往旷野冲去。

午夜降临。

黏稠的夜色往外扩散，种种不可名状的怪奇从燕都城的大街小巷里冒了出来。血点滴淌，公交车上的灯光是阴惨惨的绿色，油缸往外冒着鲜血，滴滴答答流了一地。车上的司机黑着眼圈，脸上带着诡异的笑，等待着下一位乘客。然后不经意地踩下油门，把公交车开进一大片死白色当中……

"肉包！"

骑着红星自行车，吆喝着"肉包"的老汉脚下蹬得起劲，后车座上绑住的泡沫箱子里，却是一颗颗沾血人头。他扯着嗓子走大街，穿小巷，皮包骨头的脸上露出饿狼似的光芒。

沙沙……

一道浓烈的死白色从他的头顶抹下来，像是文人墨客醋酒之后尽兴落笔，墨点四溅。抹过头颅，抹过胸口，抹过自行车的车轮。只一道死白色抹下，那自行车老鬼就变成了一团看不清楚脉络、奇怪的死白色物事儿。然后，被彻底淹没。

潘家园

今天这里摩肩接踵，街上挤成一片，连茶水桌子下面都蹲着一个眼珠漆黑可怜兮兮的小姑娘。

"那个姓裴的带不回十个人，你欠我们的就还不上。那你高无常是个什么下场，不用我们多说吧？"活似骷髅的老头子双眼突出，鲜红的舌头拉得老长。

"甭废话！请你们皇城根和头条胡同的人来，就是要当面把账算清楚，别他娘的背后嚼我舌头。"戴着白帽子的高无常一撇嘴。

帽子张手里攥着两颗大铁胆，闻言哈哈大笑。

"你高无常说话，我们当然是信得过的，要不然那圣旨也不会给你。"

众人七嘴八舌，议论纷纷，每个人的脸上都带着兴奋而嗜血的光。那可是十个活人。

"唉，这是什么玩意儿？"

人群中，小跟班打扮的小鬼儿朝前一指，他的鼻尖前头一块指甲盖大小的死白色悬停在空中。说着，他用冰凉的手指往前轻轻一点，铺天盖地！一道又一道死白色在长街上肆意挥抹。沙沙的响动听得人毛骨悚然。阴市众鬼连惊恐的神色都来不及露出，就被轻而易举地抹去，好像画师随手擦去作废的纸稿。一切，都归于死白。

阎浮，绿铜古殿

大殿幽暗，只有简单的茶几和几把木质春秋椅。

"妠文姬呢？"

男人吹着手里的纸杯，白气袅袅，纸杯上写着"天地无用"四个大字。他面色古沉，看上去三十出头。白色卫衣、运动鞋，有股子教书匠的气质。

十类，介主。

"我没叫她来。"短发男人赤裸着上半身，露出六块腹肌。他脖子上挂着一条毛巾，下半身穿着淡绿色的军裤，长眉如刀。

十类，羽主。

介主抿了一口白开水："那，待会儿人来了你准备怎么解释？"

短发男人挠着头发："我就说，我媳妇来例假了，有什么事问我。你觉得合理吗？"

介主把纸杯放下，露出一抹苦笑："援朝，你这人，一身痞气这辈子是改不了了。"

短发男人笑出一个深深的酒窝："得了吧，咱哥儿几个谁不知道谁啊，装什么三孙子。"说着，他把脸一板，"下放事件发现了思凡的踪迹，真的还是假的？"

"是真的。"介主点点头，"果实脱落的程度相当强烈，十有八九。"

"是吗……"短发男人眼眸一低，"是八苦的哪一个？怨憎会、爱别离，还是求不得？"

"无论是谁，这件事都相当棘手。待会儿殿议，你能拖就拖，能糊弄就糊弄。五仙主可能是想让你打头阵，去对付八苦和思凡主。"

"两年了都没动静，思凡这帮人怎么又冒出来了？"

"恐怕和上次围剿太岁的事情有关，我早就叫你别冲动……"介主话一停，"哦，对了，恐怕那次围剿也不是你下的令吧。"

短发男人没说话，倒是端着纸杯的介主摇了摇头："你早晚死在姒文姬那个女人手里。"

介主脸色平淡地吹着杯里的滚水，两人同时抬头。

大殿那头，三道高矮人影缓步走来。中间是个穿着唐装、两鬓斑白、额头长黑斑的老人。左边是个身材高挑、轮廓鲜明的漂亮女人，叫雨师妾。右边是个七八岁的小男孩，穿着西装，打红领结，对，怎么看怎么像柯南。

雨师妾穿着玫瑰色的高跟鞋，坐在两人对面，微微颔首："老规矩，我代替地主后土，参与这次决议。"

"夏耕尸，代替鬼主穷奇，参与这次决议。"小男孩如是说。

唐装老人眼神磅礴，虽然不是刻意，但还是给人一种剑拔弩张的危机感。他声音沙哑："殿议要至少六主参加，还是少一个。"

端着纸杯的介主一抬手："烛九阴说，我可以全权代表他的意见。"

唐装老人沉默了一会儿："那好吧。"

他看向短发男人："鹏，姒文姬呢？"

短发男人毫不在意："哦，她来例……"

"自己手下的人出了这么大的纰漏，青丘狐难辞其咎。她正在整顿属下行走，并准备放弃一切关于阎浮运行的权限，所以暂时是来不了。除了参加殿议的职责，羽主作为姒文姬的丈夫，全权代表她参与殿议。"介主打断了短发男人的话，说得有理有据。

"好。"唐装老人点头，没有纠缠。

"诸位都知道，自从两年前太岁叛出思凡，思凡八苦名存实亡，思凡主也销声匿迹。可就在六个小时以前，神·甲子九百八十四发生大规模果实脱落现象。

"按照道理来说，思凡混进阎浮事件当中，我身为负责核查阎浮事件进出行走的人主，难辞其咎。

"可是，就在我盘查事情来龙去脉的时候，发现罪魁祸首另有其人。"

唐装老人眉毛一拧："是姒文姬。仗以羽主的名字，私下贩卖低位行走的个人信息，干预阎浮事件正常运转，才让思凡的人钻了空子！我收到了很多行走的举报，并有大量证据可以证明这一点，如果需要，我可以和姒文姬或者羽主对质。"

良久，雨师妾干咳了一声："羽主大人，这件事你知情吗？"

没有人说话，介主碰了碰短发男人的裤脚。

短发男人如梦方醒："讲完了？"

雨师妾也不生气，只是轻轻点头。

"唔，红中老头说的这些，我也和我婆娘沟通了。"短发男人十指交叉，说出来的话却让在场的人惊讶不已，"简单地说，红中老头的话，基本属实。不过，不是妸文姬倚仗，那些生意的策划人，就是我本人。所有的事，我全都认。"

介主攥紧纸杯，水洒了一地。

"思凡的人，我来解决。果实脱落造成的后果，我来弥补。阎浮的责令，也由我来扛，不干你们五仙类的事。这件事就此揭过，我不希望再有任何人提起。"短发男人，或者说羽主，左右环顾，"没问题的话，散会。"

果实神·甲子九百八十四之外，羽主三言两语，把所有的事揽到了自己身上。

可燕都城，间不容发。

嘭！李阎推开庙门，和着风雪走了进来。眼往屋里一扫，浓郁的谷粥咕咚咕咚在铁锅里冒泡，里面煮着芋头之类的谷物。

丹娘一转眸。

"大人。"九翅苏都叫出声来。

丹娘神色如常，眼神和李阎交互，闪动了一下，提醒李阎多加小心。李阎点了点头，把目光转移到墙角端着海碗的男人身上。男人的头发散乱，穿着一身发皱的西装，正大口吞咽碗里的热粥。

见识过一路诡异死白色流带的李阎毫不犹豫地对这个男人发动了惊鸿一瞥。

但是惊鸿一瞥毫无反应……

男人似有察觉，手上一停，他抬起头，嘴角还带着粥渍。

"我不会惊鸿一瞥，所以再确认一下，你就是李阎？"

九翅苏都往外伸着脖子，她的视线被丹娘挡得严严实实。

"你找我？"

"也不算，之前听说过你，没想到碰巧遇到了。"

李阎默然一会儿，轻轻说道："脱落者？"

气氛陡然一紧。

男人吹了吹碗里的热气，碗里倒映出他的五官，那是一张极为淡漠的脸。

"你见过太岁，认得出我也不稀奇。"男人明朗地笑了笑。

李阎从口袋里掏出一根胡萝卜，咬下好大一口才笑着问："老兄怎么称呼？"

"思凡，冯夷。"冯夷，一名冰夷，黄河水神。

"思凡，是个组织吗？"李阎脸上饶有兴趣地问。他背对丹娘，手掌往外一摆，意思是有机会赶紧走。

"游离在阎浮果实之外，脱落者的大本营。"他冲李阎举了举海碗，"怎么样，有兴趣加入我们吗？"

"我？何德何能啊。"李阎打着哈哈。

"别妄自菲薄，不是谁都能在十都就拥有90%以上的专精。"顿了顿，冯夷接着说，"太岁这个名字，对于我们思凡来说，是最疼的一道疤。关于她的一切，我们都格外关注，这其中也包括你。来之前有人告诉我，不用刻意去找，死了就算了。但是如果碰巧遇到你，就问你一句，愿不愿意加入思凡。"

李阎不置可否地笑了笑，没有说话。

"考虑一下，我们是认真的。"冯夷目光灼灼。

"阎浮有十主，思凡也有八苦。生，老，病，死，五阴炽盛，爱别离，怨憎会，求不得。

"两年前，八苦之一的死苦太岁余束叛出思凡，十主乘虚而入。

除老、病、爱别离，其余四苦或死或逃，思凡元气大伤。八苦的位置，空出了足足五个。

"要知道，十主也好，八苦也罢，这不是虚名，是实实在在的桂冠和力量。如果留在阎浮，很长一段时间里你都接触不到这个层次，毕竟这一任的羽主可是把一向冠绝五虫类的毛主都硬生生压了下去，你想从他手里抢到羽主的位置，几乎不可能。

"不过，如果你愿意加入思凡，我会以新任'生'苦的身份，举荐你继承'死'苦。"

李阎想了好一会儿才开口："我有几个问题想问你。"

"请便。"

"裴云虎是你杀的？"

"嗯，没错。"冯夷很干脆地承认，"圣旨也在我手里。"

李阎心里一沉，眼下的境地简直比裴云虎没死的时候还要糟糕。

他嘴上问道："你的目的是什么？"

"我想给我的伙计们，开一条路出来。"

"开路？"

"你知道我们为什么被人称为脱落者吗？"

李阎摇了摇头。

冯夷解释说："传说中的南阎浮提，孕育世界的宝树。树上每一颗果实都是一个崭新的世界，而阎浮果实的精华，蕴含无限可能和生命力的根源，称为阎浮果核。

"通常来说，只有果实自然枯萎，行走才有拿到阎浮果核的机会，但是……"

冯夷摊开手掌，一抹诡异的死白色在他的掌心载浮载沉。

"思凡之力，是阎浮之中独一无二可以把阎浮果实的果肉剥离干净的力量。

"果实脱落，便是剔除阎浮果实的果肉，只剩下阎浮果核。

"不过也因为如此，有的人会把我们称作阎浮的害虫。"

冯夷的笑容依旧明朗。

"剥离果肉，抽离阎浮果核这种事，我也是第一次做。按照前辈的说法，即使是这种排位在五百以后的小型果实，其果核的稀有程度也不是普通的'传说'异物能比拟的。拿到阎浮果核，思凡就有把握突破后土的封锁，重新降临阎浮世界。"

冯夷打了个响指："不过，你只套我的话，却没有半点和我讨价还价的意思。看来，你是否决我的邀请了？"

李阎沉吟半晌，悠悠开口："我……"

院中铜钟大作！烛火乱颤，铙钹嗡鸣，檀香火头红光大炙，烧下去一大块。不知不觉，已经十二点整。午夜沸腾！

咚！

一个裹着红肚兜的小胖孩从香案上跳下来，肚皮着地，皮球似的弹了弹。胖乎乎，圆滚滚，煞是可爱。冯夷低头，和这胖娃娃四目相对。那胖娃娃做了个鬼脸，一脚踹翻黄铜烛台，蹦蹦跳跳地往外跑。嘻嘻哈哈的童声一下子吵闹起来，几十个白嫩的胖娃娃从香案上跳下来，个个调皮捣蛋。

他们扯黄帘，吃供果，甚至还有几个爬上了房梁，拿着作法的小幡去杵房顶的稻草，把瓦片顶得松动了许多。冯夷皱着眉头，盯着这些不知道从哪里冒出来的小家伙。丹娘一仰脸，原本在大殿上眼皮紧闭的云霄娘娘膝下环绕的众多娃娃木雕，此刻果然都已经消失不见。

铛！铛！金击子敲动编钟。

胖娃娃们一扭头，看见一张板起来的俏丽脸蛋，这才收声，一溜烟儿钻进黑暗当中，消失不见。一姑娘单手叉腰，身穿宝蓝色衣裳，编着双丫髻，举着金击子无奈地摇了摇头。

偏殿上，一座楠木祥云纹神龛空空如也。看那些娃娃消失不见，她才转过头看向屋里的几人，声音脆生生的："几位香客，上香还是求签？"

"我想请姑娘看一看我这位朋友的伤。"李阍开口。

冯夷的眼神在李阍身上转了转，笑道："那我就求个签好了。"

姑娘把金击子放下，冰冷的手指触到九翅苏都的伤口上，疼得苏都抽了一口凉气。

"她伤得很重，我要带她去后堂。"

李阍看丹娘点了点头，这才作了个揖："有劳。"

那姑娘端庄地作了个万福，弯腰抱起一脸痛楚的九翅苏都往后堂走去。临走之前，头也不回地甩了一句："求签筒在桌子上，几位可以自便。"

屋里再次安静了下来。

冯夷走到桌前，拿起签筒随手一甩，一根漆黑的竹签啪嗒掉下。他拿起来一看："马落空亡格。为山九仞，功亏一篑。"

冯夷面无表情，抓起签筒再次摇动起来，好一会儿黑签落地："月同遇煞格。竹篮打水，转头成空。"

他没好气地一撇嘴角，把签筒扔开。当啷一声求签筒落地，正巧砸在李阍脚面上。

李阍看了一眼后堂，弯腰去捡那签筒，一根黑签从筒里掉了出来，上面刻着篆字："贪武同行格。穿山透海，后知后觉。"

穿山透海，后知后觉。李阍咂摸咂摸个中滋味，把求签筒递给丹娘："玩玩？"

丹娘接过来，手指滑过油光水滑的暗红色签筒，冲着殿上的感应随世仙姑神像盈盈一拜，这才晃动起签筒来。

哗啷啷响了一阵，黑色竹签掉在蒲团上，丹娘捡在手心，定睛一瞧：

"石中隐玉格。昼夜难舍，人间不住。"

李阎凑过来看了两眼，笑道："人间不住，有点意思嘛。"

冯夷把手按在香台上，悠悠叹息："小把戏而已，作不得数。刚才我们说到哪儿了？"

"说到……你要我加入思凡。"

"那你的答案呢？"

李阎和冯夷两个人的距离不到一米。

"如果我不答应，是不是就走不出这间庙了？"

诡异的死白色从冯夷的手心进射出来，肆意张扬。

"对！"

李阎手心搓着后脖子，莫名笑了起来。越笑，脸上的煞气越浓。

"那得看你，有没有这个本事了！"

进步，旋腰，李阎的睫毛擦过那抹恐怖的死白色，硬生生撞进冯夷怀里。空空如也的手里扬起一抹白金色，鋈金虎头枪！李阎抖开大枪，大枪吞刃宛如猛虎高扑涧水，硬生生把冯夷挑飞出去。虎挑！枪头上的嫣红血点不着痕迹地没入冯夷的脖子。血蘸！黑发如墨，羽白如雪，环抱手臂，面容柔美。姑获鸟之灵，钩星！

隐飞！李阎脚下雁行步，上半身平推枪身，大拇指往下一压枪杆。虎头大枪化作漫天的白金色流光，旋舞的枪缨如同飞燕掠水，顷刻间淹没了还没有落地的冯夷。

燕穿帘！

双臂环绕的姑获鸟，八朵莲花萦环。白色羽毛暴风雪一般倾泻出去，以李阎为中心，大殿上凝结成一层霜白，蜘蛛网似的霜挂蔓延到梁柱和香台上。

嘭！血蘸爆发！

浓郁的白色华彩里，丹娘闯进后堂。

九翅苏都单手捂着翅膀。就这么一会儿的工夫，她后背的伤口已经愈合，外表看上去没有大碍，可脸色还是难看无比。

卷着袖子的双丫髻姑娘一手端着开水，一手捏着融化了一半的淡白色丹丸。见丹娘闯进来，她惊咦了一声："有事吗？"

"不好意思。"丹娘冲着姑娘笑了笑，一扯九翅苏都的胳膊，"我们得马上走。"

> ⚠ 你发动了血蘸，共造成额外伤害九凤强化伤害 728%，你的钩星状态暂时消失，持续时间 73 小时。
>
> ⚠ 姑获鸟吞噬了传承：
> 木魁之枝·翠蔓。
> 你当前的姑获鸟觉醒度为 56%，
> 你重新唤醒了钩星状态。

李阎头也不回，飞身撞破窗户逃窜出去，几个纵跃冲出庙门。

冯夷几乎是硬吃了李阎的巅峰水准和所有的大枪连技。号称破魔、秒神、杀鬼、除妖的血蘸伤害几乎打满。

冯夷扯着幔围坐了起来，身上的西装被扯得稀烂，昏黄色水流带着厚重的质感萦绕在冯夷的身上。他抹了抹嘴角，吐出一口红色的冰块疙瘩。

冯夷脸色平静，没有半点难堪，他从地上捡起红白机的游戏手柄："思凡之力虽然霸道，但毕竟是老板的东西，用起来不太顺手。不过……"

他的手指按动着操作手柄，死白色的擦痕纵横贯错，将偌大的娘娘庙抹得七零八落。

"你能往哪儿跑？"

劲风把李阎宽大的风衣抽得猎猎作响，长喙黑羽的苏都鸟落在飞驰的李阎肩头，一道凭空而来的死白色抹痕擦过李阎的脖子，空中疾驰的苏都鸟倒比李阁的反应还快。

"大人，你没事吧？"九翅苏都的声音顺着鸟喙传了出来。

"你的伤怎么样？"

"完全没有问题。"脸色煞白的九翅苏都不假思索。

"躲开那些白色的抹痕，我晚点联系你们。"

李阁嘴里大口嚼动大枣。他的脖子只是被思凡之力抹掉了一层油皮，却久久没有恢复的迹象。

大殿上，冯夷身上的昏黄色水流一点点消失不见，破烂的西装也完好如初。

"这位香客，我好心让你们留宿，你却把大殿搞成这个模样，未免太说不过去了吧。"

穿着宝蓝色衣裳、梳双丫发髻的姑娘走出后堂，粉腮气鼓鼓的。她从桌子上拿起金击子，语气恚怒。

"三霄娘娘座下的偏神吗？也算是这颗小果实的孕育极限了。"

冯夷喃喃自语，看都没看她，直接摁下手里的游戏手柄。

姑娘一抬头，死白色抹痕迎面落下，她双眼有神芒爆射，金击子朝前一点。刹那间飞云、流火、蛟龙、天女款动，齐齐迎向那道死白色抹痕！然后连同那姑娘一起，被思凡之力抹成一片空白。

冯夷走出已经被思凡之力剥落得不成样子的娘娘庙，忽然一捂胸口，嗒嗒作响的霜色爬上他的眉毛。冯夷脸色一变："九凤之力？"

第二章
思凡之力

沙沙……

李阆一个空翻，小臂撑地前冲穿过野丛，险而又险地闪过思凡的抹痕。他身后原本错落在烂石梯和荒林当中的娘娘庙只剩下一片死白。

这种情况下，李阆是万万不敢用道奇战斧这种驾驶工具逃生的，坐在车上没有闪转腾挪的空间，躲不开冯夷的思凡之力。

就拿刚才来举例子，同时有三道水缸粗细的思凡从不同的方向朝李阆划过来，要不是李阆的柔韧性极强，钩星状态下爆发力和跳跃力又堪称恐怖，只怕早就被思凡拦腰斩断了。

更让李阆心里沉甸甸的是，他极目所望，是逐渐蔓延开的根本看不见尽头的恐怖白色！

山野间黑白分明。折断的枯草，曲折的羊肠路，埋在雪地下腐烂发黑的树叶，密密麻麻披着树挂的黑色枯枝，都在思凡之下被抹成毫无生气的死白色。而这个时候的思凡，已经覆盖了大半个燕都城！

他攥了攥拳头，奔着思凡影响较少的内城跑去，嘴里狠狠骂道："阎浮那帮子人都该吃屎。"

功德林素斋门前

查小刀双持菜刀，眼珠发红，身上多少带着点伤。

他面前是一个快两米高的强壮汉子，一只手臂被查小刀剐成了淋漓的骨架，惨不忍睹。可男人的神色却轻松惬意。

不过是喘个气的工夫，那汉子的骨膜筋肉就重新长了出来，连同表皮和指甲都完好如初。

"还有招吗？"汉子冷冷问道。

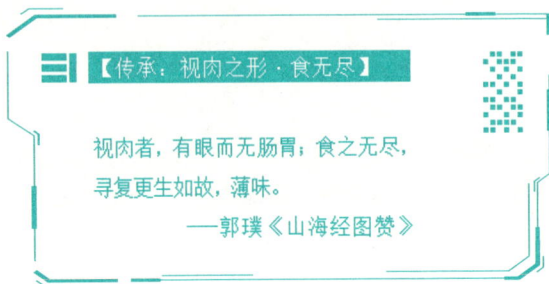

【传承：视肉之形·食无尽】

视肉者，有眼而无肠胃；食之无尽，寻复更生如故，薄味。

——郭璞《山海经图赞》

这段话的意思是，视肉是一种动物，奇特之处在于身上的肉吃不完，可惜的是没有味道。

后面这句颇为惋惜的"薄味"，直接拉低了视肉在《山海经》当中的地位。但是，强劲的自我愈合能力，已经是非常了不得的传承能力。

查小刀咬紧嘴里的烟卷正要出手，一只苏都鸟扑棱着翅膀落了下来。

长喙里竟然发出了尖利的女人声音，自然是九翅苏都。

"厨子，速战速决！打完往城里走，不要去娘娘庙了。"

查小刀一愣，他留心到这鸟的羽毛颜色和李阁背着的鸟妖一脉相传，心里已经信了七八分。

那大汉一眯眼睛，猛地冲了上去。带着血腥味的拳头径直轰向查小刀的太阳穴！

苏都鸟惊飞而起。查小刀反手出刀剁在汉子的拳头上，菜刀刀刃卡住骨缝。那汉子好像没有痛觉似的，虎吼一声，硬生生压着菜刀刀背撞在查小刀的脑袋上！查小刀眼前一黑。

那大汉抱住他，凶猛地张开大嘴，野兽一般咬向查小刀的脖子，用粘连的涎水和带着血丝的牙齿咬合下去！

当啷！菜刀落地。

血箭迸射！汉子腮帮凹陷，贪婪吮吸起来，简直生猛得不像活人。

蓦然，汉子脸色一青。他松开嘴，抬头对上的是一张金红色的面容，那淡色皮肤下面，好像流动着火山熔浆。他想松手，才发现自己被查小刀死死抱住。

"刀工你顶得住，火工顶得住吗？"查小刀声音冰冷。

"孔府菜，怀抱鲤！轰！"

深红色的流焰从两人身上爆射而出，火柱子足有三米多高。滚烫的岩浆四射在功德林的招牌上，顷刻间烈焰熊熊，周围化成一片火海。

金红火团从木质牌楼上不住掉落，查小刀顶着铜绿琉璃瓦檐迈步而出。眸子里有玫红色的火焰荡漾，带着摄人心魄的美感。然后他狼狈地给赤条条的自己套上一条大裤衩，光着膀子朝燕都城深处跑了过去。

"这些到底是什么鬼东西……"昭心不可置信地喃喃自语。

思凡抹掉了琉璃牌楼，连同电线杆和边上水果店的牌子，一起变成了凄厉的死白色。

昭武的眼睛上裹着绷带，他观察了一会儿，一扯昭心："沿城里中轴线走。"一针见血！

从天空俯瞰燕都的浩大画卷，思凡这块橡皮无疑是从画轴两边一点点往中间擦除的。

兄妹两个运气不错。武山没追上来，在随后的指定对决里，失去一只眼睛的昭武示敌以弱，靠着玄冥能化作没有实体的黑色水流阴了对手一把，成功取胜。

昭心的对手，则不幸成了思凡扫荡下的牺牲品，被一道死白色的思凡抹掉了脑袋。

赢下指定对决的昭心，吞噬了新拿到的传承卷轴。发动白泽的后遗症也因此平复了部分，恢复了之前八成左右的实力。

而整个燕都城里，更多的是还没有分出胜负，思凡就已经降临，将对决中的两名行走一齐抹掉……

所有存活下来的阎浮行走里，忍土的行走死亡通告像雪花一样。

在这次午夜降临的短短二十分钟时间里，就死去了整整二十名阎浮行走！也就是说，还活着的行走已经不到十个。而这些人此刻都像是惊弓之鸟，朝燕都城深处逃窜，身后，是诡异汹涌袭来的思凡。

城楼、牌坊、佛塔、胡同、四合院、碑帖，这些流转千年的风物，正在思凡的抹灭下一点点零落成白色。

机器运转声日夜不停的老工厂，墙头下砖头压着自制的钢环和铁勋章，水泥管和柏油公路，公交车和路边码得整整齐齐装着可口可乐玻璃瓶的箱架，独独属于这个时代的光影印记，也同样难逃一劫。

这些真实生动的、带着鲜活生命力的阎浮果肉，就这样一点点被剥离下来。而那颗阎浮果核，依旧没有踪影。不过三四个小时的时间，偌大的燕都城，容身之地已经没有多少。幸存下来的行走，无论是否愿意，都被思凡驱赶到了阎浮果实中的一角。

燕都城中心，紫禁城

只有冯夷前进的方向，没有任何思凡的痕迹出现。

从降临这颗果实开始，冯夷就试图利用思凡之力破开一个口子。当这个口子真的出现，他喊出通关的一刹那，汪洋的思凡之力就足以淹没这颗果实。

"就快挖到了，就差这么一点。"冯夷伸了个懒腰，"一步登天的买卖摆在你眼前，你不乐意。那就跟着这颗果实一起灰飞烟灭吧。"

李阎急匆匆地穿过胡同，不太放心地转头朝后看了一眼，几步转过拐角回头，正撞上一张阴沉的脸。二人都是一惊，同时朝前，四只手腕撞在一起。拳锋磕碰，手肘互倚，砰砰砰几声脆响。

李阎眼露寒光，一口气拳背接连捶在来人的喉咙、胸口、鼻子上。那人身子一晃，全无知觉，顶着猛攻反手一扣，拿住李阎的手腕。李阎也不慌，冷不丁一脚撞在对手的膝盖窝上。那人小腿一麻，哎哟一声脑袋朝前一栽。李阎身子后错，两只拳头双峰贯耳，砸在对手的太阳穴上。四色光彩晃过，李阎心中一惊，拳头一停，抬腿一记窝心脚逼退来人。那人噔噔后退，两人抬头再一对视。

"武山？"

"是你？"武山又惊又怒。

"现在我没工夫跟你打，快跑。"李阎厉声一喝，脚步一扭，泥鳅似的让过武山，朝故宫方向冲去。

武山一路走过来也见识过思凡的威力。他三步并两步追上李阎，嘴里大喊："这一场我认栽。裴云虎呢？让他把圣旨改回来，不然我们都得死！"

"裴云虎死了，圣旨也拿不回来了。"

"你说什么？！"武山把眼睛一瞪。

李阎眼神左右扫了扫，嘴里说着："是脱落者干的。先跑吧，你也打不过。"

武山一愣："脱落者脱落以前至少也是个代行者，远远超过事件下放行走的强度，后土不可能视而不见！肯定是通过特殊手段进来的。"他嘀咕着，后背全是冷汗，"现在想想，难道是那个任尼？"

两个人一前一后朝前跑，李阎瞥了武山一眼："你见过脱落者吗？"

武山摇了摇头："没见过。不过我在阎浮待了一年多，没吃过猪肉，也见过猪跑。"

"那你觉得……"李阎沉吟着，"阎浮的人什么时候能到？闹出这么大动静，那帮人总不能无动于衷吧。"

之前李阎一直不太明白，行走和脱落者的界限究竟在哪儿。脱落者不受阎浮事件制约且能自由穿行阎浮果实，还被十主追杀。在壬辰战场上李阎旁敲侧击问过太岁不少回，余束当时的态度，就透着一股"宁教我负天下人，不教天下人负我"的枭悍和狠辣。直到今天见识过冯夷的行径，对于"脱落者"这三个字，李阎才有了一个较为全面的认识。

对于阎浮来说，肆意剥离阎浮果肉的思凡才是最大的害虫。尽管李阎心里还有很多疑问，关于十主，关于思凡，但是眼下还是先逃过这一劫再说。

加上这次，他也才经历过三次阎浮事件，别说十主，就连貘这样的资深者也没见过几次。八苦出手十主的反应激烈与否，他心里没什么谱，这才出言去问武山。

"我也不太清楚……"武山脸色古怪。

两个人脚力不差，李阎眼前一阔，尽是白色地砖，黄瓦红墙。

故宫，午门

左右两旁，几个黑点和李阎、武山一齐朝大门跑了过来，其中包括查小刀和昭武昭心兄妹，一共八个人。

这几人神色狼狈，气质和衣着不尽相同，唯独眼里头一丝温润的神光透出几分不凡来。这也是行走拥有传承之后，和常人唯一的不同。

八个人一打照面，都各自收了脚步，神色紧张。其中彼此相识的，下意识站在一块儿，泾渭分明。

几个幸存的行走彼此扫视的时候，查小刀和李阎的眼光也交织在一起，都好像陌不相识似的一扫而过。两人心思深沉，都没着急摆明车马。空气沉默了一阵，武山的眼光落在昭心身上。其余三名行走的眼神同时落在了李阎身上，眼露杀气。

这里面，有一老汉和娃娃脸站在一起，还有一个手里端着牛角大弓的小胡子。

小胡子性急，一张牛角弓已然对准了李阎。

"杀了他，我们才能走！"

李阎眼神往小胡子身上冷冷一打，轻轻地往旁边挪了几步，和武山拉开距离。

小胡子急声问道："那个鬼东西，是裴云虎还是你搞的鬼？"

李阎浑不在意，没头没脑地来了一句："留活口。"

武山这个角度瞧得清楚，可他没有出声提醒的打算。娃娃脸和老汉对视一眼，也是默不作声。

小胡子鬓角有汗水滴落，一片黑色羽毛落到他的肩膀上。他心中一寒，猛地往后一仰头。

独爪浮在半空，鸦翼颤动，妖冶美丽的脸上文着黑色花纹。成千上万的鸦羽纠成一道黑色刀锋，几乎要戳进小胡子的眼睛里。

要不是听了那句"留活口"，九翅苏都这一羽刀连他的脑髓都挖得出来。

"裴云虎已经死了，他说的话早就不算数。现在活着的行走都在这儿，你们自己数数看就知道。我不管你是装傻还是真蠢，你要活命，就想办法对付后面的……"

"后面的谁啊？"

冯夷轻轻走来，周身一道又一道死白色的思凡之力将一切都抹除得七零八落。

"你拒绝过我一次，那就没有第二次机会了。"冯夷的表情平淡，眉毛上挂着霜。

李阁哼了一声，然后不着痕迹地退了几步，一指冯夷："圣旨在他手上，谁有本事就找他去拿。"

冯夷扑哧笑出了声："我真是搞不清楚，你是蠢还是聪明，是有胆色还是没心眼。"

"苏都，放了他。"九翅苏都狠狠瞪了那小胡子一眼，才一敛翅膀退到李阁身后。

李阁冲着小胡子做了个"请"的手势："你这么有能耐，上啊。"

几人说话的工夫，身边的狮子栏杆、白玉阶梯、丛林山柏，都被思凡一点点抹去。四面八方的白色一点点逼过来，眼看众人再无立锥之地。

小胡子一抿嘴，愣是没敢说话。

即使是淡黑色，甚至深黑色的威胁程度，依靠外力削弱，行走也未必没有一战的能力。可是面对这个西装革履、眉毛上挂着霜白的男人，惊鸿一瞥没有半点反应。这是他进入阁浮以来从来没有遇到过的。

小胡子没敢举弓，倒是有另一个人站了出来拦在了冯夷面前，腰杆佝偻，满身酒气。

李阁讶异地看了武山两眼，其他人都没说话，他没忍住："你来真的？"

"再过十分钟，我们都会死。"武山一指，不远处的太和殿已经被抹成一片死白。

"搏了，不一定没命，没搏就一定没命。等着阁浮来人救？万一来不及，死得憋屈。"

他歪头横了李阁一眼："没搏过，你怎么知道一定输？"

九翅苏都闻言撇了撇嘴，有点不服气。

李阁沉默下来。他不是没话说，而是自己搏了但是没有搏赢。

血蘸爆发，冯夷却毫发无伤，那一刻的无力感，外人难以体会。

可是，李阁没有反驳，反而笑了笑："你说得对，是我想岔了。"

武山喝干净金属酒壶的最后一口，酒壶上印着五星双合盛的商标。

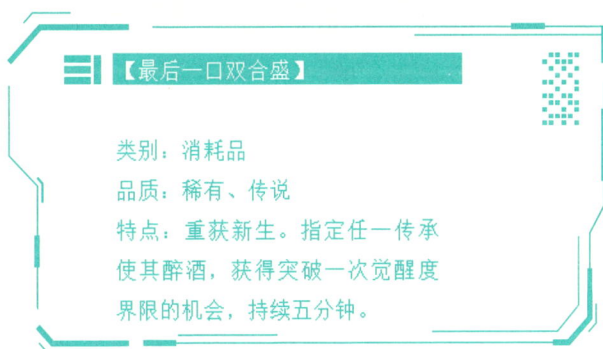

```
【最后一口双合盛】

类别：消耗品
品质：稀有、传说
特点：重获新生。指定任一传承
使其醉酒，获得突破一次觉醒度
界限的机会，持续五分钟。
```

四杆大旗的颜色好像被洗过似的。尖耳朝天的猫将军两只爪子抓着酒壶，咕咚咕咚仰天灌了下去。啪地把酒坛子一摔，身体一阵摇晃，打了个酒嗝。

"小姑娘，你现在愿意把白泽给我，我的实力能再高三成。赢了这场，也能保了你的性命，考虑考虑？"

昭心抽出乌黑关刀，看也不看武山："你长得丑，想得倒挺美。"

武山哈哈一笑，四道华彩接天而起。

酒鬼狂吼一声："不想死的跟我博一把！"

昭心一俯身，手背拖着关刀往前冲。

啪！

昭心一回头，手腕被昭武拉住。独眼光头脸色沉重，徐徐摇了摇头。再看场上，其他五名行走都站在原地，冷眼旁观。

"大人，我们？"九翅苏都低声问。

"等。"李阁从牙根里蹦出一个字。

凄厉的思凡抹向武山的脖子。武山身后大旗翻转，左手撑地一个跟头掠过地面，巴掌所在的位置很快被死白色抹掉。

四色华彩汇聚在武山强壮的小臂上，拳尖上滚动的华彩扬起一抹刀锋，扑哧一声贯进冯夷的心口。

冯夷眼珠一动，伤口上半颗血珠都没有，反而有昏黄的浊水滴落。

此刻的武山双眼已经被四道华彩填满。不是三四道，而是数十道华彩矛锋同时从他背后张扬刺出，四行之力彼此纠缠会合，锋锐的华彩矛锋雨点一般扑哧扑哧戳在冯夷的身上，昏黄水点四溅而出。

沙沙……

拳锋插进冯夷心口的武山耳朵一动，整个人腾空而起，从他背后抹来的死白色痕迹扑空不说，更是迎面朝冯夷而去！

昭心咬着下唇，虽然立场矛盾，但还是忍不住在心口喊了一句："漂亮！"

半空中的武山眼角神芒飘飞，身下的冯夷却不翼而飞。取而代之的，是一道将武山遮住，混浊无比的泼天水浪！

滚滚的潮水声涌动，一只手掌破出浪花，按在了武山的后脑上。冯夷四指收紧，水浪中涌现的冰冷面庞贴在武山耳边："其实，我很欣赏你。可惜了。"

猫将军一声哀鸣，冯夷挟裹着黄河大浪，居高临下地压着武山的脑袋，往思凡的死白色抹痕里按了下去！

金红色火焰爆射，流焰飞蹿。来人两柄菜刀交叉在胸前，一双熔浆色的脚丫子蹿进浪花，水雾升腾。紧接着借力一蹦，手里抓住武山的后脖领子往后飞退。是查小刀。

武山身后数十道华彩匹练摆荡，挡在了查小刀的两腿之间。

"速度跟力量和我们差不多，有的打。"浑身上下都是赤红岩浆的查小刀嘴里喊着。

至于这话他自己信不信，那就另说。

冯夷属五仙当中的"人"，在身体素质上，的确被五虫压了一头。

"沧浪之水清兮，可以濯我缨；沧浪之水浊兮，可以濯我足。"冯夷浑不在意，一清一浊两道水流丝带一般缠绕在他身上，飘然若神。

乌黑关刀劈下，带着激荡的白色云气。

"白泽?"冯夷惊险让过云气，身后石砖勾栏迸裂开来，尽作一片废墟。

昭心手握刀柄，关刀劈落，瘦小的身子还飞在空中。冯夷抬手一指，黄河清流直奔昭心额头飞去，突然被凭空而来的黑色水流砸断。昭武重新幻形，一大口血直接喷了出来。

"哥，我来。"昭心一甩头发，刀身上激荡的白色云气浓郁起来。

"混账话。"昭武骂了一句。从脖子上扯下红色石佛项坠丢给昭心，他瞥了一眼负手而立的李阎，脸色发苦。

人这种东西，都有从众心理。武山自己上，无人应和，可此刻的八人中如果有一半的人参与团战，那么剩下的几个人也会蠢蠢欲动。

武山一开始说的话很在理，这几个人也都明白枪打出头鸟的道理。武山自己心里也很清楚，但是他不在乎。

"你们不敢先上，我先上，吃亏我认了。老子可不想跟你们这帮人一起等着沉船。"

此刻查小刀、昭心、武山三人齐齐上前，激荡云气、金红火焰、华彩匹练将冯夷团团围住。

那小胡子一抬牛角大弓，弓弦拉动如撕帛。老汉和娃娃脸对视一眼，也加入了团战。

只有李阎，依旧站在场外，一动不动。

牛角大弓铮鸣一声，包铁长箭狂啸而去，银色箭头在空中龟裂碎开，露出一点躁动火光。

冯夷唇角一撇。

啪！黄河水花砸在箭头上，去势不见，连带箭杆一起糊在了小胡子脸上。血花迸溅，脑袋稀烂的小胡子栽倒在地。

那老汉几步间鬼魅地绕到冯夷背后，双手掐了一个古怪印诀，朝冯夷脑后轰了过去。

武山看出这记平凡无奇的手印出自某个极为强大的阎浮果实，威力不俗，精神顿时一振。

嘭！冯夷头都不转，右手往后一伸，死死捏住后面那老汉的脸。大拇指和食指扣住老汉的眼眶，昏黄色水流喷涌而出。

那老汉直接浸没在满地泛白沫子的黄河水中，地上只剩下空落落的衣服鞋子，老汉却活生生地消失了。这惊悚的景象让众人手上都是一顿。

"陪你们玩玩，还来劲了。"

冯夷的面容淡漠，咕噜噜的水声涌动。原本就被思凡抹得不成样子的午门前，滔天的浊浪拍墙而起，那择人而噬的浪头，硬生生冲垮了午门五凤楼！

"真碍事！"

武山抹了抹嘴角，心中泛起深深的无力感。他下意识望向李阎。

"他就是因为这个才不出手的吗？"

可当他看向李阎的时候，才发觉李阎的眼里，透出勃勃的野心和生机。

"真碍事！"

武山这才注意到，那句"真碍事！"根本不是冯夷说的！

浓稠的夜色被一股更为阴沉的黑暗所笼罩，闷响的碰撞声接连响起，云层中滚动着暗红色的闪电——不是树杈形状，而是蜘蛛网形状的裂痕。

隆隆的破碎声震人心魄，根根黑羽倒竖如参天古木，遮天蔽日的黑色翅膀从乌云中倾泻下来。

"还没挖到吗……"冯夷终于动容。

扫荡而来的思凡抹过雍和宫殿，流露出的却不是毫无生机的死白色，而是璀璨的金色豪光！冯夷眼前一亮，身子卷起滔天的黄河巨浪，朝雍和宫而去。

望不见尽头的黑色天翅下，一个赤背男人好似陨石落地，带着一圈红色火焰奔午门砸来。

无论是那遮天蔽日的黑色天翅，还是滔天的黄河巨浪，都刷新着在场每一个人的认知。

阎浮行走，竟然可以做到这一步。

"十主！"武山攥紧拳头，眼神狂热。

"苏都。"李阎忽然开口。

"大人！"九翅苏都精神一振。她手中的龙皮灯还没用，上次香山乱战，实力还没发挥就被武山阴住提前丧失战斗力，她心里可是一直憋着，想让李阎刮目相看的。

"回去吧。你应该有办法回龙虎山吧？"

九翅苏都如遭雷击，结结巴巴地说："可、可是，不、不行……"

"回去吧，我很认真。"李阎声音平淡，眉心却皱成了一个川字。

九翅苏都张了张嘴，她咽了一口唾沫，泪珠在眼眶里打转。

"大人您……万事小心。"

九翅苏都的黑翅一耷拉，她最后幽怨地看了李阎一眼。九色龙虎气从她身上散尽，一股拉扯之力凭空而现，空气左右扭曲，没一会儿就把九翅苏都吸了进去。

李阎深吸一口气，强自按捺住火中取栗的战栗感觉，从印记空间里拿出一件东西：慎刑司皂带（夜）！

第三章
羽主

沙沙……

思凡之力就像强力修改液，唯独抹在雍和宫檐角上的时候，有金黄色的豪光冒了出来。

几笔抹了下去，墨色方砖、雕梁柱子、金銮宝殿尽化作抹不开的金色豪光。思凡越往里抹，金色越浓厚，从一开始的淡金色到最后一片饱满的赤金晶壁。

赤金色晶壁上头，嵌出小半颗一丈方圆的琥珀色核桃壳。琥珀色的核桃壳子，晶莹剔透。里头九道紫色火焰交错滚动。若是洞穿紫色火焰，火焰里头颤动的，是九样木铜物件儿。只是火焰太亮，看不清楚。

一整颗阎浮果实的精华奥妙，孕育着无限生命力的阎浮果核，就是这东西了。

流动的豪光当中，无论是冯夷的黄河巨浪，还是山岳黑翅从天上撑开的口子里头降落下来的赤背男人，都离雍和宫还有相当的距离。

此刻站在雍和宫前，小心翼翼避开思凡痕迹的，却是丹娘。她的手指摩挲着庞大的核桃壳，眸子闪动，好像在盘算什么。不过，在看到黄色巨浪拍过来的时候，丹娘毫不犹豫，飞快退出庭院。

赤背男人一个俯冲落地，两只脚掌踏上白色石砖，无数土峰破出平整地面。男人的背上和胳膊上以及胸口都有细密的渗血伤口。他晃了晃脑袋，抖落发尖的血珠汗滴，再一抬头，凶悍双眼落在了下半身虚化作滔天浊浪的冯夷上。

冯夷无暇他顾，手指死命按着手柄按钮，思凡之力加快了抹动的速度。那嵌在赤金色晶壁的琥珀核桃顿时松动了大半，不过几个呼吸的时间，沙沙的声音响成一片。

咔嗒！

琥珀核桃壳子滚动下来，冯夷眉毛高高扬着，涌动的白沫黄潮前后贯穿昭泰门、天王殿、永佑殿、法轮殿、万福阁，所过之处尽是一片汪洋！

河水泛滥之际，冯夷卷起琥珀核桃，毫不犹豫朝天际冲去。

"看得起我，真是看得起我！"冯夷神色癫狂，"我当来的是赵老头子的人兵，没想到……"

一双浓眉蓦地压在了冯夷的眼前，鼻梁都要撞在他脸上。

大浪瓢泼，不住朝天空卷去的黄河巨浪拍落下来，好像一场暴雨。

"都躲开！"午门前，李阎三个字舌绽春蕾。

武山几人一个激灵。在满地残垣和七横八竖亘在半空的死白色抹痕之间，各自躲进了能够遮挡住浊浪暴雨的地方。那老汉被黄河水正中面门尸骨无存的惨状，众人历历在目。

哗啦啦，暴雨落尽。

飞沙走石之际，接连的声音从浑浊大浪后面传了过来，宛若雷动。

一片混乱中，李阎不躲不避，和丹娘暴露在浑浊大潮下面。

"怎么样？我做得到吗？"

"五成。"

"哈，那很高啊。"

"李阎，留得青山在，不怕没柴烧。"

男人摇了摇头："事到临头须放手。"

他一把把女人扯进怀里，在她冰凉的唇瓣上点了一下。

青光璀璨，李阎把铜钱摘下，扔给了躲在牌楼底下的查小刀。

"完事还我。还不了，把它带出去。"李阎把皂带绑在腰上，双手一拉，死死打了个结。

"你……"

查小刀话音未落，浑浊暴雨打下。

李阁一仰脸，就这么站在原地，竟然连半点涟漪都没掀起来！

【慎刑司皂带（夜）】

品质：未知

杀猪下三烂，杀人上九流。

阴司刑典的标志，系上这条腰带，
将成为希夷。

不可带出本次阎浮事件。

【希夷】只能接触同为希夷状态的
事物，阎浮行走保留基本衣物，但
是无法使用任何兵器。无法使用印
记空间。

雍和宫倒塌的檐角上，羽主死死捏着冯夷的脖子。

冯夷能化滔天黄河，但在羽主这双手里却半点风浪都掀不起来，像是个普通人一样玩命挣扎，两腿乱蹬，手掌死死扯着羽主的小臂。

"新任的生苦，就你这么个玩意儿？"

羽主的手上一点点加力。一张脸痞气十足，笑容怎么看怎么凶恶。

"就是放在六司行走里，你也不是顶尖的那一批啊。"

琥珀色核桃壳笔直跌下，落在两人身旁。

轰隆！

丈宽的琥珀色核桃砸在地上，溅起水花和砖瓦无数。

眼珠翻白的冯夷一松手，袖子里滑出手柄，死命一摁。

羽主瞳孔收缩，死白色抹痕占据了他原本的位置，冯夷脖子刚松快一点，手上就是一阵剧痛。

"啊啊啊！"冯夷抱着右手痛呼出声。

十余米外，羽主把喷血的断掌扔开，掂了掂，然后把手柄捏了个粉碎。

随着里头不规则的电路板从羽主握紧的拳背滑下，短短两个呼吸的时间，冯夷穷途末路。

冯夷漠然无语，手腕抽动的红色血液没一会儿就化作了浑浊的河水。

"用鹏强撑住口子，单凭肉身而已，我竟然完全没有招架之力。"他的心里沉甸甸的。

"思凡之力？那得看谁用。"羽主声音铿锵有力，"给老子死！"

完全看不清羽主的动作，冯夷面前已经逼出一个凶狠的拳头，罡风四卸！

两人脚下百多丈的距离，白石板硬生生下沉了一尺多！鲜血砸落，是大小粘连的圆点。

一个之前谁也没听过的声音响彻战场：

"羽先生，我听说这两年十主换了一大半，怎么偏偏你还没死啊？"

嘴吐獠牙、暴珠竖眉，一张意为"开山"的传统傩木雕面具，硬生生受了羽主这一击。

"爱——别——离？"羽主压着眼眸，鲜血从手指缝隙不停落下。

"我戴面具你都认得出，不胜荣幸啊。"

"你这嗓子就像锈菜刀划拉狗尿苔，我认不错。"羽主啐了一口。

他眼神一瞥，看向右手边上那颗琥珀色核桃壳子。果不其然，那颗核桃形状的阎浮果核上，不知道什么时候被画上了两个野兽形状的古朴文字：思凡。

不远的一片死白色当中，无端端破出一个黑色圆洞，让人想起"树洞""蛀牙"这样的关键词。代价是，果核当中的九道紫色火焰，熄灭了一道……

"做得好，阿冯！"

"你再不来，就等着给我收尸了……"冯夷狼狈的脸上满是苦涩。

羽主一边听着，一边扑哧笑出了声："我也奇怪了，两年前被我打得屁滚尿流，谁给你的自信一定是我的对手？"

"我不需要是你的对手，我只需要……拖住你！"

一个又一个黑色虫洞从死白色的痕迹中蛀了出来。一只拳头破出黑洞，狠狠冲着羽主竖起中指。八苦，怨憎会！一眼望去，这样的黑洞，足足还有五个！除却无人愿意继承的死苦，七苦齐至！

眼看阎浮果核里的紫色火焰逐渐黯淡，虫洞却越蛀越大。

"先拿果核！"羽主膝盖往下一压，嗤的一声，爱别离和羽主同时消失在原地。

嘭！石渣迸射，一张暗红色的傩木面具拦在了羽主的去路上。

那五个虫洞，最大的还没有人头大小，最小的只有米粒大。显然还过不来人，但也只是时间问题。

"过不去唉！"

爱别离的嗓子的确干哑难听。

他比羽主足足矮了一个头，穿着灰布马褂，脑瓜后面还留着一条长长的辫子。此刻他埋身弓背，两手摊开，看上去有些滑稽。脸上分明只是涂着油彩的木头，可那张吐出獠牙的大嘴居然微微蠕动着，更显得怪异恐怖。

"滚开！"羽主眉锋倒立，鞭腿凶猛地踹在爱别离的肋骨上，带起尖锐的空爆声音。

爱别离一动不动，血珠子像门帘一样从面具下端滴落。

"嗯?"羽主挑了挑眉毛,一张又一张暗红色面具竟然从羽主的腰上手上和后背上冒了出来。或怒目圆睁,或颦眉欲泣,或横眉冷笑,看得人遍体生寒。

"哈哈哈……"干哑难听的老人声音传出去好远,凶恶的傩木面具也遮挡不住身后这具干瘦身躯散发出的难言的邪异味道。

张张面具将羽主强健的身躯整个包裹住,嗡的一声,漆黑的火焰从面具和面具之间的缝隙里透了出来,将羽主烧成了一个大火炬。

冯夷精神一振:"老爹,这是他真身!炼死他!"

爱别离扶了扶沉重的面具:"我的苦火,炼得了灵五仙,却炼不了顽五虫啊。"

"他连传承都没动用,我们……"

"急个甚?岁尿。"爱别离骂出乡音。

忽明忽暗的黑色火焰吞吐不定,只听嘭的一声,几张合在一起的面具龟裂开来,羽主身上冒着白烟,一拳头砸破了傩木面具,捏着指骨迈步走了出来。

"你的新苦器……花里胡哨的。"

"嗯……"

爱别离蔫蔫地应了一声,手指往旁边一指。

羽主的目光顺着手指看过去,最大的黑色虫洞已经有脸盆大小,一只穿着长筒靴子的腿已经迈出了大半。他脸色一冷,爱别离却欺身上前,两人四只胳膊架在一起,爱别离虽然看上去干瘦,但是两人角力,羽主一时竟然摆脱不得。而爱别离身后,是漫天狰狞错列的暗红色木雕面具!

"阿冯!"

一身西装的冯夷把眼睛埋在短发里,完好的左手平伸,两根手指打了一个响指。海浪翻卷,滚滚黄河大潮把三个人连同阎浮果核都卷在了里面!

躁动的黄河大浪，纷乱的傩木面具，水中赤背男人举手投足之间的爆炸性力量，一股又一股水花爆射出来，那是羽主拳头的余波。

埋着头的昭心看得不甚清楚，时而看见滔天的黄河水，时而看见漫天飞舞、鬼气森森的傩木面具，以及从头响到尾的，接连的音爆声音。

羽主距离那颗阎浮果核不过两百多米的距离，对他来说简直是唾手可得，但此刻却被爱别离和冯夷两个人死死地牵制，寸步难进。

打，胜负难料。

拖，轻而易举。

傩木面具后头，爱别离满是皱纹的嘴角勾勒起一丝微笑。

眼看果核旁的虫洞即将大到可以让剩下的思凡中人降临，羽主眼底泛红。

"大不了，把你们都宰了！"

余波边缘，一张缺了一角的暗红色面具被甩出战场，正落在李阁的脚边。值得一提的是，李阁不能使用印记空间和兵器，但是口袋里的胡萝卜却被视作基本衣物的一部分。

李阁一低头，和那张神色油滑的木雕面具四目相对。

唰！

厚重的油彩面具迎面扑来，让李阁想起了《异形》里的抱面虫。木雕面具毫无阻碍地穿过李阁，耗尽最后一丝力气后落地，再无声息。

鏖战中爱别离"咦"了一声。他一愣神的工夫，羽主一拳砸在他的心口，漫天的木雕面具都表情痛苦。

李阁的指尖掠过黄河浊水，竟然无视三个人震天撼地的余波，硬生生参与了进去。

"果实专属道具？"爱别离又惊又怒。

就算再强大的行走，在阎浮果实当中搏杀，也要遵从一些基本规则。羽主强行越境，需要拿自己的传承去撑开进入果实根茎的口子，就是这个道理。果实专属道具也是这个道理。脱离这颗果实，专属道具就是废物，可身处果实当中，专属道具往往能爆发出非常可怕的力量。不过，并非无法可解……

"找死的年轻人。"爱别离心中冷笑，冲着冯夷喊道，"阿冯，老板给你的思凡之力呢？"

冯夷苦笑一声："被羽主毁了。"

"什么？"

羽主放声大笑，虽然他不觉得李阎能帮上他什么忙，但是能让对面这老鬼吃瘪，他已经非常开心了。

李阎的手来回晃了晃，确认面具和黄河水，乃至羽主扬起拳头带出的堪比重锤的罡风都伤不了自己分毫，当下再不迟疑，掏出胡萝卜塞进嘴里，撒丫子朝阎浮果核冲了过去。

"老爹？"冯夷出声。

"莫急！不脱腰带，他沾不着！"爱别离眼光老辣，眼睛盯在李阎腰上的皂带上。

李阎赤手空拳，一直冲到那颗琥珀色的核桃壳子旁边，周身光影穿过他的身体。

五个虫洞中，有好几个已经隐隐可见人脸，最大的那个半边漆黑的身子都露了出来，眼睁睁看着一主两苦的战场上一个穿着黑风衣叼着胡萝卜的锐利男人奔着他们跑了过来。

咔吧，李阎把嘴里的胡萝卜咬断，回身望向羽主。

那是一张三十多岁的精壮面孔，刀削斧剁一般硬朗。额角有一道长长的暗红色伤疤，下身着暗绿色的军裤，系着皮腰带，光着上半身。

两人对视了好几秒。

"嘶！"李阎一把扯下慎刑司皂带，刹那间如坠冰窟！

就算是三人当中最弱的冯夷，想杀死李阊也毫不费力。之前和武山等人鏖斗，只是在等待阊浮果核的出现，饶是如此，他稍微认真下也秒杀了小胡子和老汉。而此刻三人交锋之际，那股若有若无的锋芒杀意，差点儿压垮了李阊的神经！

"杀了他！"说这话的不是爱别离和冯夷，而是卡在虫洞里，化形也困难的求不得。

羽主长啸一声，凶猛的罡风迎向眼前两人，充满爆发力的身躯如同弓弦抽射，一手拉住了冯夷，一手拉住了爱别离。

李阊抖手抽出虎头大枪，修长的枪杆抵在琥珀色的核桃壳子上。

"五成吧。"丹娘的话言犹在耳。

剔透的核桃壳子里头，八道紫色火焰纠缠交错，火焰当中原本看不真切的九道物件此刻尽露无遗。其中有一块废铁，是因为爱别离的降临消耗掉了。后面是龙头胡琴、龙纹吞口刀柄、龙首凤身雕，还有龙形兽纽、狮头龙尾香炉、龙鳞座大鼓、龙顶石碑、龙头吞脊兽，共八样异物。

一点嫣红血滴滴在核桃壳子上。血蘸爆发！虎头大枪砸落，一记燕穿帘！

死白色的痕迹当中，五个或大或小的虫洞散发着阴沉的气息，山岳压顶一般的压力让李阊汗毛倒竖。

怨憎会的上半身卡在虫洞里，他拼命往外拔着腰身，长啸出声。

李阊眼前一黑，深红色的血流从他的耳蜗潺潺而流，眼皮周围的血管肿胀爆裂。他吃力地眨着眼，血沫子在眼球上被一点点擦去，只留下浅浅的黄色。

而虎头大枪依旧出手！李阊左手仰腕托枪，右手大拇指下压，漫天白金色流光中，一朵又一朵的枪缨泛起涟漪，大枪一击又一击撞在阊浮果核上，枪刃长鸣！

錾金虎头枪高达100的锋锐值，再加上枪铳牙的高强度破坏加成，狂风骤雨一样疯狂倾泻下来的隐飞之羽，啮啮的霜色在琥珀核桃壳子的表面逐渐蔓延。那八道紫色流火越发躁动，砰砰地撞在核桃壳子上。

蕴含一颗果实最宝贵的秘藏和最为蓬勃生命力的阎浮果核，和锋锐度为100、来历神秘的虎头大枪，这两样东西哪一个更硬？

答案不重要，因为它们都比李阎的手硬。

一抹血色飞溅！大块的肉皮从李阎的虎口上扯飞出去。抖落开来的白金色流光尾端，李阎虎口上抽动的血管喷洒鲜血，但是很快被九凤之力冻住伤口，紧接着被枪杆扯破，再冻住，再扯破，再冻住……

怒张的井字血管从李阎的太阳穴上突出一寸！

肤色白如牛乳，眸子紧闭的姑获鸟扬起脸蛋，白金色虎头大枪流光和暴雪一般的隐飞之羽交织成线，蜘蛛网似的冰霜纹路从李阎脚下扩散开来。

羽主横在李阎和爱别离、冯夷之间，无论是黄河怒滔还是阴森面具，统统寸步难行，完全伤不到李阎一根毫毛。

爱别离转了转脖子，脸上的沉重面具僵硬了很多。

咚！枪刃撞在核桃壳子表面，冰碴打着旋飞了出去。

李阎咬住舌尖，两只深亮的眼睛黑了一圈，那是眼眶周围爆裂血管的瘀血。

血醮爆发！冻结声在核桃壳子表面响了起来。

李阎喘着粗气，虎头大枪当啷跌落在地。他两只手惨不忍睹，鲜红的肉糜耷拉在虎口表皮上，森森的手骨被抹平了一半多！而阎浮壳子表面，除了裹了一层薄冰，没有哪怕一道裂纹……

"看来是另外五成啊……"

李阎低头去看自己的手，现在的他，连扎上腰带也做不到了。

冯夷放声大笑："看来，为山九仞，功亏一篑的不是我嘛。"

羽主刚一撤步，留着长辫子的爱别离一头撞在他怀里，不断膨胀的暗红色凶恶面具虚影将羽主笼罩在里面，不让他去补那最后一击。

晶莹的核桃壳里，熊熊燃烧的紫色火焰一抖。

连续使用两次隐飞的李阎承受不了潮水一般袭来的疲惫感，扑通一声跪在了阎浮果核面前。尽管太阳穴的抽痛几乎让他昏过去，但是他依旧露出了一个耐人寻味的微笑。

壳子里面是火，壳子外面是冰。

咔啦！一道长长的裂缝从壳子上蔓延开来，把果核上"思凡"两个字从中间断开。

"不好！"爱别离手背一抖，被羽主一拳头砸在小腹上。

一丝紫色尾焰从核桃壳的裂缝里透了出来，然后是咔啦咔啦响成一片的破碎声，比李阎高出不少的庞大果核，轰然破碎。

昏昏沉沉中，李阎又回想起丹娘的话。

"那个冯夷嘴里的阎浮果核，我确认过了，虽然我也说不上来，但是……我见到它的时候，感受到了大海一样蓬勃的生命力。"

对着李阎扑面而来的，是深邃的金红色流浆。

轰！裂成数万块的琥珀色果核碎片连同八道紫色流火朝四面八方飞射出去，快要昏厥过去的李阎拼着最后一丝力气一扬脸咬住了什么，也不知道是果核碎片还是紫色火焰里的木铜物件，就一闭眼失去了意识。

深沉的咒骂声响成一片，随着果核破碎，一个又一个虫洞飞快地坍塌，然后消失不见。

怨憎会怨毒的眼神盯住瘫倒的李阎，收缩的虫洞被他的手掌一撑，竟然停止了坍塌！

他的牙齿咬得咯咯作响，最终还是一松手，消失在了无尽的死白色痕迹当中。

爱别离身子往后一挪，飞退出几十米，和冯夷站在一起。

羽主收回目光，看着脸色难看的冯夷和佝偻着身子的爱别离。他埋身弓背，两手一摊，学着爱别离刚出现时候的样子。

"过不来了吧！"

嗤！脚背弹射，爱别离凝神屏气，却不料羽主没有抢攻，而是抄手拉出了淹没在金红色流浆里的李阎。

两道展开足有二十多米的黑色羽翅抖落，羽主一手提着昏死过去的李阎，居高临下。

"老爹，拼一把？"冯夷平静地问。

爱别离扬了扬面具："现在，恐怕没机会拼了……"

"天地无用"四个大字印在纸杯上，穿着白色运动服的男人不知道什么时候站到场中，面对爱别离和冯夷，轻轻抿了一口水。

爱别离空洞地凝望着天上被黑色翅膀撑开的巨大口子。辘辘的声音从口子那边冒了出来，几道流火飞快陨落，流火当中是一个又一个的人影。

运动服男人端详了爱别离几眼，挪开脚步，看到他身后那条大辫子，这才恍然大悟。

"爱别离？"

长辫子老头的嗓音深沉："两年不见，你小子也混成十主了啊。"

介主咕咚咕咚把白开水喝干净，纸杯朝天上一翻，墨意淋漓的"天地无用"四个字在空气中放大，再放大。

纸杯口朝下，眼看就要把爱别离和冯夷统统笼罩住。

"阿冯，扯呼，这次玩砸了。"爱别离哈哈大笑。

嗒，纸杯一停。诡异的死白色中，伸出了一只泼天巨手，把纸杯稳稳握住。

介主脸色狂变。

接住纸杯的手臂裹着黑色的海青袍袖，身体的其他部分，都在思凡之力的痕迹后面。那只手微微一扬，将纸杯抛还给介主，接着五指摊开往回一拢，将哈哈大笑的爱别离和冯夷拢在手心，缓缓收了回去。

羽主眉目皆扬，撑在果实口子上的山岳黑翅拍落。顷刻间天地变色，整个阎浮果实陷入了一片不见五指的漆黑当中。

"援朝，住手！"介主喊了一嗓子。

黑暗当中，那张凶悍的傩木面具一低。

爱别离知道自己伤不到羽、介二主，甚至连那个虽然只有十都，却害得思凡满盘皆输的李阎也伤不到。所以那张傩木面具对准的，是午门的角落几乎没有任何存在感的武山众人。

"呵呵。"羽主含怒出手，介主无暇分心，黑暗当中，一道暗红色虚影面具压落午门。

躲在废墟当中什么都看不见的昭心只觉得眉心一阵滚烫，好像灵魂都要离体而去。再接着，身上一沉。

"思凡主……"黑暗过后，羽主咬牙切齿。

"援朝，你太冲动了。"介主说着，鼻子抽动，"哪儿来的血腥味……"

两人眉头一皱，同时朝午门看去。废墟当中，是泼墨似的血色，肉泥和白骨混合在一起，宛如修罗地狱。和老汉在一起的娃娃脸尸骨无存，被压成一摊肉泥。武山宛如死人，整个右半身糜烂不堪，半张脸的血肉不翼而飞，一只眼眶黑红。

昭心嘴唇颤抖着，脸上全是血点，她整个身子埋在一片肉泥里，而糜烂的骨泥中露出一抹衣角。

"哥？"昭心轻轻地问。

毫无声息。

"哥！"

杜鹃啼血。

李阎脑子里乱糟糟的，手一激灵，正摸到自己胸口的铜钱上。

"铜钱？我的铜钱不是给了查小刀吗？"李阎猛地睁眼，发现自己枕在一块琉璃瓦片上。丹娘抱着膝盖，一动不动地端详自己。

李阎把手掌摊开，放到自己的眼前。铜钱完好无损。

"铜钱是我要回来的。被你扔出去的感觉真差。"丹娘轻轻地说。

李阎眼也不眨，和丹娘的目光相撞。他一仰身坐了起来，对着丹娘问道："情况如何？"

丹娘朝某个方向看了一眼，对李阎说道："你还是自己来看吧。"

气势恢宏的建筑群被一主两苦搏杀的余波破坏大半，四下依然充斥着诡异的死白色抹痕，空气里有淡淡的血腥味。

李阎放眼望去，整个燕都城没有被思凡侵蚀的地方，可能只有故宫三大殿的部分，有几十公顷。

梁野念念不忘的父母，师范大学看门的老秦，整个燕都城数以百万计的人口，连同午夜下光怪陆离的种种，尽作眼前无尽的死白色。

这颗果实，已经千疮百孔。

乌云压顶。废墟当中，一个胡楂唏嘘，双手插进头发里的中年男人蹲在躺倒的高大石狮子的下面，嘴唇哆嗦……

是梁野。

李阎舔了舔牙齿，他脚边是一个白色的索尼随身听，屏幕还亮着，显示的是《当》《青苹果乐园》这些当时脍炙人口的流行歌曲。

"兄……"

"你们到底是谁？"梁野凶狠地转过头。他眼窝深陷，脸上的凄惶和恐惧让李阎沉默。

砰！

李阎侧目，昭心的身体在半空中打了个旋儿，后脑勺磕在角上，鲜血横流，女孩也毫无知觉。

她半跪在地上，双手紧紧捧着一摊鲜血。即使身体被抽飞出去，她也尽量缩着身子捂住胸口，不让手心的血飞洒出去。

打着赤膊的羽主收回食指："清醒点了吗？能沟通了吗？"他的语气很硬。

昭心缩着身子，依旧一言不发。

羽主叹了口气，一步步逼近昭心。李阎冷冷看着没有动作，可身边的丹娘却站起身，拦在了羽主面前。羽主脚下停步，抬头看了丹娘一眼，两人都没说话。李阎见状，把头一埋，也走了过来。

羽主搭眼一瞥："醒了？"

李阎朝地上惨烈的血泥瞟了一眼，又看了一眼角落里面如死灰的昭心，心里已经明白了大半。

"她还是个孩子，何必呢？"

羽主摇了摇头，没有说话。

查小刀倚在一块断开的柱子上。他身上没什么伤口，只是惊魂未定，一根又一根地抽着香烟，地上土黄色的烟屁股七零八落。

武山半个身子被冻住，一只眼眶黑洞洞的，他胸膛微微起伏，手里捏着一块石头咯咯地响。

这次阎浮事件下放一百六十四位阎浮行走，除了上面这几位，再无活人。

"这件事情，是我们的过失。"

李阎定睛一瞧，说话的是一个穿着白色运动服的温润男子。他手里攥着一个纸杯，一句话就吸引了所有人的目光。

是介主。他往前几步，冲着李阎几人深深地鞠了一躬，足足五秒才直起腰。

"我以阎浮十主全体成员的名义向各位保证，对于这次阎浮事件当中所发生的意外情况，我们会予以足够的补偿。除此之外，你们想问的，我会尽力解答。"

一阵良久的沉默，最先开口的是武山。

"阎浮当中，从三清行走到我们这些十都行走，一共有八道门槛。阎浮十主是十类行走的佼佼者，我想问，你们两个是在哪一道门槛上。"

介主平静地回答："我是五方老，我身边这个人，是四御。"顿了顿，他又接着说，"穿西装的冯夷，大概是六司行走的水平。戴面具的，和我一样，是五方老行走。还有什么问题吗？"

武山听得很仔细，生怕错过一个字。听完之后，他咧着半边嘴，不知道是哭是笑："堂堂介主这么和气地给我解释，我还能有什么问题。谢谢你拉回我一条小命倒是真的。"

"不客气。"

介主一点头，看向查小刀。

查小刀摆了摆手："我没问题。"

"我们走了，这颗果实会怎么样？"问话的是李阁。

这次回答的是羽主："我会平复果实创伤，一切都会恢复原样。果实脱落这件事，不会再有任何人记起。果核被打碎，这颗果实的萎靡已经不可逆转，但是这也是几百年以后的事情了。"

李阁看了梁野一眼，点了点头："我没问题了。"

昭心一语不发。羽主吸了口气，脚步一抬往昭心身边走去。这次丹娘没有再阻止。

赤背男人蹲了下来，手里挑拣着瓦砾："人，死了就是死了。"他的手指一停，"思凡不在意人命，十主同样不在意。十主不是做慈善的！他们是食腐的狼，我们是吃人的虎！十主只是比你们早进阎浮几十年，生死恩怨，要靠你自己去讨。阎浮世界很凶险，适应不了就早早拿到祈愿石离开。我给你两个月，如果你想要离开阎浮，随时找我，祈愿石我替你出。"

羽主说完，站起身离开，路过李阁面前的时候忽然停住。

"你是李阎？"他问道。

"如假包换。"

"以后不会有任何人再暗地里使绊子对付你。"羽主说完，走过李阎，和介主站在一起。

"都没问题了对吧？那我通知后土，让你们脱离这颗果实。后面还有老大的工程等着我们。"

丹娘凑到李阎耳边，低声说："你嘴里咬住的东西，我收起来了。"

李阎笑了笑，对着丹娘点了点头。

介主对着众人说道："那么，希望以后还能遇到诸位，十都行走们……"

"等等！"

昭心开口，声音嘶哑得不像话："我、我想先处理我哥的遗体。"

"其他人先走，我给你两个小时。"羽主斩钉截铁。

昭心摇摇晃晃地站了起来，冲着羽主一低头："谢谢。"

查小刀嘬了好几口烟屁股，才抬头说道："用火吗？"

昭心鬓角的发束落下，犹豫了一会儿，她冲着查小刀点了点头。查小刀把烟头扔掉，走到那片血色泥泞面前双手合十一躬到地，再抬起头，指尖燃起金黄色的火焰。霎时烈焰四起。昭心解开扣子，扯下身上沾满血泥的衬衫丢进火海。查小刀只穿着清凉的大裤衩，划破火柴点燃香烟，黑烟熏得他直眯眼睛。

丹娘走到昭心身边，拍了拍她的肩膀，递上了一个黑色的盒子："从废墟翻出来的，也许你用得到。"

"谢谢。"昭心的脖颈雪白，脸色柔弱，但还是哑着嗓子冲丹娘点了点头。

点点的豪光飘飞，李阎、查小刀、武山的身体开始一点点消散。

李阎目送烈焰血浆，冷不丁地对丹娘说："我要是死了，你就这么办。挺好。"

丹娘目光闪烁："将军，不会有那一天。"

"我没懂你的意思，这是其他几个人联合决定的？"羽主问。

"对，你走了以后我们重新合计了一下，思凡不会善罢甘休。作为顽五虫的尖刀，你不能轻易出问题，可是……"介主一指眼前，"抹平这样规模的思凡，你要消耗五十年以上的阳寿并且沉睡两年。我们的结论是，搁置这颗果实，保存你的实……"

"我不接受。"曹援朝不假思索。

介主又抿了一口纸杯杯沿："好吧，我会转达。"

"我不在，别让文姬惹祸。"

"知道了。"

第四章
尘埃落定

"当时我就表了态，咱工人要为国家想。我不下岗，谁下岗？"

啪！梁老头关上电视，站在电视前头一语不发。好一会儿才背着手溜达回凳子上。

他默默点上一根香烟，压着烟头的指甲盖发黄。年三十家家包饺子看春晚放爆竹，老夫妻俩也一样。不过梁老头的老伴儿身体不好，就早早地睡了。

夜里发凉，梁老头的腿生疼，半夜睡不着索性起夜。他闭着眼睛假寐，通红脸上的沟壑发紧，仔细看发根里还有炉灰渣子。胡同里有狗汪汪地叫，敲门的声响发闷。老头子一眨眼，拿痒痒挠挑起外套披上，一边嘴里喊着"谁啊"，一边往外走。

吱哟，门一开，一个头发乱糟糟的男人杵在门口。

冷风打着旋儿地吹进屋里。梁野嘴唇哆嗦着，嘴里呼哧呼哧响。梁老头怔怔地仰着脸，紫黑色的嘴唇一抿，伸手去摸男人的脸。温热的，还有点湿。

"哪儿去了，这些年？"

翌日晌午，某家茶馆

"红星音乐？"梁野拿茶水漱了漱口，才说道，"挺出名的哈，那个什么钧什么巍的，我知道，唱得还行。"

"你失踪了几年，已经和社会脱节了，找工作也不太容易。倒不如让我们介绍，干老本行，还搞音乐。我们会全力支持你的事业。"

梁野把胳膊放在玻璃桌上："那、那你们特……特什么来着？"

"特调局，你可以叫我艾玲。"

对面是个梳着干净马尾辫的女孩，家住内务部街五号大院，军属出身。一大早的她主动找上了梁野，并提出要帮助梁野进入当时名噪一时的红星音乐。

"你们特调局，为什么帮我啊？"

"我们希望梁先生，安分一些。"女孩的语气很客套。

"哦？"梁野往后一仰。

"另外，我们也对梁先生的才能很感兴趣，希望以后有合作的机会。如果可以，我们想同时聘用梁先生作为我们特调局的专业顾问。"

梁野犹豫了一会儿，才问道："那个，我跟你打听个人。长得又高又瘦，人挺精神，听口音是河间人。他是不是也是你们特调局……"

"梁先生。"姑娘眼前的茶杯泛起涟漪，"没有意外情况，这个人以后你还是见不到的好。"

"得。"梁野点头，"得。"

他不再多问。

艾玲递上一张名片："有需要就打给我。"

艾玲和梁野吃完中饭，开车离去。在车上接了一个电话。

"好，我马上回去。"黑色桑塔纳一转向，艾玲朝王府井大街开去。

大概二十分钟，艾玲风风火火走进一家气派的办公楼里，楼上楼下除了艾玲熟悉的特调局的同志，还多了不少穿制服的生面孔。

她走进办公室，宽大的黑色办公椅上坐着一个国字脸的中年男人。

"你好你好你好，胡组长是吧。"艾玲踩着高跟鞋走过去，脸上笑容可掬。

"哈哈哈，小艾副局可比照片要漂亮多了！"国字脸声音中气十足，脸上也是如沐春风的笑。

"盼星星盼月亮，总算把胡组长盼来了。"艾玲笑得爽朗大方。

"这康局长失踪以后，特调局的担子往我身上一扔，可把我忙得够呛。上头不是说，要特调局积极配合胡组长的工作嘛，有什么要求胡组长您尽管提。"

"哪里的话，我们以后要多交流才对。毕竟这次整改调查行动结束，我可能要和小艾副局做很长一段时间的搭档了。"

艾玲不动声色："康局长失踪还不到半个月，上面就要空降一个胡局长来，不太合适吧？"

国字脸哈哈一笑："我什么时候说过，我来是要做局长呢？小艾同志可别瞎说。话说回来……"

他把头一低："康局长失踪，和上个月连续发生的外地流动人员凶杀案是不是有什么关系啊？"

艾玲眨了眨眼："报告我都已经打上去了，胡组长是这次督查小组的领导，按理说应该过目了啊。没关系，有什么地方不清楚您尽管问我，我一定知无不言，言无不尽。"

国字脸笑着，坐在了原本特调局一把手的位置上，两条眉毛陡然一立。

"这燕都城里吃公粮的，没一个不知道你们特调局是专事专宣。

"你们手里的人员流动、内部资料、物资配备，除了二位局长和上头的某一位，没人有权过问。咱燕都城小到跑鸡撵狗，大到首长安保，你们特调局一句话就没别人什么事了，我端了这么多年饭碗，也没见过你们这么威风的部门。

"不过，这次你们娄子捅大了。"

国字脸的声音骤然冷淡下来。

"要是让我查到什么，特调局的好日子可就到头了。"

艾玲双手合拢，沉默不语。

国字脸见状，主动把话头一收："我去趟洗手间，回来我们接着谈。"说着，他起身开门离去。胡组长刚走没一会儿，有个特调局的人端着一杯咖啡走了进来。

"决定是他了？"艾玲头也不抬，没头没脑地问。

"嗯，这个人的背景很深。上头这次是铁了心要整改特调局了，估计这次调查结果出来，上头会安插大批人手进来。"

两个人的语气都很轻松。

"好事。不过，忍四和忍九手下的部队，一时半会儿是恢复不了元气了。忍三挂着局长的名头带着部队去缉拿裴云虎，结果却全军覆没。等他回来，我可得好好奚落他一番。"

"哈哈，你舍得吗，忍五？他可是死过一回了。"

两个人谈笑风生，似乎没把上头的诘问和胡组长的咄咄逼人放在心上。

哗啦啦，水流响动，胡组长拧动水龙头，擦了两把手。他脖子夹着电话，脸色有难得的温柔。电话那头，传来稚嫩的童音："爸爸！"

"乖女儿，爸爸今天有事回不去了，祝你生日快乐！等忙完这阵子，爸爸带你去崇明岛旅游好不好？"

"爸爸每次说话都不算数……"小女孩的嗓子带着哭腔。

"好了好了，爸爸有正事，小堇乖。"

电话那头，胡组长的老婆劝了女儿一阵，才拿起电话。

"我说，你怎么回事？上个月不是说好了今天回家给小堇过生日吗？胡将义，你说话啊！"

国字脸正对着镜子，眼里满是震惊。镜子里面是一团模糊的人形，一张张面孔变幻不定。

有干劲十足、满脸英气的少年，也有满脸正气、憨厚笑容的中年，还有垂垂老矣、威严不减的老头。其中有好几张国字脸都看着眼熟，最后一张里戴着眼镜的温润青年面孔闪过，是康局长！国字脸想喊出声，但是嗓子像被卡住一样，根本说不了话。最终，那张变幻不定的人脸变作了一张国字脸，胡组长自己的脸……

"胡将义！别以为不说话就没事！你……"

"哎哟，行了行了，我真是服了你。我回去，天上下刀子我都回去！"胡组长连连讨饶。他下意识去扶镜框，才想起来现在的自己不戴眼镜了……

"真的？"妻子将信将疑。

"骗你干什么。对了，上周不是咱们结婚纪念日吗，我寻思着咱都老夫老妻了，拎出来单过也没意思，这不想着今天和小董的生日一起，咱们出去吃吧。"

"你个死没良心的，我还以为你忘了。"

"我哪能忘啊，这不寻思给你个惊喜吗？"

"对了，小董她姥爷下午来。"

"什么？你怎么不早告诉我。你不是不知道，我跟你爸他……"胡将义的语气一急。

"都是陈芝麻烂谷子的事了。当初还不是你倔，趁着这次小董生日，正好把话说清楚。"

夫妻间的对话没有一点生涩，胡将义的生平历历在目。

他走出洗手间。

"好吧，下午六点之前，我赶回去。"

"别忘了啊。"妻子挂了电话，心里暗暗嘀咕，这老胡今天怎么转了性了。

"胡组长"挂断电话，面色无喜无悲。艾玲站在墙边，两人对望一眼。

"欢迎回来，"艾玲伸出手掌，"忍三。"

神·甲子九百八十四，拥有午夜沸腾这个特殊现象的阎浮果实的事宜，尘埃落定。

第五章
丰收

死寂的白色充斥整个大殿，良久才散去。

燕都风物，李阁的搏杀，高如羽主的遮天之羽，凶如爱别离的开山傩面，强如冯夷的黄河怒卷，都被这抹不争不抢的死白色压了一头。乃至结算的时候，光影中除了这一抹白色，再无他物。

丹娘临走之前，为梁野重塑了肉身，之后就钻进了铜钱里。

午夜沸腾下的百种怪异，娘娘庙的神祇见闻，阎浮传承的各色光焰，对丹娘来说也是不小的冲击。

李阁在短短几天的时间里，先是经历紧迫的逃杀，后来又发生了果实脱落这样的天灾，也没有闲暇顾及丹娘得到了怎样的成长。他左右环顾，发现自己的右手边坐着查小刀。两个人一个站得笔直，一个坐得慵懒，四只眼睛对在一起。让李阁意外的是，他并没有回到属于自己的那个空荡荡的房间里，而是在一个阴暗的大厅当中。

脚下的砖块依旧是黝黑色，空间寥落，错列的黑色柱子屹立，灯光昏暗，一眼望不到尽头。

两个人都没说话，而是先查看自己的结算。

你完成了本次阎浮事件。
完成阎浮事件总数：4

你完成本次阎浮事件的评价为：上上

行走的状态在一定条件以内，本次修复不收取任何点数。

≣ 结算报告如下

评价结算阎浮点数：300（基础200，"上上"
评价加成50%）
购买权限额度103%（仅基础额度）
你当前阎浮点数：1150
鉴于本次为逃杀事件，可入手大量阎浮传承，
故无任何阎浮事件完成特殊奖励。

对此，李阎也有心理准备。

完成事件的特殊奖励，属于行走入手阎浮传承的主要途径。可逃杀事件李阎一次就入手了五张阎浮传承卷轴，自然也就不太把这次特殊奖励放到心上了，毕竟自己抽取到传承的可能性也不高。

上次的歃血酒，李阎喝掉之后只是若有若无地感觉自己舞动大枪时灵便了一点，所谓领悟"兵主"，李阎压根儿就没瞧见。

至于购买权限额度以及综合评价低，也是正常的。

从前两次事件可以看出，影响购买额度的实际上就是看你对阎浮果实探索程度的高低和对果实影响的大小。这次的阎浮事件，所有人都挖空心思杀死对手夺取传承卷轴，对果实内容的探索进度自然就落后了。加上发生了果实脱落这种常理之外的事，整个果实差点儿枯萎干涸，这对行走的评价恐怕也有很大的影响。

你在本次阎浮事件当中收获如下：

一、个人类

通用阎浮事件进度：破碎精良以上品质
的兵器19/100

主动技能【风泽】（占据技能栏）
请注意，你的技能栏已满，遗忘任意技
能需要花费 500 点阎浮点数。

二、物品类

【梁货·雕雪】（增加生命活力的手链，
阴市购买）
【元谋大枣】×4
【魔女的媚药】×8
【蜀绸】

三、秘藏类

【尸狗钱】七魄类传承强化材料，集齐
七魄钱，将获得传承进化的线索。

　　李阎没记错的话，自己的大枪破坏的兵器只有四五件而已。
十九件这么多，要么是因为猫将军那把不知道该算成传承还是兵器
的东素棍，要么就是因为自己打碎了阎浮果壳。

　　李阎觉得后者的可能性比较大。

　　另外，集齐七魄类强化将获得传承进化的线索，这让李阎想到
了武山的五行强化。现在想来，玄冥的排位和白泽差不多，武山却
对白泽传承穷追猛打。李阎当初只以为武山对猫将军的传承不满意，
现在看来，不是那么简单。

　　接下来就是购买权限了，因为李阎这次的购买额度只有103%，
他自己并没有抱有太大的期待，不过他眼睛溜了一遍，倒也挺有
意思。

【八岁等身像】
佛教珍宝，释迦牟尼亲自开光的
佛像，在漫长的历史中被损毁。
购买需花费 1000 点阎浮点数。

【大成至圣先师文宣王牌匾】
孔子先师牌匾，在漫长的历史中
被损毁。
购买需花费 800 点阎浮点数。

【《传习录》龙溪先生手拓本】

【《龙岗志》木刻文版】

【蒲氏私章】
……

　　这些东西，看上去都很有格调，可是都没有任何特殊属性。也就是说，这些都只是普通的古董，而且价格极贵。

　　不过也不见得没用。如果是个有情操的文人骚客，《传习录》龙溪先生手拓本那一定是倾家荡产也要拿到手的。

　　如果是个佛教徒，看到八岁等身像，一定也为之疯狂。

　　饶是丝毫不解风情的李阁，也从这些遗落物当中找到了一件自己很感兴趣的东西。

【单口大王刘宝瑞《官场斗》后三折】
因电台火灾事故，已经失传。
购买需花费 10 点阎浮点数。

你跟李阎说什么佛像，什么孔老二的牌匾，李阎两眼一抹黑。你跟他说这个，他可熟了。

《官场斗》这段相声，李阎从小就喜欢。小时候央视的《快乐驿站》曾经把《官场斗》做成动画版，配合录音，分十二回播出。可也只有前三折的内容，后三折老人都说有，但年轻人谁也没听过。

10 点阎浮点数，听三段相声，值吗？李阎觉得值。这也算是弥补童年的遗憾吧。李阎如是想。其他的遗留物，李阎就暂且搁置下来。

二、行走回收类

【阎浮行走的爽灵魂】

【阎浮行走的吞贼魄】
这是某位阎浮行走抵押在阴市的
一魂一魄，但是最终他并没有履
行约定取回自己的魂魄。
这比一般的魂魄强韧百倍，是锻
炼与魂魄有关技能的绝好材料。
……

"没用。"李阎想也不想。

……

【xa-z12 通用消声器】
可以安装在大多数的手枪上。
……

这些大多是阎浮行走死后留下的遗物。以上应该只是一部分，但是李阎全都看下来，也没看见特别适合自己的东西。盘算以后，李阎最终花费 400 点数买下了十颗元谋大枣，这应该是其他行走在阴市买下的，还没来得及用就挂掉了。结合拍卖行里功用类似的消耗品，这是最便宜的购买方案，毕竟什么东西都没有保命重要，尤其是李阎这样自愈能力不算强的行走。

三、通用怪异类
......

大多都是灰的，包括李阎看到的几件颇为心动的东西。

......

【中央国术馆开幕典礼黑白相片】
可以召唤虎头少保孙禄堂在内，
国术馆开幕时，在场照相的十六
位武术名家的投影。
持续一个小时，冷却一个月。

【马小军的鸽子哨】
吹响后恢复使用者一定精力。
使用次数 10/10
......

但是这些都不能购买，因为权限不够。

李阎回想起张明远跟他说起义庄事件的僵尸自己不能购买时那扼腕叹息的神情，一时间感同身受。

而李阎能买的，有且只有一件。

......

【倔强的千层底】
特殊装备
永不打滑
备注：不是每一双布鞋都是内联升。
购买需花费 100 点阆浮点数。

李阆看完之后觉得还是很实用的，而且也不贵。

至此，就是李阆在这次结算中的所有奖励。

李阆嗦了嗦牙花子，把自己的权限挂到拍卖行，心里一阵失落。

考虑到入手的阆浮传承卷轴，李阆这次的实力增长其实只高不低。但是比起上次的丰收，这次的结算简直称得上寒酸。现在，也只有等着介主嘴里的补偿了。

大体上看完了自己的购买权限，李阆才仔细打量起眼前的环境，以及身边的查小刀。查小刀同样聚精会神，查看这次阆浮事件的结算奖励。

"我说。"查小刀忽然开口，"说好了，你要付我 500 点的阆浮点数。"

"嗯，我记得。"李阆点头。

"不必了。事发突然，我也没帮上你什么忙，算是各取所需。"

"哦？"李阆有些讶异，查小刀这话很厚道，可阆浮里，"厚道"二字太过便宜。

"那好。"李阆不动声色。

"不过，你借我 1000 点如何？我下次事件之后还给你。你同意，咱就找阆浮公正。"

果然。

李阆也没拒绝，反倒是有些好奇："你要拿点数干什么？"

查小刀也没有磨叽，把自己购买权限的内容展示给李阎看。

李阎扫过一遍。他惊奇地发现，查小刀的权限种类虽然还是"遗落物类""行走回收类""通用怪异类"三种，但是内容和自己全然不一样。

也就是说，阎浮行走权限里的东西都是独一份，而且留神去看，里头有不少食谱、珍馐食材，还有两柄玄铁菜刀。结合自己的购买权限内容，李阎不难发现，阎浮为行走提供的购买权限，分明是量身打造。

不过，查小刀向自己借点数，并不是为了这些。

是为了行走回收类。

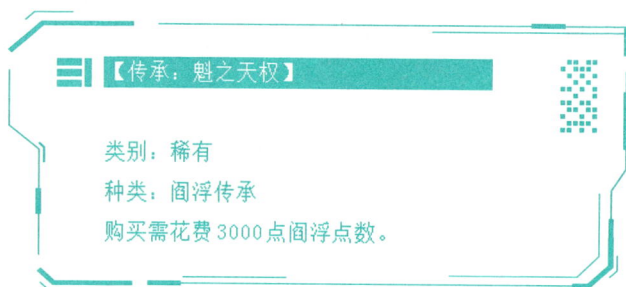

【传承：魁之天权】

类别：稀有
种类：阎浮传承
购买需花费3000点阎浮点数。

李阎暗暗苦笑："落你手里了。"

这种情况，可以说极为罕见，属于狗屎运爆发。

"我手里只剩下500多点了，不够。"李阎耸了耸肩膀，如实相告。

查小刀挠着头皮。李阎的神情很坦然，何况，这么务实的一个人，可能讨价还价，不太可能撒谎，损人不利己。

"沉一沉吧。那位介主大人，不是说会给我们补偿吗？"

查小刀点了点头。

"我说。"两个人的话撞在一起。

李阎做了个"请"的手势，查小刀开口："下次阎浮事件，要不要一起？3000点阎浮点数，你我一人出一半。"

查小刀和李阁的与共者关系，只维持到这次阎浮事件结束。如果没有彼此作为与共者或者同行者的契约，那么两个人的合作也就到此为止。

值得一提的是，即使结成契约以后将共同进行阎浮事件，也不代表不能单独进行完成阎浮事件。两个人未必一定绑在一起。

李阁转了转心思，点头答应。

他其实也有这个意思。自己如今的作战风格，快、准、狠，短时间的爆发能力极为可怕，但是消耗非常惊人。查小刀的食宴可以大幅缩短自己爆发过后的疲软期，而且自身作战能力很强，不是拖油瓶，经验上也算老辣。

但是，李阁也没有一根肠子通到底，把《纪效新书·相法》拿出来给他用。毕竟比起九翅苏都，李阁对于查小刀这样的行走，更要多几分小心。永久的与共者，方便的同时也带来很多隐患，必须谨慎选择。的确，原则上与共者没有任何利害冲突，奖励也都可以共享，是能放心把后背交给对方的行走。但是，长期的战友，势必要考虑心性是否合拍，默契更需要磨合。两个价值观相反的人，即使拥有共同的利益，也未必能走到一起去。同样的情况，李阁想打，但是查小刀想跑，怎么解决？一样的人，李阁有杀错无放过，但是查小刀坚持不能滥杀无辜，又怎么做？阎浮给予行走的压力并不算大，至少不足以让所有的阎浮行走都被迫成为一步步放低底线的杀戮机器。而这样宽松的环境，对伙伴的要求反而更高。两人初次见面，现实当中也不认识，这样的话默契的基础就更加薄弱。当然，李阁对查小刀的印象是不错的。也许经历几次生死间的搏杀，也许在某个需要与共者素质加持的时候，李阁会把东西拿出来，不过不是现在。

查小刀对李阁的心思也大抵如此，他看李阁不住打量周围，开口问道："你以前没来过这儿？"

"没有。"李阁摇头。

"这么说，你以前没有和别人组过临时队伍嘛。你过了几次阎浮事件？"

"三次。"

查小刀吓了一跳："你、你才来半年？"

"四个月。"李阁纠正。

"总之，这里相当于一个供团队成员交流的客厅，如果我们的合作关系结束，这个空间也会随之崩塌。"

查小刀含糊地说。

"无论是你还是武山，好像对阎浮的了解都比我多。"

"武山我不知道，我可是来了阎浮足足有一年了。"

"那关于武山所说的十都、九曜这些，你有多少了解？怎么才算十都，又怎么才算九曜呢？"李阁顺势抛出自己的问题。

查小刀也不藏私："高了我不清楚，散阶、十都、九曜这些低位行走，我倒是有点心得……"

听了查小刀的描述，加上从余束那里得来的消息，李阁对于行走的位阶，有了一个基本的认识。

散阶；

十都，九曜，八极；

七宫，六司；

五方老，四御，三清。

九个位阶，四个层次。

越往上走，自主性越高，也会拥有更多便利以及权限。

而想提升自己的位阶，除了满足基本条件，还需在阎浮事件当中达到更高的要求。越往上事件要求越苛刻，甚至会出现行走为了提升一个位阶专门进行一次阎浮事件的情况。

以散阶提升十都举例子，要求任一传承觉醒度需要达到39%，并且完成一次"上吉"评价的阎浮事件。而九曜则要求任一传承觉醒度达到 69%,八极则要达到 99%。换句话说,想成为七官行走,基本条件就是成为代行者。至于五方老,堂堂十主之一的介主,也不过如此了。而五方老行走的权限,说个最基本的,就是可以自由穿行已知的所有阎浮果实,而且不需要完成任何阎浮事件。当然,这个也是从余束嘴里得来的。

"五方老,四御。"李阁心中默念。

羽主的名字叫曹援朝,抗美援朝,这样的名字在 20 世纪五六十年代非常流行。李阁是 80 年代生人,他那个年代基本不会有人起这个名字。

也就是说,那个赤裸上身英武霸气的羽主,那个身穿一条绿色军裤的男人,很可能是超过五十岁的老头子? 那,阎浮又存在了多久?

"我说,留个电话?"李阁主动提出来。

查小刀答应得比李阁想象得要爽快:"津海,西河区,这是我的电话。"

李阁同样告诉了他自己的电话号码。

"有机会,碰个面。"

"好,有机会。"

李阁点点头,又问道:"我们怎么离开?"

查小刀敲了敲眼前的黑柱子,一只手整个没了进去。

"随便挑一根就行。"查小刀说完,自顾自地走进了柱子。看他神色匆忙,李阁估计他是想尽快凑够那 3000 阎浮点数。

话说回来,一样都是基本购买额度,人家就能拿到五仙类传承的卷轴。别看查小刀买不起,如果把"魁之天权"的购买权限往拍卖行里一挂,起拍价都要 5000 点,这只是转让购买权限的价格。

也就是说,算上购买传承需要的 3000 点,想从个人拍卖行拿到一样五仙类的传承,少说也要花 10000 多的阎浮点数。而且,有价无市。

这边，李阎也在琢磨自己未来要锻炼的。

首先，随着觉醒度的提升，李阎的身体素质再次上了一个台阶，可他的反应神经逐渐开始跟不上自己的速度。这使李阎在出手的时候少说要收三成力，不然就极容易出现拳头和意识脱节的情况。

李阎暂时也没有什么好的办法，其实他的反应速度普通人早就望尘莫及，即使是那些受过专业训练的特殊人才，李阎的反应速度也要超过他们。可是，依旧停留在人类的范畴当中。

但李阎的爆发力和出手速度早就超出了普通人的范畴。

世界飞人博尔特的百米短跑纪录是九秒五八，未来即使有人打破这个纪录，能跑进九秒，甚至八秒，这就已经是极限了。但是如今的李阎如果使出全力，一百米他可以跑进三秒！所以，让自己的意识适应现在的身体，就需要大量地锻炼，但是效果也不一定好。

最好的方法还是入手一项可以增加反应速度的传承，或者从阎浮果实中寻找能增加自己反应速度的异物。

另外风泽占了李阎最后一个技能栏。但是比起其他三个技能，这个提供爆发性移速的风泽显得有些鸡肋。惊鸿一瞥在事件里拥有强大的适应性，九凤神符可以增长姑获鸟的觉醒度，杀气冲击里有顶级传承睚眦的线索，这些都比风泽的重要性要高。

何况，风泽和隐飞一起开启，也会让李阎有些负荷不了。等以后碰到合适的技能替换，就洗了它。现在阎浮点数紧缺，就先将就吧。

李阎现在手中还掌握着十五刻半的秘藏龙虎气，两个月后下一次阎浮事件之前，就是二十五刻半。可以再画一道九凤神符，或者攒起来，冲击姑获鸟 69% 的峰值突破都行。

身体没入柱子，李阎睁着眼睛穿过深邃黑暗，走出来就到了自己熟悉的狭窄房间。一张硬石床，一张桌子，还有身后多出来的黑色石柱。

如果自己和查小刀在下一次阎浮事件开始之前不再签订合作契约，那么这根柱子就会消失。

如果是以前，李阎一定会倒在石床上美美地睡上一觉。阎浮的时间流速格外缓慢，上次李阎在20世纪80年代的香港待了一个月，自己这边才过去了几个小时。

不过这次不同，李阎打破阎浮果壳，那金红色的流浆喷了出来，淋了李阎一头一脸。但他醒过来的时候，不知道是这些流浆的作用还是介主出手，总之李阎不仅身上的伤疲不翼而飞，还龙精虎猛倍儿精神。

李阎当时咬住的那物件儿，丹娘说替他收了起来。可为梁野恢复肉身以后，丹娘显得非常疲惫，李阎也不急于一时，就先搁置了。

两扇门里右边那道依旧被锁链锁住，李阎刚要推开左边的门，手一顿。

自己，是不是忘了什么。

李阎纠结一会儿，手里的金色光点汇聚成一个……大号的圆柱形茶叶罐。

50点，阎浮故事罐子。

前两次的罐子，那个黑魔法残页，佩戴会削减黑魔法抗性。对！是削减黑魔法抗性。也就是游戏里俗称的"DeBuff（减益效果）"。

这玩意儿，李阎估计丢拍卖行都没人要。

而史密斯的长风衣嘛，趣味性大于实用性。

口袋里的胡萝卜增加8%热武器专精，李阎一个玩兵器的，用处当然不大。

每小时一根胡萝卜，如果李阎陷入缺少补给的地步可能还有点用，但是李阎的印记空间里还配备着淡水和饮食，胡萝卜能派上的用场就更小了。

所以，这 100 点有点亏。

但是人嘛，不能放弃希望啊！

捏碎表壳，淡金色的豪光透出来，里面的东西不断膨胀又不断缩小，最终落到李阎手里。

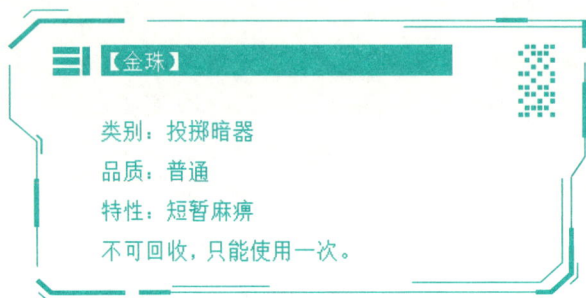

```
☰【金珠】

    类别：投掷暗器
    品质：普通
    特性：短暂麻痹
    不可回收，只能使用一次。
```

"咳咳，没关系。"李阎安慰自己，"只要坚持，总有一天幸运女神会向你掀起裙角的。"

第四卷

回归

第一章
旧友

李阎揉了揉脸，推开门，刺眼的阳光立刻倾泻下来。

这是一间四合院，李阎住一个偏间，自己正推门往外走，窗台上是新买的牙膏和牙刷。

院子里头好大一棵槐树，树荫底下是油光锃亮的摇椅。

"要是自己死在阎浮，还不知道会怎么样。"李阎心里微微一晒。

"哟，醒了阎子。"叼着油条的陈昆朝院里的李阎喊了一句，"今天你那师妹不是来接你吗？你倒换身衣裳啊。"

李阎身上穿着起皱的白色背心，抬起头去看早晨八九点钟的太阳。

在李阎进入阎浮事件之前的几天正好要去北京找几个发小叙旧，他干脆住了几天，在陈昆家里进行了第三次阎浮事件。

陈昆家里几代的老北京人，几套四合院是祖产。从土改到现在，陈昆家里愣是一丁点事儿没有，到现在一年收的租金就两百多万，你上哪儿说理去？

陈昆自己在体制内工作，前途无量。和李阎这个"多媒体实业工作者"一比，简直一个天一个地。

"嫂子呢？"李阎洗了把脸，进了里屋。

"买菜去了。子健和继勇中午来，你要走得晚，咱再喝一顿。"

"喝三天了还喝？"

"喝啊，为什么不喝？"陈昆一挺腰板。

李阎把毛巾放在挂钩上，呼了口气。

"李二叔好，李二叔再见。"挎着书包的女孩叼着油条，几个箭步就冲出门去。她从李阎身边掠过，湿漉漉的头发缠在一起。

"把浆喝完了，留个底给谁看哪。"陈昆喊道。

"要迟到了。"女孩甩着鼻音，已经不见踪影。

李阎手背擦着脸上发青的胡楂，自己过了年才二十六，但是"二叔"两个字可没少听。

女孩叫陈欣蕊，陈昆的女儿，十三岁。哦，陈昆二十九。

"越来越淘了。"陈昆一抻报纸，嘴里嘀咕。

"我说昆哥，你还没三十吧，我怎么觉得你跟提前退休了似的？"李阎打趣了一句。

"我这叫享受生活。你看看你，早十年在你们村东口树林儿摸黑跟小姑娘玩亲嘴有你吧，你看看现在我女儿多大了？"

"我这不，还想玩两年吗？"李阎没心没肺地笑着。

"想玩？生个女儿有你玩的。唉，我跟你说，"陈昆一抽凳子，脸靠近李阎，"这小棉袄就是跟秃小子不一样，就我们单位那几个……"

李阎笑眯眯地听着，好一会儿，陈昆忽然不说话了。

"怎么了，昆哥，舌头卡嗓子眼了？"

陈昆笑骂了一句，笑了两声又说："以前我说一句，你顶三句。上次你来我家欣欣还小，那光景我现在还记得。怎么回事，一次误诊把你吓着了？"

李阎得白血病的事，含糊不过去。老中医什么的那是耍贫嘴，仗着陈昆他们没见过自己发急病，李阎说自己是被误诊了，惹得张勇取笑了他好一阵。

"可不。"李阎点了点头，笑意难明，"我都他娘的闭眼等死了。"

陈昆和李阎都在笑。

一阵来电铃声响了起来。

"钱，不好挣。不管你是小姐还是商人……"

李阎拿起手机。

"喂？"

"师兄？"电话那头是雷晶。

"你还在京城吧？"雷晶刚下飞机，"你在哪儿？把地址给我，我晚上忙完去接你。"

"哦，二环……"

李阎说完地址，把电话一挂。对面的陈昆一仰脸。

"晚上八点。"

"稳了，接着喝。"

两个叔叔辈的男人指着彼此，嘴里不约而同地"哪"了出来。

夕阳西斜，嫩柳款动。

湖水上有人影一晃而过。是个穿白色短背心的男人，胸肌鼓出一块，大腿上筋肉虬结，好似猎豹一般奔跑。他咬着牙根，脸上肌肉抽动，汗水从脸颊滴落。

这人叫高胜，是省队的短跑运动员，拿过两次全国锦标赛冠军。才二十二，年轻气盛。

他眼里是前方不远处一个穿着黑色长服的高瘦青年，说来也奇怪，这高瘦个子迈步又短又轻，可他花了吃奶的力气，死活也追不上人家。

蓦地，人家一停，男人几个箭步冲了出去，好一会儿才停下，愕然扭头。

"怎么不跑了？"

话刚出口，他就后悔了。人家又不认识自己，跑不跑关自己什么事？

那高瘦个子一抬头："啊？累了，歇会儿。"

高胜平了平气才开口："哥们儿，你是田径运动员吗？"

李阁反应过来自己刚才跑得可能快了点，随口搭腔："啊，对。"

"哪个队的？"高胜探口风。

"哦，国家队的。"

李阁知道自己跑得快，所以口气很大，准备糊弄过去就算完事。京城脚下，碰上个国家队运动员，也不是很夸张。

高胜倒愣了，咳嗽了一声才说："国家队是临时组建的，人都是从省队抽的。现在是5月份，国家队运动员名单还没下来，你哪个省队？"

"北、北京……"李阁没想到自己碰上懂行的，打了个哈哈，转身就走。

高胜张了张嘴，李阁三脚两脚没了影子。只得自己嘀咕："北京队是市队……再说我也没见过你啊。"

李阁搭上公交，没把刚才的插曲放到心上。他左右扫视，见没有空位，便单手抓着扶手，拿出手机玩起了《别踩白块儿》。

这是一款考验手速和反应速度的手机小游戏，李阁上午抱着试试的心态下载了，不过玩下来帮助不大，权当解闷。

百无聊赖的他朝车外一望，倒是看见了熟人。

草地那头几个穿着校服的少男少女推搡着，一边人多，得有十多个，一边人少，只有五个。

陈欣蕊站在人少的那头，她手里拉着一个低头不语的女孩，毫无畏惧地挡在她前头，两道秀眉倒竖，冲对面嚷嚷着。

公交车扬长而去。李阁抱着肩膀看着远去成小黑点的少男少女，心里嘀咕自家侄女怎么就这点人缘，当初她爹陈昆摇人儿，怎么不得三十往上？一代不如一代。

蒸汽声一响，到了站台，李阎没准备下车。

"这事也不算大，就不跟她家里头说了，省得讨孩子嫌。日头快黑了，也不知道饭好了没有，昆哥家那口子手艺可是相当不错的。不过话说回来，世界真小。"李阎笑了出来。

草地这头。

"你想怎么着？""这没你事。""欺负我们班人就不行！"无论哪个年代，学生吵嘴也就那么几句，只是未必都这么和谐，往往挂着脏字。

"我说。"昭心的脸色不算好看，她拍了拍前头一脸疾恶如仇的陈欣蕊的肩膀，"先松开我行不？你手心汗沾我一袖子。"

等陈欣蕊哼着小调，蹦蹦跳跳地进了家门，四双眼睛同时盯在她的脸上。

"三叔好！四叔好！"小姑娘眼珠溜圆。

张继勇笑得腼腆。他戴着眼镜有几分知识分子的味道，冲女孩点点头。郭子健就一副嬉皮笑脸的模样，重重地答应了一声。

李阎嚼着萝卜，他是五个人里唯一没有盯着欣蕊看的人。

"阎子，汤。"陈昆的妻子走过来。

"谢嫂子。"李阎一侧身，陈昆的妻子把鸡汤端上桌子。她很早就跟了陈昆，和李阎也认识了十年，一点不生分。

六人落座。郭子健递给李阎一根烟，点上了自己的，吐出一口才问道："阎哥，你这次去广东，什么时候回来？"

李阎没回答，把递过来的香烟一压，摇了摇头："有孩子在，不抽了。"

郭子健讶然，犹豫了一会儿，把自己嘴里的香烟掐灭。

"阎子，吃肉啊。我发现你来两天，肉菜一口没动？"陈昆也问了一句。

"吃啊，怎么不吃？"李阎拿起筷子，夹起一口往嘴里送。从壬辰战场下来，他口味的确素了很多，但也不至于吃不下肉。

"别净看我，哥们儿我是虚惊一场。你们老几位可注意身体。"

"我身体绝对没问题，天天健身房。"

"你拉倒吧，那健身房女教练你一个月换仨你还身体好？"

辛辣酒液入肚，几人哈哈大笑。

几个人天南海北地侃，李阎手边的酒杯空了几次。桌上的话题转来转去，总绕不开自己，而李阎总是在笑。

倒不是说李阎在四人当中地位一枝独秀，正相反，四个人里李阎最让人不放心。二十五岁，除了老家的宅子和几亩薄田，什么都没有。早些年鲜衣怒马的名头值上几文钱？整个武术圈子都风雨飘摇。国内那些底蕴深厚，真正处身云端的大人物，李阎也认得一些，有几个甚至和他关系匪浅。富贵名声好像不成问题。可如果真的不成问题，大好年纪的李阎也不至于浪荡到今天。一场急病远远不是号称"瘦虎"的男人抱着一屋子过气光碟等死的理由。

陈昆手上的酒杯转了又转，心思有异。

这几天接触下来，妻子惊呼李阎和以前不一样了。女人家用词浪漫，竟然用"温柔"这词来形容李阎，听得陈昆直笑。

从小一起厮混，陈昆打心眼里觉得李阎没什么改变，他依旧是那个脸上沉着稳重，骨子里洋溢着烈火阳光，天不怕地不怕的李阎。但是，陈昆在发小眼里看到的是个"累"字，是一种他说不出来的疲惫感。这种疲惫，被妻子误会是温柔。

陈昆的思路简单粗暴，找个老婆什么都解决了，有个婆娘在家李阎的心思就定了。自家兄弟一表人才，什么良家妇女找不到。所以哥几个酒桌上话里话外想探李阎的口风，是不是到年纪找个婆娘。

而桌上的李阎，也有心思难言。曹援朝要真是个五十多岁的老头子，这么多年他的父母如何，朋友又怎么样？沧海桑田，今天桌上的兄弟再过五十年是什么模样？自己五十年以后又是什么模样？

"我的眼里全是刀跟血，从战场上下来已经有些吃不下肉。我的发小家庭和美，事业兴隆，想的是女儿老婆热炕头，股票基金房产，健身房的细腰教练。"十几年兄弟，有些话现在已经张不开嘴。

滋喽滋喽酒水落肚，郭子健满嘴嚷嚷"高丽的女人"。脸色泛红的李阎懒得还嘴，伸手去别他的手腕，两人正闹着，门外传来叫门声。

"八点了？"陈昆一看手表，"这不早着呢吗？"

"陈欣蕊，你的书包没拿。"门外是个女生的声音，还没变声。

李阎松开疼得龇牙咧嘴的郭子健，眼神穿过院落。

"来了来了。"陈欣蕊急急忙忙地站了起来。

抽开门栓，是昭心没错。

"谢谢你啊，我给忘了。"

陈欣蕊低声对昭心说着，突然看昭心脸色发白："怎么了。"

屋里的人昭心瞧个满眼，正看见两颊消瘦的李阎，一时间感到透心刺骨的凉，半天才听见陈欣蕊叫她。

"没别的事，我先走了。"她一压鸭舌帽，转身要走。

"欣欣，来同学了？"出门过来的是李阎。

"二叔，这是我同桌。"陈欣蕊拉着昭心的手，她扭着头没注意昭心盯着李阎的茶色瞳孔，好像流浪的野猫望见生人。

屋里陈昆和妻子对望一眼："来都来了，一起吃顿饭吧。"

李阎脸上笑容柔和。

陈欣蕊眼睛一亮："好啊好啊，昭心，坐下来吃点吧。"

昭心抿着嘴，好一会儿才勉强一笑，回答说："好啊。"

桌上又添了一副碗筷，昭心鞠躬道谢，坐相端庄，小口小口咽着饭菜。

寒暄几句，李阆忽然开口："小同学，你有兄弟姐妹吗？"

陈昆几人讶异地对视几眼，没想到李阆对这小姑娘还打听这么多。

昭心放下碗筷，直视李阆，声音冷淡："没有，我是独女。"

李阆先是一愣，然后攥紧了拳头。

眼前的女孩的确是昭心没错，那个关刀黑龙、脾气火暴的行走女孩。那么，死去的昭武在哪儿？李阆端起还有大半盏的酒杯闷了个干净，嗓子哑着说："不好意思。"

昭心没说话，她察觉出桌上气氛诡异，主动站了起来："叔叔阿姨，我吃好了。那个，我作业还没写，就不多待了。陈欣蕊，明天学校见。"

"明天见。"

把昭心送出了门，李阆又问了自家侄女一句："欣欣，你这同桌，真的没有兄弟姐妹吗？"

"她是新转来的，是独生女没错。"

陈欣蕊往前几步，仰着脸语气严肃："二叔，我跟你商量个事呗？"

"你说。"

"你以后，不要那么直接地问我同学的家庭状况，特别是她。不礼貌。"

李阆沉默了一会儿："二叔错了。明天，你替我向你同桌道个歉。"

"嗯。"陈欣蕊点了点头。

酒过三巡，菜过五味，张勇无意间说起了李阆家里世代练武术，十六岁的李阆手剁酒盅，三根指头能把酒杯抠下一个"扳指"来。

一旁的陈欣蕊听得津津有味，非拉着李阁给她抠一个扳指。李阁喝得半醉，他装腔作势地拿起酒盅，两根指头使劲，酒盅刺溜一滑，正砸在郭子健的脸上，桌上几人哈哈大笑。陈欣蕊抓着李阁的袖子不依，直说李阁吹牛。

院子里蝉叫得很欢。夜色撩人。

第二章
广州旧事

八点多，黑色宾利停在胡同口。

"师兄？"

"哦，我没事。"

李阁揉了揉眼睛，让过雷晶的手，自己开门上车。朝门口的陈昆几人招了招手。

刚上初一的陈欣蕊使劲挥舞着手掌，她对自己这位二叔的印象不错。这么多年，家里来的客人不知道多少，李阁是极少数几个当面说有孩子在不要抽烟的大人，也是第一个认真跟她说"替我向你同桌道歉"的大人。就是有点爱吹牛……

汽车驶去，前座的雷晶回头："师兄，没事吧。"

"没事，发发汗就好了。"

这一会儿的工夫，李阁脸上的醉意已经消弭了大半。他看着夜色下的京城胡同，恍如隔世。

查小刀在津海，昭心住京城，张明远家也在京津一带，自己住沧州，阁浮里一路遇到的行走离得都不远。你说这是巧合，恐怕没有道理。

没声息地死了，太可惜。能活出滋味，才是享受。

没来由的，李阁脑子里闪过两句话。

一句是"思立掀天揭地的事功，须向薄冰上履过"。

一句是"修之当如凌云宝树，须假众木以撑持"。

"师兄，我有两件事要和你商量。"雷晶透过后视镜对李阁说。

她不过才二十出头的年纪，言谈举止里却透着四十岁上下的老练世故。

"啊，你说。"李阎揉着眼睛。

"协会的周秘书想给你办一场欢迎会，地点在白天鹅馆。除了武术界的同人，他还邀请了很多政界商界的名流，常主席也会来。"

"常主席？"李阎埋头想了一会儿，才恍然大悟，"哦！常主席。"

他不以为意："还有呢？"

"另外，鸿胜祖馆，关焰涛关老爷子病危。"

车轮打滑的声音尖锐刺耳。开车的平头男人使劲转动方向盘，黑色宾利一个急转，融进了高架路上的滚滚车流。

"关焰涛，呵，还没死呢？"李阎脸上有难得一见的冷色。可"病危"两个字在他心头绕了一圈，李阎说不出来，心头一酸。

窗外遍地车灯流彩。

李阎低着嗓子："哪家医院？"

广东，白天鹅馆

华贵地毯，璀璨吊灯，白桌布上摆着黑瓷碗筷，中间一簇簇鲜花。四十多张桌子坐满了人，一片热闹。

"佛山白鹤馆的鸣鹤流掌门郑魁山旧伤复发，称病不来。连城育才体育学校的刘三眼突生眼疾，听说人被送去了医院。钦州洪圣馆白欢师傅水土不服，昨天已经回了广西。"

说话的人生了一张圆脸，宽鼻梁，大嘴。笑起来很有亲和力。

周秘书头发乌黑，皮肤白皙，丝毫看不出已经是五十岁的人。

"我也奇怪。这万里迢迢的，怎么人家打个喷嚏，在场的各位倒是病倒了一大半呢？"

四下气氛沉闷，周秘书的右手边是个看上去三十多岁，脸色蜡黄，指节宽大的中年男人，他往席上扫了一圈，吹了吹茶杯才说道："周秘书，你先宽心。鸿胜祖馆馆长，蔡李佛第六代传人。广州蔡李佛拳会副会长，梁富。这些没来的，不管他是真的头疼脑热，还是有意临阵脱逃，不必去管。凡是来了的，就不会答应一个外江佬对咱们指手画脚。他姓李的父子再怎么跋扈，十年来广东也没认李氏武馆这个'李'字。雷丫头找外乡人帮忙，这是坏了规矩。"

"对！"

"不错！"

他神色坦然的几句话激起了不少人的心气，周围几张桌子的人应和声响成一片。

周秘书拿腔作势一声叹息："我也想宽心，可一个不知道从哪儿冒出来的张明远已经让我几次灰头土脸，这又……唉。"

梁富的话插了进来："那打截脚的小子今年才十六岁，我们总归不好出手，派的都是子侄辈。可李阁就不一样了。"

周秘书没说话，心里却冷笑不止。

"真指着你们这帮烂透了的废柴，我能把那鬼丫头从会长的位置扯下来才是痴人说梦。"

想着这些，他偷眼看向不远处谈笑风生的常主席。

"李成林一辈子的心愿，无非是在广东国术界扎根。你雷晶能给的，我周礼涛一样能给。可你给不了的，我还是能给。"

"来了。"

梁富从椅子上站了起来，厅里大批人潮拥向门口，雷晶推门走了进来，脸上笑出一个酒窝：

"好久不见，常委员。"

两鬓斑白，却依旧红光满面的常委员眉目含笑："想不到洪生的女儿已经长这么大了，不用见外，叫我常伯就好。"

"常伯。"明知来者不善，雷晶还是一副受宠若惊的模样，脸上几分嫣红拿捏到位。

周秘书、梁富这些人都走了过来，一个个脸色纠结。

"啊，梁会长，周叔叔。"雷晶眨了眨睫毛。在这些沉浮半生的老人面前，她倒是恢复了几分二十岁女人的靓丽和活泼。

周秘书脸上很和气："阿晶，不是说李氏武馆的馆主回来了。他人呢？常委员也想见一见他。"

雷晶有些苦恼地一低头："师兄刚一下飞机，就跑去医院看望鸿胜祖馆的关老爷子了。"

梁富脸上怒色一显："他有什么脸去看我师爷？"

话音刚落，他看见常委员瞥了他一眼，自知失言。

"回来第一件事就是看望名宿长辈，李馆主也是有心了。"周秘书的语气温和，"那，他什么时候能到呢？"

雷晶脸色为难。周秘书催促了几次，这才勉为其难地说："师兄的意思是，不到了。"

公路上下起了蒙蒙细雨，李阎穿着白色卫衣在雨中慢跑过来，眼前映出地平线的，是人民医院的楼顶。

"你们医院怎么治的？我告诉你，老人家要是有个好歹，你们医院吃不了兜着走！把你们领导叫来！"生着一双扫帚眉的男人唾沫横飞，手指快戳在人家小护士的脸上。用词尖酸刻薄，骂得护士直抹眼泪。

满楼道站着几十个精壮的大小伙子，医院的前台们对视一眼，都是敢怒不敢言。

坐在椅子上的妇人双眼泛红，显然刚刚哭过。

"阿灿，不关人家医院的事，你不要闹。"

扫帚眉犹自气不过，连连摆手："滚滚滚！"

抱着文件的实习护士吸了吸鼻子，转头跑得飞快。

一拐角，李阎手插着口袋走上楼，手背捂住鼻子的小护士迎面走来。

"护士小姐，你知道叫关焰涛的病人在哪个房间吗？"

"左拐第六间。"小护士强忍着没哭出来。

"谢谢啊。"

李阎的脸色平淡，仰着脸去数病房号，眼里根本没有前头堵在一起的武馆学生。

他手肘撞在一个武馆学生的肩膀上。

"你他妈没长……"

"你"字声音还算大，到"妈"字已经走调，"长"字说出来像蚊子叫似的听不清。

李阎是真没听见，高瘦的身子擦过甬道，两边人不自觉地分开。

蓦地，李阎脚步一停。

"是这儿。"

他收回目光，周围的人见他如见夜叉恶鬼。有几个甚至蹑手蹑脚地跑到了楼梯口。

"你来干什么！"说话的是个颇有几分姿色的少妇，大波浪卷，神色恚怒。

李阎认出这是关焰涛的孙女，撇了撇嘴："看一眼姓关的死透没有。"

"你敢……"

她话音没落，李阎低头掠来，手掌抓住妇人的下巴撞在门上，发出嘭的一声。

"我不忌讳打女人，你又不是不知道。"四周鸦雀无声。

那个叫阿灿的扫帚眉背过身去，脸朝墙皮罚站，鼻尖对着医院标语："不准大声喧哗。"

李阎环顾一圈，嘴角勾起，朝地上空啐一口。他松开女人，推门要进，手忽地一顿，动作放轻了些。

吱呦！

蓝色的围帘裹住病床，嘟嘟的声音从仪器上传来，桌子上摆满了花篮水果。是个独间。

李阎往前走了两步，伸手拉开帘子。

他原本以为，自己应该看到一张鼻子里插着管子，脸上骨皮粘连，骷髅似的枯槁脸。可床上躺着的，是一个鹤发童颜、面色红润的老人，只是手臂上密密麻麻全是针眼。

关焰涛睁开眼，黑漆漆的瞳子瞥了李阎一眼，好像一点都不意外："来了。"

李阎看着老人，心里五味杂陈。

十二岁来广东，白鹤的擒拿，蔡李佛的棍棒，莫刘两家的短兵狮艺，李阎前后跟六位师父学过艺。外地人被白眼，带艺投师更是如此。可成艺于此，心中念旧。十来年几次回老家，每次都跟哥几个埋怨，南方佬性格不好，南方菜吃不惯，广东这边的师门兄弟不实诚，如何如何。可那时候的李阎，十七八岁心里又憋着劲，想让这里的人给自己竖一个大拇指，念自己一个好；想让那些师门兄弟和老家那里一样，诚心诚意叫自己一声"大阎"。

真不在乎，真不喜欢，何必念念不忘。那些纠结的少年心事，李阎已经一笑置之，可对这几个老家伙，还是又敬又恨。

他想问句好，话到了嘴边却不是太客气："这不活蹦乱跳的吗？"

"我还以为你这辈子都不再回广东，雷丫头可真有办法。"

他说到一半，又摆摆手："啊，坐。"

关焰涛手撑床板坐了起来。他有抬头纹，眉毛稀疏，嘴角松弛，两只小眼黢黑。

"我这次恐怕撑不过去了。"老人说完这话，两个人一时无言。

李阎一屁股坐在椅子上，双手合拢，一语不发。

关焰涛无声地笑，嘴和下巴是一个黑漆漆的丁字形，看上去有点恐怖。

"回来，长住吗？"

"馆都卖了，办完事就走。"

老人"哦"了一声，他端详着李阁，半天才长出一口气。

"到了今天，也只有和你说话，心里才痛快。"顿了顿他又说，"当初李成林初到广东拜馆，应当找我才对，为什么要找雷洪生呢？"

"我爸先找的你，你的人太跋扈。"李阁不咸不淡地说。

关焰涛不快地眯了眯眼睛："我的人跋扈？嘿嘿，或许吧。"他话头一转，"可你老子跟了雷洪生十年，结果呢？我不开口，李氏武馆谁认？"

"对，你们……"李阁玩弄着自己的手指，错开脸去，语气阴森，"到我爸死也不认。"

关焰涛神色一凛，讪讪地说："我九十岁还能吃两碗饭，你爹才四十几岁，走得冤枉。"

他还想说什么，嘴里一阵剧烈咳嗽。他一边咳，一边伸出手指："枕头底下，你，咳，看一看。"

李阁掀开枕头，里面是火封的请帖，看落帖的日子，是三年前写的。他拆开来，几眼就扫完上面的内容。

大意是，鸿胜祖馆关焰涛做保，邀请广东各家武馆参与李氏武馆新馆主的开馆礼。

三年前，李成林新死，这里的新馆主指的就是李阁。

老人的眼神灰暗："人死如灯灭，我当时写了帖子，让本地的武馆捧你的场。可我没想到，成林过了头七，你前脚摘孝帽，后脚就上门踢馆。从佛山到广州，整整十九家武馆，你一家一家找上门，当面砸了他们的武馆招牌，自绝于广东武术界。等我得了信儿，你已经坐上了回北方的火车。"

李阁把火封收好，放到桌子上："有心了。"

老人手指虚戳着李阁："你脾气小一点，哪怕动手晚一点，你父亲这辈子的夙愿就成了。你这兔崽子！"

李阁不以为然，摇了摇头："当爹的老了，偶尔会犯蠢。人要是活着，我做儿子的好坏也得咬牙往上顶，可人死了，就不能再跟着犯蠢。我爸爸这辈子最蠢的，就是和你们这些人厮混了十年，还念念不忘要开一间武馆。"

关焰涛露出怒容："混账，你就这么说自己的亲爹？"

李阁哈哈一笑："从小到大他打我的藤条都断了几十根，我挨打挨到他死，连躲都不躲。还不能说他两句？"

"混账！不当人子！"老人哆嗦着嘴唇，他盯着李阁那双冷峻的双眼，一时间有点泄气。

沉默了一会儿，关焰涛问李阁："你这次回来，准备怎么做？"

"官面上的事，我那便宜师妹比我懂。真刀真枪，也用不着我出手。我也就是碍于人情，来站个场子。"

老头子闭着眼睛摇头："那个打截脚的小家伙水平不差，可比当年的你还有点差距。用你们北方人的话讲，凭他，可蹚不平国术协会。"

"我十六岁可不是他的对手，您老人家走眼了。"

老人没想在这个问题上和李阁纠缠，自顾自地说："我没几天好活。九十多年该教的都教了，真学会的，就你一个。"

"不敢。您老门徒上千，不差我这一号。"李阁的态度依旧冷淡。

关焰涛闻言一皱眉毛："哼，周礼涛在协会根基不浅，可我要他下来也费不了多少力气。你那个师妹，也一样！"

李阁不急不怒，后背一仰，两条腿交叉："那是，关老爷子多大威风。当初您一句话，我老爹熬了十年都不能出头，您了不起。不过嘛，我今天倒想请您再说一句，看看我今天，能不能出这个头。"

两人差了快七十岁，三句两句话里全是火药味。

关焰涛一巴掌拍在桌子上，压抑不住的怒气："我已经把帖子给你看了，你还要我怎么样？给李成林下跪不成？"

李阁双眼瞪圆："我就是不明白,你这么念旧情,我爸在广东十年,还算不上一个'旧'字?非等人死了你才肯写一个帖子,怎么,还要我感激涕零吗?"

李阁的眼神似乎刺激到了关焰涛。

"你怨我……你为什么不怨雷洪生没本事?他答应给你父亲建武馆,让全广东的武馆师父作陪,他做到了吗?"

"他姓雷的口口声声拳无分南北,你挂在他门下,他教过你一招半式吗?我教过!"

老人情绪异常激动:"你擒拿的功夫是谁教的?你白鹤的架子和桩功谁给你找的老师?你怨我?"

关焰涛猛地咳嗽起来。他喘着粗气,盖过了仪器的声音。

半晌,老人才艰难地说:"我是恼恨你父亲折鸿胜的面子,但是却欢喜他有你这么个天资横溢的儿子。"

李阁满脸都是唾沫,他低头抹了抹脸。好半天,他才"喷"了一声:"都过去了。当初的事,我不怨您。您想让我找补过去的授业之恩,我也没法还。稀里糊涂,就这样吧。"

关焰涛盯着李阁的后脑壳看了好一会儿:"周礼涛还是雷丫头,无所谓。国术协会的会长你替她要,我可以给。"

"条件呢?"

老人盯着李阁:"我死那天,你站在最前头,为我扶灵。"

李阁眼中泛起异样的神色,久久无语。

次日下午,以蔡李佛始祖拳会为首,大批南方传统武术掌门人发声,支持前中华国术协会会长雷洪生的孙女雷晶继任会长一职。

前一天晚上,还在研讨会上指出"要坚决杜绝裙带关系。国术协会不是一言堂,更不能搞世袭"的南方体育总会常主席,在次日公开表态:"我国传统武术的发展和继承,需要更多年轻血液,协会需要一个有锐气的年轻人……"

精彩脸谱，纷至沓来。

雷晶礼贤下士，周礼涛机关算尽。可戏码还没开始，就已经落下帷幕，两个人还没交上手，胜负就明明白白地分了出来，得偿所愿的雷晶要约请李阎和张明远碰面，却遭到了李阎的拒绝。

"过两天，这两天不行。"

"那，需要多久呢？"

"越晚越好吧。"

十日后。

连日阴雨，雨打桃花，窗外落英缤纷。

走廊上是隐隐哭声。老人床前，一个是他早年经商归来的独子关山越，一个是李阎。

"我过八十大寿的时候，自己给自己写寿联：自信平生无愧事；死后方敢对青天。呵呵，他们不敢写，忌讳这个'死'字，我不忌讳。

"1944 年，我在文德路枪杀了汪伪政府的省长陈耀祖。我自己心口中枪，子弹壳不好取，到现在还在我身上。大阎，你说我的命硬不硬？"

老人喉头涌动，眼神涣散。

"1948 年，叶先生任华北军政大学校长兼政委，我护送他到河北石家庄校区本部，在那儿待了两年。大阎，你说几个，随便说，你们那儿出名的老将军，我都认识。"

"爸，您歇歇吧。"头发黑白夹杂的关山越劝道。

"1970 年，我写信，我写信给……"

关焰涛的气息渐短。

"老爷子。"李阎双手握住老人的手心，"过去的事，别想了。"

"不想？不想不行。"关焰涛喃喃自语。

"后来又过了十几年，到现在九十多了，你问我怕死吗？也瘆得慌。我胆气坏了？没有。

"我是有愧事了，我死了问不了青天了。我是对不起你爹，我想认。可认了一件吧，就打不住。好像这九十多岁，没有自己想的那么磊落、索性，就全不认了。

"我脾气火暴，什么事都得我说了算。当初山越他妈走得这么早，我就总琢磨，是不是受多了我的气……

"我年轻的时候读过一点书，我记得一句，佯狂难免假成真，佯狂难免假成真。"

老头子巴掌一紧。

"大阉，你说我这辈子，是不是佯狂，假作了真呢？"

手指一点点滑落，关焰涛合眼。

空气被人攥紧似的，少顷，屋内外哭声大作。

李阉垂头不语。窗外花枝落尽，浮水间，沙沙雨声敲打满地桃花。

5月初，逝世的国术大师，始祖拳会名誉会长关焰涛起灵，送行者上千，扶灵者六人。

老人的骨灰安葬在开平老家，出殡那天声势极盛。送上敬挽花圈的人里颇有几位大人物，不必再叙。

倒有一副没有署名，从香港送来的挽联，李阉瞧得怔怔出神。

"匹夫未折志，中流万古刀。"

李阉看了许久，抽身离去，堂上悲声和佛咒声渐远。

关焰涛这一生，是真真切切有几个懂他爱他的老友的。除去葬礼当天李阉出面扶灵，余下事宜，没人再看到他。这让很多人松了口气，但也让一些人极为不满。

比如关山越。

这是一家清幽的茶水铺子，这时候天早，没什么人。

嗒！关山越把茶杯放下，酝酿了一会儿："我说，李阎同志。"

"叫我小李就行。"李阎一身黑色运动服，端着茶水。他之前是没见过关山越的，只知道是关焰涛的独子，在外经商。

关山越开口："小李，你们这个圈子的恩恩怨怨呢，我不是很明白。但是老人走之前的话，我是听得很清楚。说实话，我是有些嫉妒你的。"

李阎端着茶水等了一会儿，发现关山越说话半遮半露，正等着自己开口。他想了想，开门见山："我一周之后回北京，票已经买好了。以后逢年过节，有空闲的话，我会回来给老人家扫墓。"

关山越的巴掌盖住茶杯，又很快松开。

"小李，你可真是……"他一时语塞。

"关老爷子让我扶灵，这只关乎我们两个人，协会那帮人却钩心斗角，能闹到天上去。我和他们相看两厌，一句话也欠奉。关叔叔如果有意，可以代为转达，无意，就算了。"

关山越一时语塞，他本意是敲打李阎两句让他为老人的葬礼再尽些心力，哪怕是给外人看。

为关焰涛扶灵，这在很多人，包括关山越看来，都是一笔相当珍贵的遗产。无论以后李阎遭遇什么，只要找对门路，顾及旧情愿意伸把手的人都绝不会少。前提是，李阎得伸把手，把这笔人脉攥在自己手里。可现在看来，李阎显然没这个意思。

"如果没别的事，关叔，我们回头见。"李阎爽利地站了起来。

关山越闷闷地点了点头。李阎转身下楼，丝毫不拖泥带水。

李阎走出门口，天上黑云滚滚："匹夫未折志，中流万古刀。呵呵。"

第三章
楚地神谱

中山大学。

"你好，吴教授。"李阆礼貌地点点头。

对面是个头发整齐、学究模样的儒雅中年人。他推了推自己的黑框眼镜，递给李阆一个U盘。

"这是你要的，关于九凤的神话形象演变，还有关于从殷商时期开始各地神祇图腾演变和神系融合的资料。另外，你重点说的那几个，鹏、太岁、貘之类的，我也做了标注。如果你想多了解一下传统神话文化的话，有几位学者的著作我推荐你看一看，U盘里有目录索引。"

"谢谢你啊，吴教授。"李阆的语气很客气。

"哪里的话。现在的年轻人愿意多了解一下传统文化，我也很开心。你不要觉得神神怪怪很有趣，这些资料，很多是相当冗杂无味的。"

"说起这个……"李阆咳嗽了一声，"吴教授，咱们国家的传统神话文化当中，谁的地位最高啊。三清？玉皇大帝？还是如来？"

"哈哈哈，这个问题，我的学生偶尔也会问。其实呢，根本没有什么最高神。"吴教授顿了顿，才开口，"神话传说作为文化的一种，在漫长的时间中不断融合发展，往往会形成一套影响力最大支流从属明显的神系。不过，我们国家的情况不同。一方面，相对起其他国家的神话信仰，我们有自己独特的宗族信仰，另外儒家文化圈也极大限制了神话信仰的发展，'子不语怪力乱神'嘛。到了明清时期，国内几乎已经放弃了基本的神学构建，其中掺和了大量的巫祝之说和后人一知半解的牵强附会，啊，现在是前人了。总之，我们的神话体系庞大驳杂，碎片化严重，不同时期的最高神也不一样。"

李阁脸上的笑容有几分僵硬，这些东西他半懂不懂，可还是要耐着心思听下去。

"魏晋时期，道教的最高神是三天官，即天、地、水。到了唐朝，李是国姓，老子李耳成了最高神。宋朝皇帝崇信道教，道士们为了巴结皇帝，昊天大玉皇的地位水涨船高，又把太上老君的位置挤了下去。而各地方的传统神系，又要另说。

"拿你最感兴趣的九凤来举个例子。九凤这个形象，包括其衍生出的五色凤凰、九头鸟、姑获鸟，来源是古楚国的神话体系。你读过屈原的《楚辞》吗？"

李阁摇头。

"九凤、山鬼、湘君、大司命、少司命、河伯，这就是典型的楚神体系。而这个体系之中，地位最高的，是东皇太一。

"你可别问我，东君、老子、三天官打起架来谁会赢，这我也不知道了。"吴教授想了想，又说道，"前几年有个很有意思的网络作家，他把国内较为知名的神话形象杂糅到一起，分出了高下先后，并且自己编出了一套合情合理的神话历史，叫《洪荒》，很有意思。只是这是没有根源的小说家之言，不能用来做学问。"

"九凤、山鬼、湘君、河伯、少司命。"李阁默念，"东君……"

李阁并没有想过能通过一两次的探访窥探出阎浮的秘密，可多少也要做出努力。

因为阎浮的神秘广阔，李阁一直以来就有两个疑虑，甚至说是恐惧。

第一个是，如果觉醒度的提升到100%，对行走会不会有负面影响？李阁怕的是最后给别人做嫁衣，自己拼死到最后，来个"夺舍"之类的恶心事。这个情况出现的可能性虽然不大，但是不得不防。

不过，那次见到羽主曹援朝后，李阎已经基本打消了这个想法。

第二个是，传承这东西，可以随便兼容吗？当初李阎摄入 ES 造血细胞增强药剂，说明里都有一条"拥有血统类技能或因传承导致血液异变的行走，注射此类物品会导致未知效果"。何况是不同的传承呢？无论是太岁还是羽主，他们的觉醒度远远高过李阎，可其表现出来的，依旧是比较单一的传承能力。虽然并不排除他们没尽全力，可是也有可能是不同的传承彼此不兼容，对行走会造成不良的后果！由此延伸开来，阎浮既然支持行走拥有不同传承，那就必然有解决的办法。也许，吴教授口中的同一神系，就是解决的办法！

尽管这一切只是猜测，可李阎历经三次阎浮事件，见过的高阶行走却并不少，甚至是羽主和太岁这样站在阎浮行走巅峰的人，他也近距离接触过，见识和普通的低阶行走完全不同。

他有七成的把握，自己的推论是正确的。想入手更多的传承之力，最好的办法是保证自己拥有的所有传承，是统一的神系。

"吴教授，非常感谢。"李阎的笑容真挚，他有些明白未来的路该怎么走了。

月末，中华国术协会宣布举办第一届世界传统武术交流大赛，欢迎海内外所有华人和对传统武术抱有热忱的外籍人士参与，大会项目包括桩功、狮艺、兵器套路等。

设立实战搏击擂台，欢迎所有世界搏击格斗派参与，并设置最高为一百万元的奖金。以国家为单位，限三人。大赛吸引无数眼球，新加坡、马来西亚、泰国、以色列，响应者无数，各家电视台争相报道，宣传铺天盖地。不过这些和李阎没什么关系。

"新官上任三把火啊。"李阎翻着手里的相片，"不过，你找的这些什么泰拳大师、退役特种兵，靠谱吗？"

雷晶伏案批写着什么，她一身白色低叉旗袍，水滴领口，秀而不媚。

听到李阎的问题，雷晶扬起脖子："他们的确是各自国家当中享有盛名的格斗大师……"

"但是彼此心照不宣，早早就收了你的好处。"雷晶俏皮地眨了眨眼睛，没说话。

李阎点点头："别玩砸了就行。"

他低头看了一眼参赛选手的照片，张明远赫然在列。

"这里的事儿完了，我明天回北京。"

"这么快？不多待两天？"雷晶站了起来，脸上的惊讶和挽留之意不知道是真是假。

"不了。"李阎摇头，问道，"这个张明远，你准备怎么安排？"

"明远很有潜力。"雷晶正色道，"如果他愿意，我准备把他打造成新一代的武术巨星。"

李阎没有说话。

雷晶一时期艾："当然，如果师兄愿意。"

"不必。"李阎断然拒绝。

他想了想，使劲揉着自己的鼻梁："老家伙们的路子能出大才，但是没成效。看看人家跆拳道……也许你的做法才是对的。"

他戳着相片："至于张明远，你问过他的意见了？"

雷晶眸子闪烁："他？不会拒绝吧。"

李阎的手肘靠在桌子上，徐徐摇头："你可别当人家年纪小，就好应付……"

"不是说，这个月就可以回山东吗？"张明远穿着白衬衫，戴着平光眼镜。唇红齿白，斯斯文文的，哪还有半点当初在擂台上的阴冷气焰？

"我姐催我好几次了。学校这学期结课，老师说了，高二就得当高三过。"他隔着一张国际象棋的棋盘，一边挠着头发一边对雷晶说。

雷晶撩了撩发帘，和颜悦色："明远，这次的比赛，电视台会直播，而且奖金也很高。凭你的身手，取得名次一定不是问题。张叔叔那里，我可以帮你做思想工作。"

"这事我爸做不了主，你得问我姐。"

"嗯……"雷晶抿唇不语，好一会儿才说，"道静姐，我也可以想办法。"

张明远抛给雷晶一个自求多福的眼神。

咚咚咚。

雷晶站了起来，给李阁开门。

男人和男孩的眼神碰在一起。

"我跟他谈谈。"

雷晶轻轻点头，嘴唇在李阁耳边轻轻说"帮我劝劝他"，然后退了出去。

她也没注意张明远看见李阁之后就嘀咕着什么"十都巅峰""才四个月""怪物"之类的词，而是伸手把门关紧。

李阁大马金刀往张明远对面一坐，开口问："你姐近况如何？"

"马马虎虎，卡在 39% 觉醒度了。"

张明远蹦豆似的话出口，李阁古怪地看着他。

"你、你不问我啊？"少年又羞又怒。

李阁乐了："你这不都告诉我了吗？说说，你姐过得怎么样？"

张明远一别脸："我都问过了，你就是她发小，充其量算青梅竹马。我姐已经结婚了，你没戏了。"

李阁闻言垂头，手背把桌上的国际象棋轻轻扫到一边："想见见她，没别的意思。天底下的好事，不能全让我一个人占了不是？"

李阁的语气有些唏嘘，张明远想到了什么似的，犹豫了一会儿才闷闷地说："我们住淄博。我姐开了一间酒吧，地址是……"张明远一五一十，没有隐瞒。

"行，谢了啊。"李阎一昂首，起身就走。张明远愣神的工夫他人都到了门口。

"你、你这就走？你不是帮雷晶说服我参加比赛吗？"

李阎一回头："乐意在名利场打几个滚就去，不乐意就不去。命都拿出去拼了几遭，自己想要什么还不清楚？"他嘭地关紧门。

雷晶在外面等了一会儿："怎么样，师兄？"

李阎叹口气，一脸无奈："孩子拧，劝不动。"

关焰涛的葬礼一过，广东的事和李阎再不相干。张明远的打算和雷晶的权术手腕都告一段落。李阎简单吃了几口雷晶的饯别宴，就坐上了回北京的飞机。窗外蔚蓝一片，李阎咬着手指，被吴教授整理的神话资料弄得头大如斗。

笔记本上，李阎正敲打键盘。上半部分是楚地神系的分支和各司神，包括李阎对传承兼容的设想和推论。

下半部分包括魁星、龙生九子、白泽，甚至偏门的安南猫将军，后面标注着能力和形象。

李阎拿着这些，和吴教授的资料一一对应。

"貘者，象鼻犀目，牛尾虎足，其形辟邪。生于南谷，食铁与铜，不食他物。"

自称是"貘"的胖子，能力大概是幻想或者梦。可无论是白居易的《貘屏赞》还是《诗经·尔雅》中关于貘的记载，都没有貘与梦相关的记录。

不仅如此，姑获鸟的记载在汉代就有，可是《古小说钩沉》中姑获鸟为天帝少女的记载则是成于民国……

无论阎浮拥有怎样的能力，那些光怪陆离的传承绝非全都来自遥远的蛮荒时代，而是上到战国下到民国，随着民俗的演变而演变。

换个角度去想，李阎所经历的三次阎浮事件，其蓝本都和历史有千丝万缕的联系。一路走过来，无论是红鬼还是邓天雄，乃至梁野，都有血有肉，让李阁难以忘怀。所谓的阎浮果实，和我们的世界真的有区别吗？按照獏的说法，那这个世界会不会也是一颗阎浮果实……

想到这儿，李阁忽然对那道思凡之力毛骨悚然。

"看来，我没选择加入思凡，真是个再正确不过的决定。"李阁感叹。

"可不是。加入思凡，你就很难再回到这个世界了。"有人接话。他坐到李阁身边，笑嘻嘻地偏头看他。

"你懂不懂城门失火，殃及池鱼？你把姒文姬得罪了，没有好果子吃的。"

李阁头也不抬："姒文姬是谁？"

獏不顾身上的安全带，哆嗦着肥肉凑近李阁，满脸的挑拨离间："羽主的妻子，太岁的死敌。"

李阁暗暗把这个名字记在心上，獏话里话外把自己的地位放得很低，可李阁却不这么想。獏不想蹚浑水，这应该是真话，但是招惹不起姒文姬，恐怕不实。

无论是否自愿，能参与到对太岁的围捕中，这本就是能力的证明。太岁也说，獏是留手，不是不够格交手。

想着这些，李阁转头问："现在你不怕了？能不能把那次的馈赠还我？我挂在拍卖行也有大几百点的阎浮点数。说实话，我现在手头有点紧。"

"可以是可以。"獏缩了回去，"不过，你现在真正需要的不是这个吧？"

他望着李阁的电脑屏幕，肥大的指头戳着"楚地神系"的字样。

"自己能摸索出这种事，我还真是有点佩服你。"

"我的那些推论，是对的？"李阁试探着问。

"大体上没错，不过，没什么必要。"

貘解释说："任一传承达到觉醒度100%的阎浮行走，再进一步就是代行者，拥有传承专属的代行能力，届时其他所有传承的觉醒度将被压制，不会再有任何提高。"

李阎接口："代行能力的强度如何？"

"和普通的传承技能根本不是一个概念。我拿到貘的代行能力以后，最早的祸斗技能只有烧烤的时候偶尔才会拿出来用。"貘话头一转，"但是，我的确见过能够使用两种甚至两种以上代行能力的阎浮行走。他们的基础，的确就是你设想的那样，但具体如何操作，我也不清楚，只知道他们的代行能力都属于同一个神系。"

没等李阎多想，貘就当头浇下一盆凉水。

"可是，阎浮行走公认的最强者，依旧是个单一传承的代行者。花里胡哨没什么用，这就是他对那位能使用两种代行能力行走的评价。"

"花里胡哨没什么用。"李阎听这话耳熟，那个赤背男人撕破傩木面具的身影在他脑海中一闪而逝。

"羽主？"

"对，羽主，十主中公认的最强者。你也见识过了吧，那只是冰山一角。曹援朝发起疯来，摘下几颗排位靠前的阎浮果实也不在话下。他可是真正单打独斗能和思凡主过几手的阎浮行走。啊，扯远了。

"话是这么说，不过第二项传承对于阎浮行走的素质提升还是很明显的。不如这样，我给你开个后门，下次阎浮事件的传承内容我给你找一个顶尖的毛类传承，就当作你失去第三次馈赠的补偿了，如何？"

貘话里很大方，其实可能还比不上几百阎浮点数。毕竟完成事件后抽取到传承卷轴的可能不大，更多的还是拥有传承之力的其他物品，甚至是歃血酒这样的消耗品。

"你要真有这个能耐，就给我换个传承的阎浮事件吧。不要毛类，要五仙类。"

"啊，你是让姒文姬坑怕了吧？"

貘犹豫一会儿，一拍大腿："行，你说吧。"

李阎拿起电脑，在楚地神谱里画了半天。

"就这个吧。"他拿手指点。

帝尧之女，帝舜之妻，湘水之神。湘君娥皇。

李阎辗转回了河间老宅，把脖子上的铜钱一摘，在自家藤椅上一躺，滋味不足与外人道。

吱呀吱呀，藤椅乱响，李阎珍而又珍地把《官场斗》后三折的录音拿出来，打开电脑把录音带转刻成 MP3 的格式。斯人已逝，这段录音可别再失传了。

足足三个小时。李阎眯着眼睛，带子音质清晰，那面净无须的老先生一腔一调，好像就在眼前。

"刘墉，你看见屈原了。屈原跟你说什么来着？"

"屈原说，'我逢昏君须当死，你遇明主自当生'，屈原碰见无道昏君，逼得他跳水死了。说我刘墉遇见您这位明主，是遇见明君了，我不应该死，应当活着。万岁，我特来问您，是让我死啊，还是让我活着？"

李阎录完，随即就发在了论坛上。

这个论坛上有很多懂相声的票友。

一开始也没什么动静，大概一个小时后才冒出一条评论，昵称是"先生独吞"。

"殷文硕的吧？"

殷文硕是刘宝瑞的学生，曾经做出过补录。

再过十分钟，还是这个"先生独吞"。

"我 × ！"

再后来，往后是一片水友留言。

"我 × ！"

"我 × ！"

"……"

李阁关上电脑，不再留意。如今网络发达，《官场斗》再无失传的风险。

"总在老宅待着也不是事，很多东西不方便。丹娘上次还问我电视上那木葫芦（吉他）哪里能买，想一想，当初开音像店的日子还挺舒服的。"

收音机沙沙作响，铜钱方眼中青色流光涌动，女人鱼跃而出。丹娘的身子伸展开来，美好的腰肢尽露无遗。

丹娘的脸有一股由内而外的古典美感，带着让人怦然心动的风韵。

"睡醒了？感觉怎么样？"李阁问。

丹娘左右环顾，摘下高跟换上白色拖鞋到院子里接了一盆凉水，头朝李阁的方向一别："家里怎么这么多灰。"

李阁一愣，心里头没来由的，一股热流缓缓涌动。

"丹娘。"李阁站了起来，"咱们，搬家吧。"

第四章
结算

丹娘醒过来，也把当初李阎嘴里叼住的果核碎片交给了他。

运气不好，不是那几件可能和龙生九子有关系的木铜器物。说起来，那些东西恐怕最后也进了羽、介二主的口袋。

不过运气也不错，不是那些飞溅的琥珀色核桃壳。

李阎当时咬住的，是被求不得越界吸收掉的，九件龙形木铜器物当中废掉的那一块。

【睚眦之泥】

重量：一斤四两
类别：消耗品
品质：传说
这原本是九龙子之一，蕴含澎湃的睚眦之力的神物，可已经失去所有的活性。
为任意兵器进行镀层,可使之脱胎换骨！

"让任一兵器脱胎换骨？"

李阎还没来得及高兴，后面的一行小字直接让他泄了气。

【镀兵】是某些果实的专属技术，其相关信息,可花费阎浮点数查看行走探索笔记。
在没有相应的购买权限以前，阎浮不提供【镀兵】服务。

李阆大手一挥打开挂售的拍卖行，没等他去检索关于镀兵的权限购买信息，就被角落的一行小字吓了一跳。

自己挂售的这次沸腾京城之旅入手的所有购买权限，最终成交价格是3400多点！

上一次壬辰事件，又是"毒火天鸦"，又是"百连猛虎齐奔箭"，各色的攻城器械加上兵器和器械图谱，李阆才卖了几百点而已，这次怎么卖出了这么高的价格？

李阆仔细去看，才发现这次自己的购买权限当中，那些被自己视为没有大用处的遗落物，受到了狂热的追捧。

【八岁等身像】购买资格，最终成交价格1426点。

六枚【蒲氏私章】购买资格，最终成交价格603点。

【《传习录》龙溪先生手拓本】购买资格，最终成交价格383点。

"有意思。"李阆想了想，大致也能理解为什么会出现这样的情况。

黄巾道的气愈术只是自己不经意间入手的，却能让龙虎山的高功法师如获至宝，自己更是得到了九凤神符这样的神技。

大千阎浮当中，有类似龙虎山这样的道家势力，那雷音寺、金刚寺什么的也就是早晚的事，到时候一亮八岁等身像，想必也能换到足够好处。而且，谁说行走当中就没有佛教徒呢？

其他遗落物也是这个道理。

不过就算想通，李阆当初也留不下。自己当时那点阎浮点数也不够买什么的，倒不如变现。至少这3000多点阎浮点数算是解了李阎的燃眉之急。

有了这3000多点，还怕买不到镀兵资格？

可是搜索之下，李阎才发现事情没自己想得这么简单。

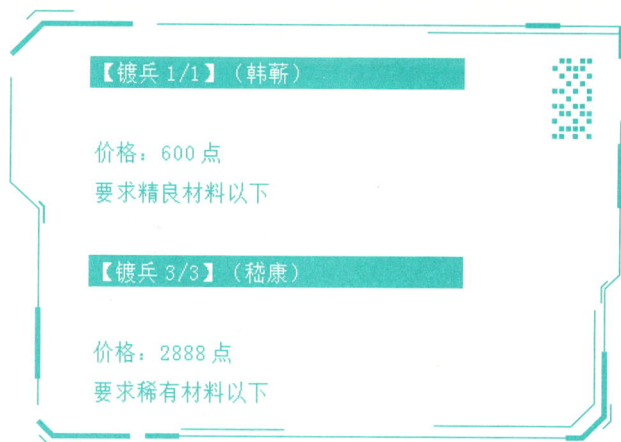

【镀兵 1/1】（韩蕲）

价格：600 点
要求精良材料以下

【镀兵 3/3】（嵇康）

价格：2888 点
要求稀有材料以下

能进行传说级别的镀兵，一个都没有。

在购买记录中，上一次传说级别的镀兵资格的成功交易记录是两年前。

镀兵的计划搁置，李阎把睚眦之泥放进了印记空间。

说起来，这是他第一次拿到传说级别的异物。上次见到，还是小阿朏手里的上霄通宝紫金九神焰篆。对于传说级别的异物，李阎还真是有些眼馋。

本以为这次是空欢喜一场的李阎，耳边忽然传来了一个悦耳的女声。

"你获得了一次额外的购买权限。备注：再次致歉，希望诸位忘记这次不愉快的经历。"

介主说的补偿到了。

偌大的栏表中，只有三样东西，却看得李阎心情无比复杂。

【吕祖手记】

阎浮信物
可以额外开启一次阎浮事件。
价格：1点阎浮点数
也可以选择在阎浮事件之前献祭，献祭后本次
阎浮事件极大提升行走的降临身份，极大提升
触发额外阎浮事件的概率。

【召令金牌】

立即完成当前阎浮事件，评价为"下吉"，购
买权限额度为130%。
价格：1点阎浮点数

【护腕（可命名）】

打造者：詹跃进（介主）
类别：防具
品质：特殊
特性：
【孟贲】（增加持有者300斤的腕力）
【养由基】（增强持有者50%射击精准度）
【要离】（增加持有者80%反应速度）
以上特性仅对五方老以下的行走有效。
价格：1点阎浮点数

请为护具命名

"山外山。"

和野神的馈赠一样，基本是白送。而且每件东西，都打进人的心眼里，让人挑不出半点毛病。可李阎的脸上也看不出多高兴的样子。

最后活着从那颗果实里出来的有四个人，也就是说，介主一共准备了四份这样的东西。护腕的属性之强力，是李阎见过的兵器护具之最，可连名字都欠奉。这说明，介主拥有量产这东西的能力！

这样的底蕴，不仅象征着介主的个人实力和地位，更代表着他坐拥的资源远远超出李阎的想象。自己和那些高位行走的差距，比想象的还要大。

"你获得了一次会话，会话转接中……"是查小刀。

"介主的东西，你收到了？"那边传来声音。

"收到了。"

那边"啧"了一声，查小刀在抽烟。

"啧，他妈的……"他没头没脑地骂了一句。

李阎当然明白查小刀怅然的情绪，也没接茬儿，而是开口说道："如果下次事件一起，现在就要重新缔约。就现在吧，三次阎浮事件的同行者。"

和查小刀缔约之后，李阎手里还剩下不到 4000 点阎浮点数。

"你的那个魁之天权，凑够没有？"

查小刀一愣，没想到李阎主动提起这个。

"还差 1000。"

"发了笔横财，我借你吧。下次事件以后还。"

"那谢了。"

李阎把点数转让过去以后，没多久，查小刀发来两条信息。

一条是阎浮公正的借据。

一条是查小刀的个人信息。

专精：厨艺 82%，自由搏击 67%，野外生存 40%

状态：食技

传承：饕餮之心·食技，魁之天权·吞文

技能：【惊鸿一瞥】【神骨】（抵挡一次致死攻击，并立刻愈合外伤伤口。每次阎浮事件可使用一次。）

⚠ 请注意：阎浮当中所有的抵挡致死攻击的描述都具有上限，单次伤害超过上限，依旧会使行走死亡。

≡ 传承技能

【食技】（厨艺转化为战斗力）

【食宴】（制作拥有特殊效果的菜肴。使用珍贵食材，不仅能做出效果更好的菜肴，还能领悟出更强的食技。）

此外还有一些查小刀的备注，主要是自己当前能做的食席内容。

≡【油爆双脆】：略

≡【大锅元宝肉】：食用时间一分钟，可供一百人同时食用。食用后专精最高项加成 15%，增加食用者的勇气。持续一个小时。仅限十都以下。

≡【佛跳墙】：食用后，增强阎浮行走 5% 觉醒度，需求珍贵食材。行走传承觉醒度 65% 以下食用有效。

李阁笑了笑，同样把自己的资料发了过去。

阎浮的共享资料里，有很多东西是没有的。比如李阁手里的环龙剑、虎头大枪、雕雪手链，还有新入手的山外山护腕。

再比如，一些领悟技能和传承技能的细节。

领悟技能，好比李阁的燕穿帘和虎挑。

传承技能的细节，就是查小刀自己的备注内容，以及查小刀没说的孔府菜系、怀抱鲤这样的杀招。

不过两个认识没多久的行走，能把自己擅长的东西交流给对方，这就已经是比较信任的状态。毕竟，随着阎浮行走实力越来越强，惊鸿一瞥给出的信息更多的还是状态，连专精也越来越少了。

截至第四次阎浮事件"微啸南洋"之前，李阎全数据及物品、点数、特殊秘藏。

姓名：李阎

状态：钩星（提升出手速度和爆发力 560%）
专精：古武术 93%，热武器 38%，军技 50%
传承：姑获鸟之灵 56%（尸狗强化）（九凤强化）
传承技能：【血蘸】【隐飞】
拓展技能：

【惊鸿一瞥】侦察信息，使行走进入格外专注的状态，有一定概率窥破对手弱点。

【杀气波动】攻击时有一定概率使对方眩晕，对深红色以上威胁的敌人无效。

【九凤神符】化成耗费二十刻龙虎气，可召唤一只"九凤"（十都巅峰）协助作战，亦可以选择吞噬，增加姑获鸟 9% 觉醒度。

【风泽】获得爆发性速度，两秒内衰减至无。

≡ 自悟技能

【虎挑】附带高僵直的挑击，出手极快，持有虎头大枪时可用。

【燕穿帘】狂风暴雨的劈戳，缺点是
动作幅度太大，前置长。
剩余龙虎气：十五刻半
剩余阎浮点数：2965 点
借查小刀 1000 点

装备

【环龙剑】吸血，真实伤害。

【鏊金虎头枪】破坏兵器，额外护甲。

【山外山】增加腕力，增加射击精准
度，提高反应速度。

【梁货·雕雪】额外生命活力。

【倔强的千层底】永不打滑的布鞋。

【史密斯的长风衣】没穿。

特殊物品

【六纹金钱】
【大明黑色龙旗】
【道奇战斧】
【召令金牌】
【吕祖手记】

从姑获鸟开始 2

作者 _ 活儿该

产品经理 _ 高玄月　　　封面设计 _ 星野　　　产品总监 _ 夏言

技术编辑 _ 顾逸飞　　　责任印制 _ 刘淼　　　出品人 _ 吴涛

营销团队 _ 毛婷 魏洋 礼佳怡 陈玉婷　　　物料设计 _ 星野

果麦

www.guomai.cn

以 微 小 的 力 量 推 动 文 明

图书在版编目（CIP）数据

从姑获鸟开始.2／活儿该著.-- 成都：四川文艺
出版社,2024.6（2025.1重印）
ISBN 978-7-5411-6746-1

Ⅰ.①从… Ⅱ.①活… Ⅲ.①长篇小说—中国—当代
Ⅳ.① I247.5

中国国家版本馆CIP数据核字（2023）第158357号

CONG GUHUONIAO KAISHI 2

从姑获鸟开始 2

活儿该 著

出 品 人　冯　静
产品经理　高玄月
责任编辑　陈雪媛
装帧设计　星　野
插画设计　也　斋
封面题字　宗　宏
卡牌题字　霍一德
责任校对　段　敏
出版发行　四川文艺出版社　（成都市锦江区三色路238号）
网　　址　www.scwys.com
电　　话　021-64386496（发行部）　028-86361781（编辑部）
印　　刷　北京盛通印刷股份有限公司
成品尺寸　145mm×210mm
开　　本　32开
印　　张　10
字　　数　250千
印　　数　12,501-17,500
版　　次　2024年6月第一版
印　　次　2025年1月第三次印刷
书　　号　ISBN 978-7-5411-6746-1
定　　价　45.00元